三島由紀夫

音楽

宇神幸男
［著］

現代書館

はじめに

昭和四十五年（一九七〇年）十一月二十五日の三島事件からほどなく、『芸術新潮』に音楽やオーディオに関するエッセイ「西方の音」を連載していた五味康祐は、「三島由紀夫の死」と題する追悼の文章を綴った。

三島君が音楽を聴いていてくれたら死を選ぶことはなかったのに、と五味は痛恨の調子で記している。音楽を聴くことと生きることが同義語であった小説家の、これは本心であろう。「文章では到底かなわない、断じて内容空疎にはなりようのない美が、音楽の中に実に沢山ある。三島君が本当にそれを知っていたら、あんな死にいそぎはしなかったろうと私は思うのだ」

五味はまた、『沈める瀧』という小説を書くほどだから、三島君はドビュッシーを聴いていたにちがいない、と述べている。この小説では山奥の小さな滝がダム建設によって湖中に埋没する。『沈める瀧』という題名はここからきているが、ドビュッシーに有名なピアノ曲「沈める寺」（前奏曲集第一巻第一〇曲）がある。このことから五味は、三島がドビュッシーを聴いていたにちがいない、と断定している。

しかし三島は、「沈める寺」は知っていても、熟聴していただろうか。『沈める瀧』の作中に「沈める寺」は出てこないが、晩年の通俗小説『命売ります』に登場する。

「ああ、食事中は音楽がないとダメというわけか。贅沢だな。何か君の気に入りそうな静かな曲をかけてあげよう」

彼は食事半ばに立上がって、ドビュッシーの「沈める伽藍《てら》」をステレオにかけた。

この小説が発表された昭和四十三年、レコード盤を聴くためのオーディオ装置は「ステレオ」とよばれていた。連載された『週刊プレイボーイ』には、毎号のように各メーカーのステレオの新製品の広告が出ていた。しかしこの時代、「沈める伽藍」という古風な表記は廃れ、「沈める寺」が一般的になっていた。

また、三島は「静かな曲」と書いているが、この曲の中盤では大聖堂の鐘を模した音が大音量で打ち鳴らされる。三島は「沈める寺」をまともに聴いたことがあるのだろうか。

五味はまた、「三島君がワグナーをよく聴いていると聞いたので、レコード雑誌を介してワグナーの話をしたいと申し込んだことがある。三島君は断ってきた」と書いている。

三島は自他共に認めるワグネリアンである。なぜ対談を断ったのだろう。三島はどの程度、ワーグナーを愛聴していたのだろうか。

ワーグナーに限らず、三島由紀夫は生前、どのような音楽を聴いたのか？

三島の作品にはどのような音楽が登場しているか？

三島由紀夫と三島文学にとって音楽とは何であったのか？

それを検証・考察したのが小著である。執筆にあたり、三島の小説・戯曲・評論・随想・公開日記・日記・書簡・雑文等を基本資料とし、評伝・評論など三島関連図書も参照したが、それらのすべてに目を通したわけではない。しかしながら、クラシック音楽に限らず、ポピュラー音楽から歌謡曲にいたるまで、三島の音楽体験、音楽との関係は、小著にほぼ網羅できたと考える。

さまざまな音楽を通じて垣間見られる三島由紀夫像にふれていただければ、著者としてこれにまさる喜びはない。

凡例

・大正十四年一月十四日生まれの三島由紀夫の満年齢は昭和の元号年と一致する。これにより元号を優先したが、必要に応じて西暦を併記した。
・三島作品の引用にあたっては、原文が旧仮名・旧漢字の場合、できるだけこれを尊重したが、例外もある。
・原文を尊重したため、「ワグナー」「ワーグナー」「ニイチェ」「ニーチェ」など、人名表記が混在している。
・引用文に心身の障害に関する用語があるが、差別的意図をもって使用されていないので、原文のままとした。
・引用した文献・図書は、初出誌・初出本を記した。
・原則として人物の敬称は略したが、例外もある。

三島由紀夫VS音楽　目次

コラム

第一章　初恋とピアノと

昭和十九年（一九四四年）十月の初旬、十九歳の三島由紀夫（平岡公威）は、学習院初等科以来の友人三谷信を訪ねる。三谷が幹部候補生として入隊することになったからである。三島と三谷は互いの家をしばしば訪ねていた。

猪瀬直樹『ペルソナ――三島由紀夫伝』（平成十一年　文春文庫、平成七年一月〜十月『週刊ポスト』初出）によると、三谷邸は敷地面積約三百坪、木造三階建ての洒落た家であった。三谷信の父親は外交官で、パリ滞在が長く、三谷家ではフランス仕込みの生活習慣が身についていた。

一方、三島が住んでいた渋谷区大山町（現松濤）の平岡家（借家）は、三谷信の『級友三島由紀夫』（昭和六十年　笠間書院）によれば、敷地面積約六十坪の「急勾配の屋根のある少しメルヘンめいた家」であった。

三島は三谷邸でピアノの音を聴く。昭和三十二年一月から九月にかけて芸能誌『明星』（集英社）に連載（口述）された「わが思春期」に、こう記されている。

隣室から響いてくるピアノの音は、私の友だちの妹でした。彼女は、それまでにも、お茶を運んで部屋へ入ってくることがありましたが、顔をまっかにして、こそこそと逃げるように行ってしまうので、私は彼女の存在に、あまり注意しませんでした。（略）そのピアノの音を聞いて、私は、彼女が何か、そのピアノの音を私たちに聞かせたがっているのを感じました。

三谷邦子が弾くピアノは、『假面の告白』（昭和二十四年　河出書房）に実体験に即して描かれている。

「あのピアノ巧いのかい？　ときどきつつかかるやうだけど」
「妹なんだよ。さつき先生がかへつたばかりで、おさらひをしてゐるんだ」
（略）
「年は？」
「十八。僕のすぐ下の妹だ」

ピアノの音が、彼の妹に対して私をぎこちない人間にしてしまつた。あの音に耳を傾けて以来、何かしら私は彼女の秘密を聞き知つた者のやうに、彼女の顔を正面からみつめたり彼女に話しかけたりすることができかねた。

曲名を三島は書いていない。猪瀬直樹が『ペルソナ』執筆にあたり、邦子本人に質したところ、ショパンの「小犬のワルツ」であった。

昭和十九年の初春、三谷信は学習院の音楽教室でレコードコンサートを開催し、音楽には消極的な三島を強引に誘った。三谷はクラシック音楽を好み、バッハ狂であったが、このときのレコードはバッハではなく、三谷所蔵のグルックのオペラ「オルフォイスとエウリディーチェ」である。

ちなみに、明治十八年（一八八五年）六月二十一日、若き森鷗外がライプツィヒ市立歌劇場でこのオペラを観劇した。指揮は伝説の巨匠アルトゥール・ニキシュで、さだめし名演であっただろう。鷗外は台本を購入して翻訳したが、鷗外訳版は生前には上演されず、平成十七年に東京藝大の奏楽堂で初演された。

なお、日本で最初に上演されたオペラが「オルフェオとエウリディーチェ」で、明治三十六年七月二十三日、東京音樂學校（のち東京藝大）の奏樂堂で演奏された。明治政府のお雇い外国人ノエル・ペリー先生が指揮を、ケーベル博士がオーケストラの代わりにピアノを弾いた。百合姫（エウリディーチェ）を演じた柴田環は、のちの世界的プリマドンナ三浦環である。

歌劇「オルフェオとエウリディーチェ」は、昭和十六年にトマジ指揮パリ交響楽団による全曲盤が日本コロムビアから発売されている。三島が聴いたのはこのレコードであろう。当時のＳＰ盤は一枚当たりの収録時間が四、五分程度であるから、枚数が多く、盤をとっかえひっかえして全曲を聴き通すのはたいへんである。

聴き終えた三島は感動した。三谷信はこう書いている。

「彼は、あの温雅で劇的な音楽に、非常に動かされたらしかった。終わって蓄音機の傍らで、レコードを整理している僕のところへ来て、瞳を、キラキラさせながら「とても良かった」と、繰り返して礼を言った」

しかし三島は西洋音楽には関心がなく、もっぱら歌舞伎や文楽、映画に耽溺していた。三谷が平岡邸を訪ねると、三島は蓄音機を重そうに抱えてソファの上に置き、羽左衛門の名調子のレコード（歌舞伎の名セリフ録音）を聴かせた。羽左衛門は十五世市村羽左衛門で、輝くような美貌で「花の橘屋」と謳われた名優。外遊時、ルーヴル美術館で人だかりがしているミロのヴィーナスを見て、「手の切れた女にゃあ用はねえ」と言ったという逸話がある。

三谷信によると、「当時の彼は、私のする音楽の話には常に生返事であった。多少、閉口していたかも知れぬ。何時かリヒァルト・シュトラウスの交響詩のティル・オイレンシュピーゲルを聴いたらしく、「あれはまるで気違いの音楽だ」と愉快そうに何度も話した」――戦時下にあって、ラジオが放送するクラシック音楽は同盟国ドイツの作品に偏していた。交響詩「ティル・オイレンシュピーゲルの愉快な悪戯」を、三島はラジオで聴いたのであろうか。三島はよほど心を動かされたのか、二十三年後、この曲を『奔馬』（豊饒の海第二巻）に登場させる。

十月十五日、三島は上野駅にかけつける。処女創作集『花ざかりの森』（昭和十九年　七丈書院）を、前橋陸軍予備士官学校利根隊第二区隊に入隊する三谷信に手渡すためである。軍隊には私物は禁物なので、三谷は刷り上がったばかりの本を見送りの家人に託した。家人とは邦子であろう。

この日の夜、三島は清元鑑賞会に出かけている。三島は頻繁に劇場通いをしていた。この年の三月、決戦非常措置によって歌舞伎座、帝国劇場、東京劇場などの大劇場七座が興行禁止となった。三島は大いに憤慨するが、新橋演舞場、明治座、浅草松竹座、寿座、渋谷劇場、邦楽座などの小劇場に通いつめた。

入隊した三谷に、三島は土曜日ごとに、小さな字でびっしりと書き込んだ土曜通信という葉書を書き送った。

昭和二十年一月六日の土曜通信に、

大晦日の市電のなかで、見違へるほど立派になつた芝小路さんの、幹部候補生姿に邂逅したのです。四泊五日の外泊のいそがしさを聊つてゐました。さうしてあのジャズ気違ひが、丁度僕の抱へていた延寿大夫の「三千歳」のレコードをみて、「日本音楽も却々い、ね。僕は段々と長唄だの義太夫だの、清元が好きになつたよ。芝居に行つて僕があの義太夫がいいと云つたらマザーが喜んぢやつてね。芝居といふと引つ張って行くんだよ」などと云ふのも懐かしく思ひました。


とある。「三千歳」とは、狂言浄瑠璃「忍逢春雪解」の通称で、レコードは名人と謳われた五世清元延寿太夫の日本ビクターのSP盤（昭和六年発売）であろう。

昭和二十年一月十日、三島は東京帝国大学勤労報国隊の一員として、群馬県新田郡太田町（現太田市）の寮に入り、中島飛行機小泉工場で勤労する。顔面蒼白、見るからに羸弱《るいじゃく》な三島は事務係にまわされ、覚えたばかりの煙草を喫いながら、遺作になるという覚悟で短篇「中世」の執筆を続けた。なお、「中世」は翌年、師と仰ぐ川端康成に高く評価され、発表の場（『人間』十二月号）を与えられる。

二月四日、入営通知書が届いた。三島は「待ちに待つたる入営通知、四日に参り」と三谷に土曜通信で報告し、「そのうち隊から便りします。いづれ春永まで。お体お大事に」と書いた。

二月六日の朝、本籍地の兵庫県富合村で入隊検査を受けるため、父平岡梓とともに東京を出発した。母平岡倭文重《しずえ》から染《うつ》った風邪が悪化し、十日の入隊検査の結果は即日帰郷であった。

東京への帰途、東海道本線上り列車の中で書かれた二月十一日付の三谷宛ての葉書には、「遺憾千萬即日帰郷になりました。理由は、右肺浸潤といふのです」とある。知られるように、この軍医の誤診による即日帰郷は三島の生涯を大きく左右する。

三谷信は、「三島より虚弱な者が兵隊にとられているのに悪運強い奴だと羨ましくもあり、特別の運命の男、不思議な奴だ」と思う。「遺憾千萬」と三島は書いているが、執筆に戻れることを喜んでいた。その一方、特攻隊に入って死んでしまいたかった、と母にもらした。若年の頃から三島には希死念慮があった。

三月九日、三島は三谷信と面会するため、邦子を含む三谷家の家族と一緒に前橋に赴き、一泊する。深夜から東京大空襲があり、帰途、乗換駅は被災者の群れであふれ、怯えた邦子は三島にすがりつく。三島と邦子は急速に親密さを増し、十三日、貸すと約束していた本を携え、三島は邦子を訪問する。二人は恋文を交わし、相思相愛となるが、三月末、三谷一家は軽井沢に疎開した。

四月十四日付「土曜通信」には、こうある。

今日は巖本メリイが、焼出されたその晩といふに、自分の演奏会に出場して、野辺地さんの伴奏で力演しました。女の子に負けてなるものか。僕も頑張ります。

巖本メリイ（真理）は、十九歳の新進ヴァイオリニスト。「野辺地さん」は野辺地瓜丸（勝久）で、パリで巨匠アルフレッド・コルトーに学んだ三十五歳の気鋭のピアニストである。演奏曲を三島は書いていない。

世間（東京）ではまだ音楽会をやっているのか、と三谷は驚く。また、三島が音楽会に行ったという話をそれまで聞いたことがなかったので、意外に思う。しかし、戦争中、三島はチェンバロの演奏会を鑑賞している。

三島は死の年、学習院時代の先輩である東文彦の遺稿集の出版を講談社にかけあった。結核で夭折した東文彦は三島由紀夫の文学の恩人の一人である。翌年三月、函入り上製本の『東文彦作品集』（講談社）が刊行された。昭和四十五年十月二十五日、と末尾に記された三島の序文がある。

> 今の若い人たちは戦争中の生活について、暗い固定観念の虜になりがちである。そこにも平凡な人間の生活があり、平凡な悲喜哀歓があり、日常性があり、静けさがあり、夢さへあつたといふことは忘られがちである。たとへば私がクラブサンの音色を、戦争中の演奏会におけるほど美しく聴いたことは、後にも先にもないのである。
>
> そのクラブサンの音色を思ひ出すと、私には東氏の小説が鮮烈に思ひだされてくる。

フランス語でクラブサン、英語でハープシコード、イタリア語でクラヴィチェンバロ、ドイツ語でチェンバロとよばれる鍵盤楽器は、昭和時代の戦前はクラブサンと表記するのが一般的だった。「銭形平次捕物帳」で有名な野村胡堂は好楽家・レコード蒐集家で、「あらえびす」のペンネームで音楽やレコードに関する著作も多い。あらえびす『レコード音楽　名曲決定盤』(昭和十四年　中央公論社)に、「クラブサンという楽器は、どういうものか、日本の好楽家には大変好かれている」とある。

中島健蔵の大著『音楽とわたくし——証言・現代音楽の歩み』(昭和四十九年　講談社)によると、昭和十八年五月には、バッハの大曲「ヨハネ受難曲」が演奏され、藤原歌劇団のオペラ「セヴィリアの理髪師」が上演され、「三大ピアノ協奏曲の午後」があり、このほか室内楽やピアノ独奏会など、音楽会は盛況である。十八歳の三島が聴いたかどうかはわからないが、五月十二日にはチェンバロ奏者エタ・ハーリッヒ゠シュナイダー女史が、有楽町の産業組合中央会館で「バッハの夕べ」を開催している。

ガダルカナル島攻防戦の大敗北、山本五十六連合艦隊司令長官の戦死、アッツ島守備隊の玉砕など、この年、戦況は悪化の一途であるが、東京の音楽会の盛況なことは、にわかには信じがたい思いがする。

昭和二十年五月五日、三島は厚木飛行場に近い神奈川県高座(現座間市)の海軍工廠に動員される。八千人の台湾出身少年工が、B29迎撃用の海軍局地戦闘機「雷電」の製作に勤しんでいた。三島は少年工を使って避難壕を掘る毎日だったが、診断書を提出して、寮内図書係として回覧雑誌「東雲」の編集に携わる。休日には、少年工に上田秋成の「雨月物語」を語って聞かせた。

五月十九日付「土曜通信」の発信元は「神奈川県高座郡大和高座工廠第五工員寄宿舎東大法学部第一中隊寮」となっている。

今この葉書を書いている部屋では友達がポオタブルでベエトオベンの「皇帝」をかけてゐます。僕は今日は何だか大さう疲れたので音樂がふしぎにすらすらと入つて來ます。音樂会へ行つた時の、音樂に反撥されてそれと戦ふやうな煩はしい気持はいたしません。

ポータブルとは、携行型の蓄音機である。「音樂会へ行つた時の、音樂に反撥されてそれと戦ふやうな煩はしい気持」というのに注目したい。クラシック音楽（の一部）は、終生、三島の耳にすらすらと入ってくることはなく、抵抗をいだかせるものであった。

六月十二日、三島は休暇を利用して雨の上野駅から軽井沢に向かう。三谷邦子と会うためである。徴用逃れのために、邦子は三笠ホテル内の外務省分室に勤めていた。翌十三日の午後、高原の林のはずれで、二十歳の三島は一歳年下の邦子と人生初の接吻をする。このぎこちない接吻には期待（妄想）したような快感がなく、三島は自分に同性愛傾向があることを意識する。

この恋愛は実らなかった。八月十五日の終戦を経て、三谷家から邦子との結婚を打診されるが、三島は返事を保留した。妹美津子がチフスに罹患し、三島の必死の看病の甲斐なく、十月二十三日、十七歳で病没する。三島は号泣した。

十一月になって、失意の三島に追い討ちをかけるように、三谷邦子が十二歳年上の銀行員永井邦夫と婚約したことが知らされる。

十二月七日金曜日午後五時半、三島は母倭文重と日比谷公会堂にでかけ、「日本交響楽団臨時公演」

を聴く。日本交響楽団はＮＨＫ交響楽団の前身である。演目はメンデルスゾーン「真夏の夜の夢」序曲、バッハ「管弦楽組曲第二番ロ短調」、ベートーヴェン「交響曲第七番イ長調」である。ベートーヴェンの「第七」は第二楽章が葬送行進曲風であるが、全体としては疾風怒濤、精神を鼓舞する曲である。聴衆は熱狂したであろう。しかしこの日、美津子の中陰（四十九日）もまだ満ちていない。どんな気持で母子《おやこ》は演奏会を聴いたのだろうか。

昭和二十一年一月一日、三島は初めての長篇「盗賊」の執筆を開始した。完成までに二年を要することになる。四月（日不詳）、帝国劇場で藤原歌劇団の「カルメン」を観る。三島がオペラの実演に接したこれが最初である。

五月五日、三谷邦子十九歳が永井邦夫三十一歳と結婚。この夜、三島は飲みつけない酒を飲んで泥酔した。妹の死と邦子の結婚に三島は打ちのめされるが、映画、歌舞伎、能、文楽などにしばしば出かけている。映画「嘆きの天使」を三谷信と一緒に観た三島は、三日後、母と二人で再び観ている。「運命の饗宴」「商船テナシー」「心の旅路」「うたかたの恋」「春の調べ」「疑惑の影」など、続々と公開される外国映画を熱心に観る。邦画は、暇つぶしにもならないような通俗娯楽作品も観ている。三島は死ぬまで無類の映画好きであった。

クラシック音楽の鑑賞は多くないが、学習院の先輩徳川義恭と帝国劇場で東京バレエ団結成公演「白鳥の湖」や、東京バレエ団の「パガニーニ幻想」「シエヘラザード」「ジゼル幻想」を観ている。三島は生涯を通じてバレエを好んだ。なお、徳川義恭をモデルにした小説に、短篇「貴顕」がある。

三島の日記（「会計日記」）によると、昭和二十二年一月三日、三島は二時に渋谷ハチ公前で三谷と待ち合わせをし、数寄屋橋のダンス教習所シルク・ローズへ向かう。三時過ぎ、三谷が数寄屋橋駅に永井邦子を迎え、シルク・ローズに連れてくる。ワルツとブルースを踊り、有楽町の毎日ホール前で邦子と別れる。ここで川島夫妻（編集者川島勝）に会い、もらった切符で三谷とともに野辺地瓜丸のリサイタルを聴く。

三島は、「シューベルトの「さすらい人」よし」とだけ記している。「さすらい人」とはシューベルトの「さすらい人幻想曲」で、自作の歌曲「さすらい人」の主題を用いた四楽章からなるピアノ曲である。シューベルト自身うまく弾けなかったという難曲で、切れ目なく二十分以上続く。「よし」と書いているから、三島は退屈せずに聴いたのであろうか。

著者はずいぶん昔、NHKのFM放送で野辺地の演奏を聴いたことがある。往年の日本人演奏家を紹介する番組で、手の故障や病弱ゆえにあまり活躍できなかったこと、照明に非常にこだわったという逸話のあと、ショパンの練習曲「別れの曲」が流れた。戦後、野辺地がテイチクレコードに録音した45回転のEP盤（ドーナツ盤ともいう）を使用したと思われるが、さぞかしコルトーばりの個性的かつ詩的な演奏と思いきや、いたってまっとうな演奏だった。

一月三十一日、日比谷公会堂でオペラ歌手長門美保のリサイタル（曲不明）を聴く。

三月二十一日の夕刻、日比谷公会堂でソプラノ歌手三浦環の最後のリサイタル（死の二カ月前）が開催され、三島はこれを聴いた。翌年、三島が発表した短篇「蝶々」（昭和二十三年二月号『花』）に老いた声楽家が登場する。名前が書かれていないが、この短篇の原題は「晴れた日に」であり、オペラ「蝶々夫人」で世界的に活躍したプリマドンナ三浦環である。

戦後の三島の短篇の多くがそうであるように、「蝶々」の内容は暗く、虚無的である。清原という初老の元主計将校が、H公園近くの演奏会場に赴くところから物語は始まる。H公園は日比谷公園で、演奏会場は日比谷公会堂である。山中湖畔に疎開していた声楽家は、朝の湖のほとりで歌うと、枝々に小鳥がむらがって唱和したという伝説の歌姫である。二曲六双の金屏風の前にピアノと緑色の椅子。しかし、歌姫は椅子に座ることなく、シューベルトの歌曲集「美しき水車屋の乙女（美しき水車小屋の娘）」を歌う。アンコールは無伴奏の「埴生の宿」である。

オペラの第一線を退いてから、「美しき水車屋の乙女」は三浦環のお家芸だった。三島と親しかった作家中井英夫は、戦時中、原智恵子のピアノ伴奏による「美しき水車屋の乙女」を聴いている。なお、三島は三浦環リサイタルについての覚書を、大蔵省の官製原稿用紙十一枚にわたって記録している。歌舞伎座ですぐ近くの席に歌姫を見かけた体験談のほか、「明治の女」三浦環への敬愛の念を綴っている。

六月十五日、午後五時より毎日ホールで、チェンバロ奏者エタ・ハーリッヒ＝シュナイダー女史のバッハ「イタリア協奏曲」、「ブランデンブルク協奏曲第四番」を聴き、「よし」と日記にメモしている。三島の感想は「よし」だけで、具体的な記述はない。

七月三十日、午後五時より帝国劇場で藤原歌劇団のワーグナー「タンホイザー」を観る。全曲公演としてはこれが日本初演で、全二十五回の公演は補助椅子、立見が出る大盛況だった。ワーグナーのオペラの実演に初めて接した三島が、どのような感想をいだいたのかは不明である。

この昭和二十二年、三島は積極的にクラシックの音楽会に足を運んでいるが、八月以降については記録が見当たらない。かねて平岡梓は、伜が小説家になるのに猛反対し、高等文官試験を受けるよう厳命した。三島も人並みに受験勉強をしたのだろうか。十二月十三日、試験に合格し、二十四日、大蔵省事務官に任官。父梓は高等文官試験にトップで合格し、農商務省の官吏となったが、能吏とはいえず、予算折衝で大蔵省に煮え湯を飲まされた経験から、三島の大蔵省入りを仇をとったように喜んだ。

三島は官吏生活を始める一方、新進作家として文芸誌に精力的に作品を発表する。昭和二十三年八月二十八日、三島は河出書房の坂本一亀（坂本龍一の父）から書下ろし長篇の依頼を受けた。翌月二十二日、大蔵省をわずか九カ月で依願退職し、背水の陣で作家生活に専念する。構想を練り、十一月二十五日から書き始めたのが『假面の告白』である。

この月、文芸誌に分載してきた処女長篇『盗賊』が、川端康成の序文を得て真光社から刊行された。本来、三島の作家としての資質は『假面の告白』よりも『盗賊』にある。十代の頃から愛読していたレイモン・ラディゲの向こうを張った心理小説であり、きわめてアーティフィシャルな作品である。しかし、この一九三〇年代の華冑界（華族社会）を舞台とする、反時代的で現実味のない小説は、ほとんど反響がなかった。

さて、『盗賊』の作中にショパンの「練習曲」が弾かれる場面がある。同じ頃に発表された短篇「不実な洋傘」（昭和二十三年十月号『婦人公論』）にも、ヒロインがヴェルレーヌの詩句を思い浮かべながら「練習曲」を来客に弾いて聴かせる場面がある。ショパンの練習曲には「別れの曲」「黒鍵」「革命」

「蝶々」「木枯らし」などの有名曲があるが、三島はただ「練習曲」とだけ書いている。三島はもっぱら、作中のピアノ曲を「ショパンの練習曲」で済ませている感もある。

ショパンといえば、ドラクロワが描いた肖像画が有名である。ワルシャワを出郷し、ウィーンを経てパリに出てきたショパンは音楽家や著名人と交友した。ドラクロワは音楽と文学に造詣が深く、作家ジョルジュ・サンドと親しく交流、サンドの恋人ショパンとも親しくなった。サンドとショパンの関係が破局してからも、ドラクロワはこの病弱な年少の友を愛し、その死後も追慕してやまなかった。

三島はドラクロワの日記を愛読した。三島がショパンを小説に登場させているのは、日記を通じてショパンに親しみを覚えたからかもしれない。三島のドラクロワの日記への傾倒はただごとではなく、「戦後の座右の書は求龍堂版の『ドラクロワの日記』である。ドラクロアの日記は私を鼓舞する。無力からたへず私を救ひ上げ、居たゝまれない焦燥をとりしづめる」と書き、「この日記は紛れもない私の師である」とまで称揚している（昭和二十四年九月号『文藝往來』）。

絵画、文学、音楽について綴られたドラクロワの日記のどのような記述に三島が心を搏たれたのかは不明であるが、

「詩人であれたらどれほどよかったことか！　だが私は、少なくとも絵画で作り出すのだ」

この一節の「絵画」を「小説」「戯曲」と置き換えれば、三島が『ドラクロアの日記』に鼓舞されたというのがわかるような気がする。短篇「詩を書く少年」（昭和二十九年八月号『文學界』文藝春秋）

ショパン肖像画（ウジェーヌ・ドラクロワ /1838 年）

を、三島は短篇「海と夕焼」、短篇「憂國」と並んで、「私にとって最も切実な問題を秘めたもの」としている。ドラクロワの日記を愛読する三島は、すでに文壇に一定の地歩を固めていたが、「詩を書く少年から小説を書く青年」になることを、ほとんど身を焼くような思いで熱望していた。

昭和二十四年七月、『假面の告白』が刊行された。思いのほか売れ行きが悪く、焦燥した。大蔵省をやめたことを後悔したかもしれない。しかし、批評は概ね好評で、わけても神西清、花田清輝が激賞し、戦後文学の傑作との評価を得る。以後、『假面の告白』は順調に版を重ねた。

♪

村松剛は『三島由紀夫の世界』(昭和六十三年八月号~平成二年六月号『新潮』)で、三谷邦子の電撃的婚約が三島にとって「とうてい立ち直れないほどの衝撃」であり、「初恋とその破局が三島の生涯と文学に投げている翳は、一般に考えられているよりはるかに大きい」としている。三島夫人瑤子の意向を受けたといわれるが、村松剛には三島由紀夫同性愛者説を否定・払拭したいという執筆意図があった。したがって、三島の初恋と破局、その後遺症は必要以上に強調されている感もある、しかし、全体としては示唆に富むすぐれた評伝である。

村松は実名を書くことを憚り、邦子を「K子嬢」としている。村松によれば、『盗賊』と戦後のいくつかの短篇、『美徳のよろめき』(昭和三十二年　講談社)、はては晩年の『春の雪』(昭和四十年新潮社)にまで、K子嬢こと邦子は名を変え、姿を変えて登場し、三島の復讐を受けているという。

もっとも、「白鳥」という短篇（昭和二十三年一月号『マドモアゼル』小学館）には邦子という女性が登場する。三島由紀夫にしか書けない、気の利いた、お洒落なコントである。乗馬を愛する美しく活発な令嬢を邦子と名付けていることに、どこかしら痛切なものが感じられなくもない。

昭和二十五年、「婦人公論」の一月号から十月号まで連載された『純白の夜』は、『盗賊』の流れを汲む心理小説であり、昭和三十二年に発表された『美徳のよろめき』の先駆ともいうべき不倫小説である。ヒロインの郁子は夫や客の前でピアノを弾く。郁子は家事にかまけていて、そろそろ調律師を呼ばなくては、と思ったりする。郁子の夫は銀行員である。「郁」と「邦」の字の類似を村松剛は指摘しているが、郁子は紛れもなく「それからの邦子」である。

この小説には、ボードレールの詩にデュパルクが作曲した歌曲「旅への誘い」が出てくる。アンリ・デュパルクはフランスの後期ロマン派の作曲家で、バリトン歌手シャルル・パンゼラが吹き込んだSP盤「旅への誘い」は、堀辰雄の愛聴盤であった。戦前から日本でも親しまれており、ボードレールを耽読した三島はなんらかの形で聴いたのであろう。

昭和二十五年六月三十日に新潮社から刊行された、書下ろし長篇『愛の渇き』に、

杉本家の電話はすでにベヒシュタインのピアノと共に賣られてゐた。

という一行がある。この小説のどこを探しても、これ以外にピアノに関する記述はない。「ベヒシュタインのピアノ」はなんとも唐突である。ベヒシュタインと銘柄まで書いてあることから、三谷家の

ピアノがベヒシュタインではなかったか、とも想像される。

いまでこそコンサートホールではスタインウェイが圧倒的に多く、そうでなければベーゼンドルファー、あるいはヤマハであるが、第二次大戦後まではベヒシュタインが世界最高の銘器と謳われていた。ナチスに協力したことで、ヒトラーが「第三帝国のピアノ」と称揚したからである。そのため、戦後、ベヒシュタイン社は衰退した。

昭和二十四年の「光クラブ事件」に材を取った『青の時代』は、昭和二十五年七月から十二月まで『新潮』に連載された。『青の時代』に登場する野上耀子《てる》も、三島によって復讐される女性である。耀子は新興金融会社太陽カンパニーの社長川崎誠の秘書。川崎の接吻の要求をはねつける清純可憐な女性だが、奇矯なところがあり、愛するのはお金だけと公言する。

そんな耀子が、川崎誠の誘いにあっさりと応じ、日比谷で映画を観る場面がある。三島は題名を書いていないが、一九四四年制作のハリウッド映画「楽聖ショパン」である。

　映畫がはじまると、誠はしばしば傍らの耀子を見た。彼女の目は映写幕の反射をうけて紫の深い輝きの移ろひを宿してゐたが、その小さな美しい手は、赤い楽譜鞄の上でしばしば畫中のシヨパンが弾くピアノ曲をなぞってゐた。ひとつひとつの指の笑窪に誠は接吻するときの自分を想像し、突然この少女にお金を与へてゐる今の自分の身分に思ひ当ると、狂ほしいほど幸福になつた。

　映畫は色がついてゐて、運動選手のやうに頑健なシヨパンが、白い鍵盤に上に梅酢のやうな血を吐いたりする莫迦げた見世物だつたが、誠は満足したばかりか、非常に感動した。

かつて三島は、三谷邦子の一つ一つの指の笑窪に接吻することを夢想したかもしれない。三島が作中で野上耀子にどのような復讐をしているのか、あえてここには書かない。

田中美代子『三島由紀夫　神の影法師』（新潮社　平成十八年）によると、野上耀子にはモデルがあり、三島が交際していた佐々悌子だという。三島は佐々悌子を誘って「楽聖ショパン」を観たのだろうか。佐々悌子は亡き妹美津子の同級生で、平岡家をよく訪ねていた。三島としたら遊び相手になってくれた佐々悌子に復讐するいわれはない。やはり耀子は邦子のヴァリアントであろう。

佐々悌子は昭和二十四年六月に結婚して紀平悌子となる。警察官僚・防衛官僚の佐々淳行は悌子の弟で、三島の弟平岡千之とは東大の同期。佐々家と平岡家とは家族ぐるみで交際していた。佐々淳行は三島事件で、投降説得のために警視庁から市ヶ谷の陸上自衛隊東部方面総監部にパトカーで急行したが、総監室の血だまりの絨毯の上で、すでに三島の首と胴は離れていた。

松本徹『三島由紀夫　エロスの劇』（平成十七年　作品社）によると、『青の時代』は三島が「途中で投げ出した」小説であるという。講談社の『群像』に連載される予定の次回作『禁色』が、かつてない大長篇で、意欲作・野心作であるため、三島は『青の時代』を書き続ける意欲を失い、強引に完結させたという。この作品を三島は失敗作としながら、「不可思議な愛着の念を禁ずることができない」と述べている。『青の時代』には失敗作であるがゆえの魅力のようなものがあり、著者にとって好ましい三島作品の一つである。

性的倒錯、同性愛傾向、苦痛嗜好を主題とした『假面の告白』で成功した三島は、『禁色』で男色の世界を大胆に描いた。『盗賊』のロマネスクな手法を大規模に踏襲した大作で、一種の芸術家小説でもあり、大きな反響を呼び、新進作家として評価を確立する。

昭和二十五年八月初旬、三島は執筆、乗馬のために軽井沢に滞在し、偶然、永井邦子と再会した。翌る二十六年八月、三島は作家吉田健一らと北軽井沢の劇作家岸田國士の別荘を訪ねた。岸田の娘今日子、美津子の親友だった板谷諒子と合流し、三島は鹿島守之助の別荘で、守之助の三女鹿島三枝子、板谷諒子、兼高かおるなど、上流階級の令嬢たちといささか羽目をはずした避暑地の数日を過ごした。

東京に帰ると、三島は日本最大のゼネコン会社の令嬢鹿島三枝子に、「臣　由紀夫」と末尾に記した恋文めいた手紙をせっせと送り、観劇やコンサートに誘い、はては銀座五丁目四番地のゲイバーに帯同した。そこには美少年の丸山明宏（のち美輪明宏）がいた。このゲイバー「ブランスウィック」で、三島は占領軍の情報局員として働いていたメレディス・ウェザビーと知り合う。のちにウェザビーは『假面の告白』と『潮騒』（昭和二十九年　新潮社）を英訳し、三島文学の国際化に寄与する。

板谷諒子の姉板谷あつ子（湯浅あつ子）は、目黒区緑ヶ丘の三島宅に足繁く出入りしていた。三島と同年齢で、三島が心を許した女友達である。湯浅あつ子は親身になって三島の世話を焼き、のちに長篇『鏡子の家』の鏡子のモデルとなる。湯浅あつ子の豪邸には芸能人、文化人が出入りし、あつ子は「湯浅のあっちゃま」「あっちゃま」と呼ばれて、慕われた。

この年の九月十日付川端康成宛て書簡に、「目下、コルトオの「ショパン」をよんでゐます。これも面白うございます」とある。アルフレッド・コルトー著『ショパン』は新潮社から出版されたばかりであった。翻訳は文芸評論家・音楽評論家の河上徹太郎で、ピアノも堪能だった。『ドラクロアの日記』を通じてショパンに親しみを覚えていた三島は、興味深く読んだのであろう。

コルトー著『ショパン』は、ショパンの容姿や身体的特徴に関する記述から始まり、コルトー自身が骨董屋やオークションで手に入れたものも含め、写真、肖像画、肖像メダルを紹介し、実に詳細に語っている。これが楽曲の解説や分析、ショパンの演奏法などから始まっていれば、三島は投げ出していたかもしれない。

三島が日頃からショパンを愛聴していたという事実はないが、コルトーが録音したショパンの夜想曲のSP盤が、『奔馬』（豊饒の海第二巻）に登場する。

～鉢の木会

戦後まもなく、中村光夫、吉田健一、福田恆存が月に一度、鎌倉駅前の洋食屋に集まって清談する会を始めた。吉川逸治（美術史研究家）が加わり、以後、交互に四人の家に集まり、家計をやりくりしてもてなした。

中村光夫が会の名を「鉢の木会」と命名した。旅の僧（実は北条時頼）が大雪に遭い、陋屋に一夜の宿を借りたところ、主の佐野源左衛門が秘蔵の鉢植の木を囲炉裏に焚べてもてなす、という謡曲「鉢木」が命名の由来である。この話は大正から昭和にかけての「尋常小學國語讀本」に収録され、当時の日本では誰でも知る有名な美談であった。

やがてロシア文学者、翻訳家、評論家、小説家の神西清が入会する。三島由紀夫が迎えられたのは昭和二十六年で、鉢の木会例会のゲストに招かれ、そのまま会員になった。のちに、武田泰淳、ドナルド・キーンなどもゲストに招かれた。

会員の生年順は、明治三十六年生まれ神西清、明治四十一年生まれ吉川逸治、明治四十二年生まれ大岡昇平、明治四十四年生まれ中村光夫、明治四十五年生まれ吉田健一、大正元年生まれ福田恆存、大正十四年生まれ三島由紀夫である。最年少の三島にとって、文壇の大先輩たちとの交流は大いに裨益するところがあった。

鉢の木会は親睦会でもあり、会員で小旅行を楽しむこともあった。昭和二十八年五月、福田と大岡が相次いで渡米することになり、送別を兼ねて会員一同で伊豆大島に旅行した。船中での記念写真があるが、一癖も二癖もある文士たちが顔を寄せるようにして写っている。

鉢の木会では、当番の主が発句して連歌を巻くのが恒例だった。昭和二十八年十二月の三島邸での例会（忘年会）での三島の発句は、「何も可も言ひ盡志てや暮乃酒　由紀亭」である。

三島は、鉢の木会についてこう書いている。

「私が加入してからでも、もう六年はめんめんとつづいている、つづいている理由は他でもない。会うたんびにバカ話しかしないからである。その上、連歌と称して、毎月、会員だけにしかわからない、楽屋落みたいな句を書きつらね、それがもう十一、二冊になったが、文壇史の資料になっては大変だから、鍵をかけて保存している」（昭和三十二年二月号『新潮』）

鉢の木会はバカ話ばかりしていたわけではない。昭和三十三年からは丸善を発行元に、意欲的な季刊文芸誌『聲』を発行した。創刊号に三島は長篇『鏡子の家』の序盤部分を掲載した。

第二章　愛しきはオペラ

昭和二十六年（一九五一年）十二月二十五日、三島由紀夫は朝日新聞特別通信員の肩書で、世界一周旅行に出発した。横浜港からプレジデント・ウィルソン号で出航し、サンフランシスコまで十五日間、三島は日光浴や読書、執筆で過ごした。

翌年の一月一日早朝、船はホノルルに寄港。夕刻の出港まで、船客は十時間の上陸を楽しむ。紀行文『アポロの杯』（昭和二十七年十月「朝日新聞」）にこうある。

ハワイにはわかりやすくないものは何も受け入れられないやうに見へるが、ハイフェッツもメニューヒンもこの島に来るのである。東京のやうにメニューヒンを祭り上げる事大主義の歓迎をあざ笑つて、二世たちは彼らを冷静に迎へたことが自慢である。

ヤッシャ・ハイフェッツは戦前に三回も来朝し、日本でもお馴染みの巨匠ヴァイオリニスト。ユーディ・メニューインは昭和二十六年九月に初来日した。昭和十二年に二度目の来朝をしたミッシャ・

エルマン以来十四年ぶり、戦後初めての世界的ヴァイオリニストの鳴り物入りの来日公演である。メニューインのステージを記録映画にしたものが上映され、日本橋三越では写真展が開催された。こういうことを「事大主義の歓迎」と三島は皮肉っているのである。

全国主要都市を巡る日本公演の初日は九月十八日、日比谷公会堂には吉田茂首相夫妻、リッジウェイGHQ総司令官夫妻も臨席した。メニューインが演奏（ピアノはアドルフ・バラー）したのは、タルティーニ「悪魔のトリル」、フランク「ヴァイオリン・ソナタ」、パガニーニ「ヴァイオリン協奏曲第一番」、バッハ「無伴奏パルティータ第二番シャコンヌ」で、なかなか豪華なプログラムである。小林秀雄は「朝日新聞」に「メニューヒンを聴いて」という絶賛の文章を寄せた。

初日の公演を『アサヒグラフ』（十月十日号）が記事にし、掲載された写真に三島、川端康成、真杉静枝の三人が写っている。サイン待ちであろうか、人混みの中で着物姿の真杉はカメラに向かって笑い、鋭い視線の川端は煙草を手にしている。長髪・白皙《はくせき》の三島は蝶ネクタイを結び、プログラムを小脇に挟み、微笑している。三島が「音樂会へ行つた時の、音樂に反撥されてそれと戦ふやうな煩はしい気持」になったかどうかはわからないが、この盛大な演奏会に強い印象を受けたようである。

プレジデント・ウィルソン号は一月六日にサンフランシスコに帰港し、三島はロサンジェルスを経て、一月十日、ニューヨーク空港に降り立つ。その晩、黄金の緞帳で有名なメトロポリタン歌劇場で「サロメ」と「ジャンニ・スキッキ」を観た。いずれも一幕物の短い作品なので、二本立て興行である。

三島にとって幸運だったのは、メトロポリタン歌劇場がルドルフ・ビングを支配人に迎えていたことである。著者が中学三年生のときに購入した三枚組LPレコード「メトロポリタン歌劇場の歴史」

（昭和四十一年　日本ビクター　VRA2031～3）の解説書によれば、三代目総支配人ビングは、オペラは音楽であると同時に演劇であると考え、世界中から一流の演出家・舞台美術家・衣裳デザイナーを招き、目も楽しませるオペラをめざした。

三島はアリアと管弦楽が美しいジャコモ・プッチーニの「ジャンニ・スキッキ」には一言もふれず、関心はもっぱらリヒャルト・シュトラウスの「サロメ」にある。三島が十一歳か十二歳の頃、初めて小遣いで購入したのがオスカー・ワイルドの『サロメ』で、佐々木直次郎訳、ビアズリー挿画の岩波文庫を耽読した。

リヒアルト・シュトラウスの「サロメ」は、私の眷戀の歌劇である。主役を演ずるソプラノ歌手は楽天的に肥つてゐて、到底この役のエクセントリックな性格に適しない。しかしこの歌劇を見て、私の渇は大方癒されたと云つていい。

三島は世界最大の歌劇場の内部と聴衆を描写し、舞台装置と演出について詳細に記述している。しかし、曲に関する感想はわずかである。

オスカー・ワイルド『サロメ』の挿画（オーブリー・ビアズリー／1894年）

シュトラウスの音樂は、神経質で無禮な音楽である。この一幕は感情のおそろしい誇張の息づかひを音樂が執拗にくりかへし、ヨカナーン斬首のあとの兇暴な抒情の展開にいたつて、極点に達する。彼は二十世紀のワグネルである。ニイチェを激怒させたワグネルといふ蠍の嫡子である。純然たるデカダンの徒である。私はかねて彼の交響詩「ドン・ジュアン」を甚だ愛した。そしてシュトラウスをして、トマス・マンの「ヴェネチヤ客死」を作曲せしめたいと空想した。

なお、三島はここではワーグナーをワグネルと表記しているが、ある時期まではワグネルが一般的であった。メトロポリタン歌劇場に通ったオペラ好きの永井荷風、活字とレコードでワーグナーに傾倒し、書斎にワーグナーの肖像画を飾っていた石川啄木、いずれもワグネルと書いている。

交響詩「ドン・ファン(ドン・ジュアン)」を甚だ愛したとあるが、この十七分前後の変化に富む曲の、ここが理想の女性の主題、ここが第一の女性の登場、ここがドン・ファンの失望、ここが第二の女性の登場などと聴き取るには、曲の解説書を片手に、根気強くレコードを熟聴しなければならない。そんなことが三島にできただろうか。リヒャルト・シュトラウスに「ヴェニスに死す」を作曲させたいとあるが、英国の作曲家ベンジャミン・ブリテンが三島の死後三年目、「ヴェニスに死す」をオペラ化した。

感想の末尾に三島はスタッフを記している。

指揮者フリッツ・ライナア、舞台装置ドナルド・エンスレーガア、エロド(テノール)セット・スヴァンホルム、エロディアス（メゾ・ソプラノ）エリザベス・ヘンゲン（初舞台）、サロメ（ソプラノ）リュバ・ヴェリッチ、ヨカナーン（バリトーン）ハンス・ホタア、ナラボ（テノール）ブライアン・サリヴァン

フリッツ・ライナーはハンガリー出身で、リヒャルト・シュトラウスとも親交があった名指揮者。歌手たちも錚々たる顔ぶれである。わけてもブルガリア生まれのリューバ・ヴェリチュは、世界中で五百回以上サロメを演じた稀代のサロメ歌手である。白い肌、赧い髪、官能的な歌声で聴衆を悩殺した。一九四八年のニューヨーク公演では、あまりに妖艶な舞台姿に、女性団体の抗議デモが起きた。

同じ一九四八年、ロンドンのコヴェント・ガーデン歌劇場でヴェリチュを見たドナルド・キーンは、エッセイ「私の好きなレコード」（昭和五十年一月号『レコード藝術』）に以下のように回想している。

「ヴェーリッチの〈サロメ〉については、ニューヨークからそのさまざまな評判が伝えられていたけれど、コヴェント・ガーデンの演出はユニークそのものだった。舞台装置と衣裳は、サルヴァドール・ダリの担当によるもので、登場人物全員が、ちゃんと口ばしと翼と羽毛の揃っている鳥の扮装をしていた。最後は、舞台装置が、尾にたくさんのかがやく〝目〟をつけた、巨大なクジャクと化すのだった。だが、ヴェーリッチは鳥の扮装をして舞台に出ることを拒絶した。かの女は、その燦然たる赤い髪を引き立たせる淡いグリーンのガウンをまとって登場し、さながら悪魔のごとく歌ったのだった」

ところが三島は、次のように辛辣である。

七つのヴェールの踊りは、サロメの裸體が樂天的に肥つてゐるので、面白くない。サロメの髪が赤毛の断髪のやうなので面白くない。日本人の考へでいふと、ここのサロメは髪をふり乱してゐなくてはならないのである。

痩せていて、髪を振り乱したサロメといえば、ビアズリーの挿画のサロメである。豊かな声量を必要とし、長時間の演技に耐えるオペラ歌手は概して肥満傾向にあり、ビアズリーの描いたようなサロメにはなかなかお目にかかれない。オペラファンはそういう不満には目をつぶり、声の饗宴を楽しむのであるが、三島は目をつぶることができない。

なお、三島は「サロメ」を歌劇と書いているが、正確には楽劇である。従来のアリア偏重・歌手重視の歌劇を排し、劇と音楽の一体化を図ったものが楽劇である。その創始者はワーグナーであり、リヒャルト・シュトラウスはワーグナーの楽劇の後継者（「蠍の嫡子」）である。

三島はまた、欧州のどこかでリヒャルト・シュトラウスの楽劇「エレクトラ」を見たい、と書いている。「エレクトラ」はソフォクレスのギリシャ悲劇で、これを下敷きにホフマンスタールが台本を書き、リヒャルト・シュトラウスが楽劇にした。ギリシャ悲劇を愛読した三島にとって、「エレクトラ」も眷恋のオペラであった。「エレクトラ」は人気曲ではないし、当時の日本では、歌手やオーケストラの力量不足もあって上演されることはなかった。だから「欧州のどこかで」と三島は書くのだが、この願いは昭和四十年の春、英国文化振興会の招聘でロンドンを訪問した際に実現する。

サロメを演出することは三島の宿願で、昭和三十五年四月、文学座によって渋谷の東横ホールで初演された。痩身の岸田今日子が七つのヴェールの踊りを半裸で踊った。二十年来の夢を果たした三島は、サロメの演出がしたいばっかりに文学座に入った、と公演プログラムに書いている。

三島は、戦前の日夏耿之介訳「院曲撒羅米」を台本に使用した。文学座の先輩福田恆存に最新の翻訳があったので、さまざまに取沙汰されたが、三島はあえて日夏耿之介の「塊麗にして難解」な文語体の訳文を用いた。

なお、三島の死後三カ月も経たないうちに、三島戯曲の専用劇団であった浪曼劇場が、追悼公演として「サロメ」を紀伊國屋ホールで（名古屋、大阪、京都でも）上演した。舞台に登場するヨカナーンのリアルな生首、三島が生前に指名した森秋子の全裸の熱演が話題となった。

♪

ニューヨークで三島は、マジェスティック劇場の「南太平洋」、インペリアル劇場の「コール・ミー・マダム」などのミュージカルを観る。拡声器を一切使っていないのを特筆大書したい、と記しているが、小劇場だから可能なのであって、現在、東京でもロンドンでもニューヨークでも、PA（拡声装置）を使わないミュージカルはあり得ない。

三島はパリに着いて早々、トラベラーズチェックを盗まれ、ヨーロッパ遊学中の映画監督木下恵介の紹介で、モーツァルト通りの日本人経営の安宿で窮乏生活をする。このとき、パリ高等音楽院に留学していた黛敏郎と知り合った。

三島作品の最初の映画化は昭和二十六年八月公開の「純白の夜」で、音楽を担当したのが黛敏郎である。三島の四歳年下で、東京音樂学校（東京藝大）の研究科を卒業したばかりだった。三島は自作の初めての映画化に強い興味をいだき、エキストラで出演したほどである。黛敏郎という無名の若い作曲家にも関心があっただろう。

実際に親しくなったのはパリで、三島は何かと黛を頼りにし、近くの郵便局で手紙を出すにも黛に同行してもらった。また、三島は黛にゲイバーへ連れて行ってほしいと懇願、黛がゲイバーを探し出し、木下との三人で「ラ・レーヌ・ブランシュ（白い王妃）」なる店を訪ねると、もてたのは容姿端麗で声のよい黛で、三島は相手にされなかった。

このような縁もあって、「夏子の冒険」「潮騒（一回目）」「美徳のよろめき」「炎上（金閣寺）」「不道徳教育講座」「黒蜥蜴（一回目）」の映画音楽も黛敏郎が担当した。

パリで三島は、オペラ座（ガルニエ宮）でワーグナーの楽劇「トリスタンとイゾルデ」を観る。昭和十六年八月三十一日付の東文彦宛て書簡に、「フランスの中世物語トリスタンとイズーをよみました。面白いことこの上なしです」とある。十代の頃の愛読書の一つが『トリスタン・イズー物語』であったから、これも三島にとって眷恋のオペラであった。

この楽劇は三島の生涯に強い影響を及ぼす。「スツッツガルト歌劇団の」としか書いていないので、指揮者も歌手も演出家も不明である。この頃、ドイツの歌劇場でパリへ遠征できるのは戦災を免れたシュトゥットガルト歌劇場だけで、錚々たるワーグナー歌手を擁していた。三島が観たのは、当時、世界最高水準の「トリスタンとイゾルデ」であった。

パリでは、ゲーテ・リリック劇場で、木下、黛と一緒にレハールの喜歌劇《オペレッタ》「微笑みの国」を観ている。三島は戦前からドイツの映画会社ウーファ製作の「会議は踊る」(リリアン・ハーヴェイ主演)などのオペレッタ映画に夢中になり、荒唐無稽な筋、台詞、歌も好んだ。戦時中もリリアン・ハーヴェイ主演の「カプリッツィオ」に熱中し、ケエテ・フォン・ナジイという美貌のオペレッタ女優に病みつきになった。

レハールの「微笑みの国」は、代表作「メリー・ウィドウ」と並ぶ傑作で、三島は感激し、オペレッタ熱が再燃したようである。昭和二十九年九月三日から大阪の新歌舞伎座で三島歌舞伎「地獄変」が上演され、ほぼ同時に京都・南座で東京松竹歌劇団によるオペレッタ「ボン・ディア・セニョーラ」が上演された。オペレッタと銘打たれた唯一の三島作品である。

ロンドンではコヴェント・ガーデン歌劇場でベンジャミン・ブリテンの新作「ビリー・バッド」(原作メルヴィル)を観る。

最後の訪問地ローマでは、明るいうちは美術館に通い、夜はその感想を綴った。五月五日の夜、「羅馬オペラ座(ローマ国立歌劇場)」でヴェルディの「リゴレット」を観た三島は、忘れ難い感銘を受けた。

当夜の「リゴレット」の配役を、「マントーヴァ侯:ジューゼッペ・サヴィオ、リゴレット:ティート・ゴッビ、ギルダ:ジューゼッピア・アルナルディ、マッダレーナ:マリア・ノエ」などと記しているが、指揮者の名を記していないのが三島らしい。指揮者は歌わないし、演じない。その感想の最後に、三島はこう書いている。

私は器樂よりも人間の肉聲に、一層深く感動させられ、抽象的な美よりも人體を象つた美に一層強く打たれるといふ、素朴な感性を固執せざるをえない。

以上が、『アポロの杯』の音楽関連の記述のすべてである。三島はパリのオペラ座でヴェルディの「アイーダ」を観ているが、気に入らなかったので言及していない。ローマを飛行機で発ち、羽田空港に着いたのは五月八日。活発な創作活動を再開する。

短篇「眞夏の死」は、『新潮』十月号に発表された西伊豆の海辺から始まる小説である。死の翌年、昭和四十六年一月から刊行された『三島由紀夫短篇全集』（全六巻　講談社）のあとがきに、こう記している。

昭和二十七年の初夏に、最初の世界一周旅行からかえった私は、生来のつむじ曲がりで、当時流行していた外国旅行お土産小説に反抗し、絶対に日本の題材で、帰朝最初の小説を書こうと決心し、半年の外遊で筆がにぶったなどと云われては面目を失するから、百枚の制作に十分な時間をかけ、以前西伊豆今井浜で得た題材をもとに、「真夏の死」を書いた。

主人公の朝子は伊豆の海辺で、夫の妹と最愛の三児のうち二児を波に呑まれて失う。惨劇の夏が過ぎ、晩秋になっても朝子は芝居見物やさまざまな享楽を禁忌としていたが、「米国から名高い提琴演奏家が来朝」したので、「良人と自動車の相乗りをし、音楽会場へ赴」く。永い化粧をし、着物を撰り、奢った身装《みなり》の妻の美しさに良人は驚く。美しい妻は公会堂の廊下のいたるところで人目に立ち、良人は一方ならず満足するが、朝子は満ち足りた気分からは遠い……。この挿話は女性心理の怪物性を浮き彫りにする戦慄のラストシーンの伏線でもある。いうまでもなく、米国の名高い提琴演奏家はメニューインで、公会堂は日比谷公会堂である。

なおこの年、朝日新聞社の招聘によってアルフレッド・コルトーが初めて来日し、熱狂的に迎えられた。九月三十日から十二月五日まで、全国各地で追加公演を含む三十四回の演奏会をおこなった。東京公演は十六回である。三島由紀夫は東京公演のどれかを聴いただろうか。記録は見当たらない。

コルトーは十二月一日と三日、東京築地の日本ビクターのスタジオでレコード録音をおこなった。当時としては最新の機材を使った磁気テープ録音である。平成二十年（二〇一四年）六月、BMGファンハウスから二枚組CDとして『コルトー・イン・ジャパン1952』が発売され、著者はとあるPR誌に販売促進の文章を書いた。少々気が引けるが、以下に拙文を転載する。（原文は横書き）

「私は、作家なら三島由紀夫なのであるが、〈目下、コルトオの「ショパン」を面白く読んでゐますが、これも面白うございます〉と、三島が川端康成への書簡にしたためたのが昭和26年の秋、一年後、コルトーが来日するが、実演を聴いたかどうかは定かではない。が、三島は十四年後、『奔馬』（豊饒の海第二巻）の中に、SP盤のコルトーのショパンのノクターン、フルトヴェングラー指揮ベルリン・フィルの「ティル・オイレンシュピーゲル」を蓄音機で聴く場面を書く。音痴を自認し、オペラ以外のクラシック音楽には無関心だった三島由紀夫にして、指揮者ならフルトヴェングラー、ピアニストならコルトーだったのである。

（略）

コルトーは若い頃ワーグナーに傾倒し、バイロイトで修行し、「神々の黄昏」をパリで初演した指揮者であり、多数の名ピアニスト（現役に遠山慶子、ハイドシェックらがいる）を育てた偉大な教師でもあった。ピアニストとしては疵のない表面的な美を磨き上げるよりは、その場の感興によって音楽の美が華やぐことに意を傾けた。ミスタッチさえも芸術的、と讃えられたゆえんである。しかしコルトーは、技術を超えた精神性、とでもいったものが売りのピアニストだったわけでは決してない。リストの「ハンガリー狂詩曲」を聴くといい。精神性無用のこの曲で、老コルトーは秘術の限りを尽くす。万華鏡のような音の美しさといい、綱渡りのようにスリリングな曲の運びといい、聴けば聴くほど啞然とするほかない」

♪

昭和二十八年八月から翌年七月まで『主婦の友』に連載された『戀の都』は、戦後の軽佻浮薄な世相をジャズバンドの世界に寄せて描いたエンターテイメント小説である。

尾道に近い風光明媚な郷里の町で、松原の兩親は宿屋を経営してゐたが、あいにくその家には古ぼけたオルガンしかなく、東京へかへつて久しぶりにピアノにむかつた松原は、あのオルガンの重つたるいキイの感覚が、まだ指先に残つてゐるのが心配で、ひまさへあればピアノの練習に熱中してゐた。ピアノ弾きは一日ピアノを休むと、技倆が落ちたといふ不安にたへられなくなる。彼は瀬戸内海の美しい海辺をさまよひながら、打ち寄せるおだやかな白い波の波打際が、ピアノの白い象牙のキイに見へて仕方がなかつたと語つた。

ピアニストの指の感覚に関する三島の記述はそつがない。ジャズ・ピアニストの誰かから聞いたのであろうか。

ヒロインの朝日奈まゆみ二十六歳は、「シルバア・ビーチ」という六人編成のコンボ・ジャズのバンドマネージャーである。モデルは曲直瀬《まなせ》美佐で、先祖は戦国・安土桃山時代の名医曲直瀬道三である。ジャズバンドのマネージャーとしてめざましく活躍する美佐に、三島は興味をいだいた。三島に美佐を引き合わせたのは鹿島三枝子である。

曲直瀬美佐は、ベース渡邊晋、バイブ安藤八郎、ギター宮川協三、ドラムス南広、テナー・サックス松本英彦、ピアノ中村八大の「シックス・ジョーズ」のマネージャーをしていた。やがて美佐は渡邊と結婚し、音楽事務所「渡辺プロダクション」を創設する。三島がピアノについて質問した相手は中村八大かもしれない。三島は昭和三十三年六月、中村八大リサイタルのプログラムに「中村八大氏」という短い賛辞を寄せ、そのピアノ演奏については「霊妙」の一語だけで済ませている。

この長篇はほとんど問題にされないが、主人公丸山五郎には三島と戦後の日本の関係が投影されている。朝日奈まゆみは高校生のとき、代々木練兵場の丈高い樫の木陰で、過激な愛国青年丸山五郎と人生最初の接吻をする。五郎は帝国日本の敗戦に殉じて切腹死し、まゆみは志操堅固に生きることを決意する。

まゆみは言い寄ってくるアメリカ人を翻弄することで、死んだ恋人に代わってアメリカに復讐する。五郎のために貞操を守る二十六歳の聖処女まゆみは、かくあれかしという三谷邦子の絵姿であろう。

しかし五郎は実は生きており、こともあろうにアメリカ人になり、アメリカのためにスパイ活動をしている。売国奴丸山五郎は戦後の日本そのものであり、三島自身でもある。昭和二十年二月四日、入営通知を受け取った三島は死を覚悟する。しかし、入隊することなく、空襲で死ぬこともなかった。まゆみが五郎の求婚を受けてアメリカでの生活を選ぶように、三島も敗戦後の日本に生きる。そして、この小説が書かれた十六年後、切腹死するのである。

なお、『戀の都』に中年の肥ったアメリカ人が登場する。「ロング・プレイの蓄音機」のセールスマンで、「ムーンライト蓄音機のセールスをやつていらつしやるヘンリー・マクガイヤさん」である。ロング・プレイの蓄音機とは、従来の78回転のSP盤を再生する蓄音機にかわって、33回転のLP盤や45回転のEP盤を再生する最新の電気蓄音機である。「ムーンライト蓄音機」というメーカーは存在しないが、執筆当時、ロング・プレイの蓄音機は普及するどころか、一般庶民にはその存在すら知られていなかった。三島はいち早く電気蓄音機に興味を寄せていた。

三島はバレエ公演にも熱心に足を運んでいる。アメリカから世界的バレリーナのノラ・ケイが、小牧バレエ団に客演し、昭和二十八年十一月十六日、三島は日劇（有楽町にあった日本劇場）で「ジゼル」、「双曲線」を観る。三島は「ノラ・ケイの公演をみて」（初出不詳）という短い文章で、ノラ・ケイを絶賛している。

翌る二十九年にもノラ・ケイは来日し、七月二十九日から三十一日まで、日比谷公会堂での小牧バレエ団の「白鳥の湖」に客演した。初日を観た三島は、「鳥に託した女性の哀歓――ノラ・ケイの白鳥の湖」（八月八日号『週刊朝日』）という批評を書き、歌舞伎舞踊「鷺娘」を引き合いにして論じている。四十時間も飛行機に乗って来日したノラ・ケイが翌晩の初日に出演した、その驚異的精力に三島は感嘆している。

しかし、「その音樂の当夜の演奏は、遠來の客にははなはだ非禮な、情けない演奏であつた」とオーケストラに文句をつけている。バレリーナの足を引っぱるような、演奏上のミスがあったのかもしれない。このときのノラ・ケイの客演では、日劇でのストラヴィンスキーの「火の鳥」の日本初演が大評判になり、二十四日連続公演のすべてが満席になったが、三島が観たかどうかは確認できない。


♪


マルグリット・ユルスナールが、『三島由紀夫あるいは空虚のヴィジョン』（昭和五十七年　河出書房新社）において、「一般に作家がその生涯に一度しか書かないような、あの幸福な書物の一つ」と絶賛する『潮騒』は、昭和二十九年六月に新潮社から刊行された。古代ギリシャの物語作家ロンゴスの恋愛譚「ダフニスとクロエ」を換骨奪胎した書下ろし小説である。

バレエ音楽に「ダフニスとクロエ」がある。ロシアの興行主セルゲイ・ディアギレフがバレエ化を企画し、ディアギレフに依頼されてモーリス・ラヴェルが作曲した。ラヴェルの管弦楽曲の傑作であるが、三島が聴いていたかどうかはわからない。『潮騒』はすぐさま映画化され、音楽を黛敏郎が作曲した。海の場面にラヴェルを髣髴とさせる音楽が聞こえる。しかし三島が、「黛さん、音楽がとてもいい。ラヴェルよりいいくらいだ」と感想を述べたとは思えない。

ユルスナールの言う「幸福な書物」というわけではないが、『潮騒』はベストセラーになった。当時、本の奥付に著者が本の刊行を承認する検印紙を貼る慣行があった。印税の語源である。売れれば売れるほど検印紙の押印作業に追われる。平岡梓は、「ついに倅は、洛陽の紙価を高めた」と嬉々として押印したことだろう。

この年に書かれた美術評論に、「ワットオの《シテエルへの船出》」(六月号『藝術新潮』)がある。ロココ美術の巨匠アントワーヌ・ヴァ

「シテール島への船出(巡礼)」(アントワーヌ・ヴァトー/1717年)

トーの絵画「シテール島への船出」についての、力のこもった長文のオマージュである、三島は短篇『貴顕』、長篇『天人五衰』にもヴァトーの絵を登場させており、最も愛した画家であった。

この絵にインスピレーションを受けて作曲されたのが、ドビュッシーのピアノ曲「喜びの島」であることを三島は知っていただろうか。知っていれば、文中に記述したであろう。「喜びの島」を三島は知らず、耳を傾けたこともなかったと思われる。なお、この絵はシテール島への船出ではなく、シテール島からの帰還だという説もあり、現在は「シテール島への巡礼」とよぶのが一般的になっている。また、ドビュッシーが「シテール島への船出」に触発されて「喜びの島」を作曲したことについても異説がある。

三島はオーケストラの演奏会には消極的だったが、昭和二十九年十一月号『世界』（岩波書店）に掲載された短篇「水音」に三島のオーケストラ体験が窺われる。

貧しく雑然とした街の生活保護家庭の喜久子は、隣のパチンコ店の騒音を聞きながら病気で日がな一日寝ている。喜久子の長兄正一郎は元小説家志望で、覇気がなく、無為徒食の日々。次兄は医者を志して夜学に通っている。長兄と喜久子は恋愛に近い感情をいだいている。脳をわずらう（認知症）父親は徘徊癖があり、拾った馬糞を牡丹餅に見立て、土産だといって病人の枕頭に置く。あげくは病人の乳房にさわる。喜久子と正一郎は父親を青酸加里で殺そうと考えている……。

友人に切符をもらった正一郎は、K球場（後楽園球場）の夜のコンサートに出かける。聴衆の中に小市民を絵にかいたような父娘《おやこ》がいる。

父親はどこかの大銀行の小使のやうに見へ、娘は清潔なセイラー服を着て、このごろの娘にめづらしく二つに分けて編んだつややかな髪を肩にたらしてゐる。

こんな二人を正一郎が皮肉な視線で見ているうち、

内野の中央を横切つて、メス・ジャケットの外人指揮者が現はれた。白い上着と高潔な白髪が照明に映えてゐる。拍手がどよめき、彼は指揮台に立ち、棒をおだやかに上げて、楽人たちを制した。場内は静かになつた。

そのとき例の父娘のうしろの客が、声高な私語を交はしたので、禿げたダンディーの小使は、腕組みをしたまま首をめぐらして、「しいっ」と言つた。

ベートホーフェンの田園がはじまつた。

（略）

——音樂は平和な田園に雷雨が訪れる件りになつた。大太鼓が雷鳴をきかせた。正一郎は二三日前、妹と話してゐるうちに襲つてきた雷雨を思ひ出して、胸が締めつけられるやうな気がした。

拍手が鳴る。音樂がをはる。休憩になる。

（略）

第二部がはじまつた。皇帝円舞曲や「蝙蝠《こうもり》」である。ワルツは心を浮き立たせずに、心の表面をけば立たせるやうに思はれる。正一郎はワルツの途中で席を立つた。

席を立ったその足で、正一郎は下町の錺《かざ》り屋へ、妹にたのまれた青酸加里を買いに行く。

ベートホーフェンとはなんとも時代がかっているし、雷鳴を轟かせるのは大太鼓ではなくティンパニである。「胸が締めつけられるやうな気がした」とあるが、三島は実際、雷の音が嫌いだったという。ヨハン・シュトラウス二世の「皇帝円舞曲」と喜歌劇「こうもり」の序曲は、華麗で心浮き立つワルツである。

実際に体験しなければ書けない描写である。当時、東京にはプロのオーケストラが、東京フィルハーモニー管弦楽団、NHK交響楽団、東京交響楽団と三つあったが、収入拡大とクラシックの普及啓発を目的に、多数の観客を動員できる野外コンサートをおこなった。そういうもののどれかを三島は聴いた（観た）のであろう。

それにしても「水音」は、暗い、陰惨な話である。しかし三島は、実生活ではかってない幸福な時期、人生の春を迎えていた。この昭和二十九年の晩夏、三島は歌舞伎座の六世中村歌右衛門の楽屋で着物姿の若い娘を見かける。色白で切れ長の眼をした、日本人形のような顔立ちの美少女に、三島は一目惚れする。

村松剛著ではD子嬢、猪瀬直樹著ではマダムXと仮称されているが、赤坂の料亭若林の娘豊田貞子で、慶應義塾女子高等学校を卒業したばかりであった。なお、豊田貞子は湯浅あつ子からも可愛がられていた。

二人は毎日のように逢瀬を重ね、「公威《こうい》さん」「だこ」と呼び合い、男女の関係となる。理想の恋人を得た三島は意気軒昂、気力充溢して創作も捗る。「おもしろいほど、書けて、書けて、しかたがないんだ」と貞子に何度も述懐した。三島は貞子との関係の子細を湯浅あつ子に語った。あまりにもあけすけに語るので、湯浅あつ子を辟易させるほどだった。

♪

昭和三十年一月から四月まで三島は『中央公論』に「沈める瀧」を連載し、完結と同時に中央公論社から刊行された。批評は概ね好意的であった。

不感症のヒロイン顕子は二十四、五歳の人妻であるが、貞子との恋愛体験・性体験が反映されている。顕子の着物に関する描写は、貞子によるところが大きい。貞子はほぼ毎日の三島とのデートで、同じ着物を着ることがなかった。以下の文章に注目したい。

風呂へ入るために、顕子は次の間で浴衣に着かへた。昇はあの繪羽染の豪奢な着物が、女の丸い肩から辷り落ちる音をまざまざと聴いた。優雅な絹は、鋭く空気を切るやうにして、それ自身の重みで畳に落ち、畳に触れて崩れるかすかな音を走らせた。

これほど音を繊細に描写した文章は滅多にあるものではない。三島は視覚型の作家であるが、聴覚もすぐれていたのだ。しかし、この聴覚はクラシックの器楽曲や室内楽の消え入るような、あえかに美しいピアニッシモにはまったく不感症だった。
三島は六月十八日から十一月十五日まで、「讀賣新聞」に「幸福號出帆」を連載する。書下ろし評論『小説家の休暇』（昭和三十年　講談社）は、六月二十八日から八月四日までの日記の体裁で書かれている。

六月二十九日（水）

某君はレコード狂である。そして私は、レコードの一枚も、蓄音機の一台も持たない。
理智と官能との渾然たる境地にあって、音楽をたのしむ人は、私にはうらやましく思われる。音楽会へ行っても、私はほとんど音楽を享受することができない。意味内容のないことの不安に耐えられないのだ。音楽がはじまると、私の精神はあわただしい分裂状態に見舞われ、ベートーベンの最中に、きのうの忘れ物を思い出したりする。
音楽というものは人間精神の暗黒な深淵のふちのところで、戯れているもののように私には思える。こういう怖ろしい戯れを生活の愉楽にかぞえ、音楽堂や美しい居間で、音楽に耳を傾けている人たちを見ると、私はそういう人たちの豪胆さにおどろかずにはいられない。こんな危険なものは、生活に接触させてはならないのだ。

（略）

ところで私は、いつも制作に疲れているから、こういう深淵と相渉るようなたのしみを求めない。音楽に対する私の要請は、官能的な豚に私をしてくれ、ということに尽きる。だから私は食事の喧騒のあいだを流れる浅墓な音楽や、尻振り踊りを伴奏する中南米の音楽をしか愛さないのである。

七月一日（金）

二三日前に書いた音痴の自己弁護について、書き足りないところがあった。たとえば人間精神の深淵のふちで、戯れていると云えば、すぐれた悲劇もそうである。すぐれた小説もそうである。なぜ音楽だけが私に不安と危険を感じさせるかといえば、私には音という無形態なものに対する異様な恐怖心があるのである。

他の芸術では、私は作品の中へのめり込もうとする。芝居でもそうである。小説、絵画、彫刻、みなそうである。音楽に限って、音はむこうからやってきて、私を包み込もうとする。それが不安で、抵抗せずにはいられなくなるのだ。すぐれた音楽愛好家には、音楽の建築的形態がはっきり見えるのだろうから、その不安はあるまい。しかし、私には、音がどうしても見えて来ないのだ。

可視的なものが、いつも却って私に、音楽的感動を与えるのは奇妙なことである。美しい自然を見たり、すぐれた芝居に接したりするとき、私は多分音楽愛好家が音楽をきいて感じるような感動をおぼえる。明晰な美しい形態が、まるで私を拒否するかのように私の前に現われると、私は安心してそれに融け込み、それと合一することができる。しかし、音のような無形態なものがせまってくると、私は身を退くのだ。昼間の明晰な海は私をよろこばせるが、夜の見えない海のとどろきは私に恐怖を与える。

長い引用になったが、これは重要な告白である。クラシック音楽（の一部）は意味内容がなく、目に見えず、無形態なものであり、それゆえに不安と危険、恐怖を感じる、だからレストランのムード音楽やリオのカーニバルのサンバしか愛さない、と三島は語っている。意味内容があり、目に見えるようなクラシック音楽となると、宗教（教会）音楽、オペラ、バレエ、標題音楽、描写音楽しかない。事実、三島が好んだのはオペラとバレエであった。

クラシック音楽が嫌い、関心がないという人にはそれなりの理由があるが、三島のような理由は珍しい。いささか異常にも思える。この、音への警戒心と嫌悪は、幼年期にその原因があるのかもしれない。三島は生後まもなく、二階に起居する母倭文重から離され、一階の八畳間で祖母平岡夏子に育てられた。座骨神経痛を病む夏子は、音が響くと痛みが増すというので、三島には音の出る玩具は与えられなかった。幼児の三島が尻もちをつくと、ヒステリックに叱った。この幼児体験が三島に、「音は悪、音は敵」という強迫観念を植え付けたのではないだろうか。

七月三日（日）

晴。暑い。小説の資料に要るので、午後、日本楽器へ、「歌劇名曲集」（男声篇・女声篇）を買いにゆく。

三島は連載を始めたばかりの「幸福號出帆」の資料として、銀座七丁目の日本楽器（ヤマハ）で『歌劇名曲集』（昭和二十七年　全音楽譜出版社）の男声篇と女声篇を購入する。このあと、三島は銀座のどこかで豊田貞子と落ち合ったのであろう。

岩下尚史の『直面（ヒタメン）　三島由紀夫若き日の恋』（平成二十三年　雄山閣）は、岩下尚史を聞き手とする豊田貞子と湯浅あつ子の証言集である。なお、直面《ひためん》とは能役者が面をつけずに演じることをいい、同著には素顔の三島由紀夫が生々しく登場する。三島が貞子に会うのはたいてい夕刻からで、深夜に及んだ。都内の古雅な旅館で過ごしたり、横浜や逗子、熱海に遠出することもあった。豊田貞子の証言によると、若い三島は鉢の木会では「小僧扱い」で、貞子が大岡昇平を褒めると、三島は不機嫌になったという。

同著の文春文庫版の表紙を、三島と貞子の仲睦まじい写真が飾っている。三島由紀夫の四十五年の生涯を、ともすれば著者は暗く、悲劇的に捉えがちであるが、この貴重なツーショット写真を見ると、一抹の安堵のようなものを禁じ得ない。

さて、「幸福號出帆」は全編に「リゴレット」、「椿姫」、「トスカ」、「カルメン」、「お蝶夫人（蝶々夫人）」などの歌劇の名作が目白押しで、ストーリーには関税逃れの「密輸」がからんでくる。「密輸」は当時の活劇娯楽映画の悪事・犯罪の定番だった。

梅雨入り前の昼休み、銀座のデパートの屋上の、金網で仕切られた店員休憩所でコーラス部員が練習している。ここから物語は始まる。

『直面（ヒタメン）　三島由紀夫若き日の恋』（文春文庫版）

そろひの萌黄の上つぱりを着た二十人ばかりの女店員が、ここでは公然とお客にお尻を向けて、半円をえがいてゐる。歌はメンデルスゾーンの「歌の翼に」である。

ビルの屋上での職場コーラスの練習風景は、当時はさほど珍しいものではなかった。戦後の窮乏期、楽譜さえあればすぐに始められる音楽が合唱であり、日本では合唱がとりわけ盛んになる。

アルトが六人、メゾ・ソプラノが六人、ソプラノが八人だが、この三部合唱は、ひときわ美しいソプラノに引きずられて、ともするとハーモニーが崩れるので、自分もソプラノを歌つてゐる指揮者は、たびたび歌を中断して注意を与へた。

この指揮者だけが円陣のむこうに、お客たちに顔をさらして立つてゐる。その唇は歌の高低につれて、実になめらかに動きながら、やや眉の濃い明るい派手な丸顔は、口の動きだけが他人のやうで、まるきり表情の動きを欠いてゐる。目は大きく黒い。その目も長い睫の下に、森閑として見へるのである。

「もつとお互いに人のパートをよくきいて、自分のパートを忠実に守らなくちゃだめよ」

かふ言つて、彼女は鋭い仕種で腕時計を見た。

指揮者はデパートの靴下売場に勤める三津子で、いかにも三島好みの丸顔美人。「親の遺伝の馬面のおかげか、丸顔に惹かれる運命をもつてゐるらしい」と三島はエッセイに書き、女優では若尾文子を贔屓にし、映画「からっ風野郎」で共演した。ちなみに三島が好意を寄せ、あるいは讃辞を送った女性――湯浅あつ子、越路吹雪、正田美智子（現上皇后）、杉山瑤子（平岡瑤子）、若尾文子、村松英子、本間千代子、中村晃子、佐久間良子、藤純子（現富司純子）、森秋子――あえてこれに五世中村歌右衛門、丸山明宏（美輪明宏）、坂東玉三郎、楯の會の森田必勝を加えてみても、共通して丸顔というわけではない。

デパートのコーラス部ならずとも、メゾ・ソプラノやアルトがソプラノに引きずられるのは女声三部合唱にはありがちで、「もっとお互いに人のパートをよくきいて」は指揮者の常套句である。これからして、三島は専門家の助言を受けていると考えられる。

こういう記述もある。

古いドイツ製の二流のピアノだけが、昭和十二年ごろ、F歌劇團の草創時代に、まがりなりにもオペラ歌手であつた正代の、思ひ出を養ふ財産である。三津子も歌の手ほどきを、幼いころからこのピアノで母に習つたし、今ではペダルもこはれ、Cの音とFisの音との絃が切れてゐるのに、もう半分化けかけたやうなこんなピアノを、手離す決心がどうしてもつかない。

F歌劇団は、藤原義江の藤原歌劇団である。ドイツ語音名の「Cの音」は、一般的には「ハの音」か「ドの音」と言う。専門家の助言を受けていることは疑問の余地がない。ペダルが壊れるというのはあり得ないことではないが、家庭で歌の伴奏に使われる程度のピアノでは、弦が緩んだり、錆びたりすることはあっても、切れることはまずない。「ＣとＦｉｓの鍵盤が戻らなくなってゐるのに」であれば、何の問題もない。この部分はややお粗末である。

作者は後年、「完全に失敗した新聞小説であるが、自分ではどうしても悪い作品とは思へない」と述べている。『潮騒』のようなベストセラーにならず、映画化もされないことを失敗というのであれば、一般大衆になじみのないオペラの世界に拠った以上、失敗して当然である。

連載が終わって四日後の十一月十九日、舟橋聖一に宛てた手紙が面白い。

お葉書ありがたうございました。丁度けふ京都より帰り、拝見しました。俳優座へお出で下さつた日も、すでに京都へ行つてをりまして失礼しました。「白蟻の巣」ほめていただいて、嬉しく存じました。

実は、ヨミウリの連載小説を完結したら、お手紙を差上げようと思つてゐたのですが、拙作（文字通り）を連載してゐるあひだ、毎日「白い魔魚」を拝読するのが苦痛で困りました。それでゐて毎朝、第一番に「白い魔魚」をよんで了ふのです。そしてすつかり自信を無くし、新聞の次の回を書く氣力がなくなるのです。自分が新聞連載をやつてゐるあひだ、他紙に舟橋さんのものが、現代ものが載つてゐる、といふ事態はもうコリゴリです。その上、家のデリカシーのない親爺は、毎日、「お前の小説のつまらぬことはどうだ。それにひきかへ、朝日の舟橋さんの面白さはどうだ」としつこく繰り返すので、首をくくりたくなりました。しかし、自分の連載がをはるまでは、こんな告白をするのは癪ですので、今までお便りを差上げないでゐたところ、却つて逆にお葉書をいただい

たのでした。全くひどい目に会ひました。（以下、略）

三島が「金閣寺」の取材調査のため京都に滞在中、青年座によって「白蟻の巣」が俳優座劇場で上演され（十月二十九日から十一月五日まで）、これを観た舟橋聖一が葉書で讃辞を寄せた。その礼状がこの手紙である。なお、「白蟻の巣」は好評で、三島の劇作家としての評価を不動にした。

おりから舟橋聖一は、活発な女子大生をヒロインとする「白い魔魚」を朝日新聞に連載中だった。三島は「拙作（文字通り）」と謙遜しているが、文壇の大先輩舟橋聖一へのリスペクトではあっても、半ばは本音で、以後、三島は二度と新聞小説に手を染めることはなかった。

令和の現在、大規模書店の文庫本コーナーに『幸福号出帆』を見つけることは可能だが、『白い魔魚』を見つけることはできない。その理由として、三島の伝説的な死があるのはいうまでもないが、三島が自作の経年劣化に細心の注意を払っていたということもある。三島は自分の作品に黴が生えることを非常に警戒していた。『文章讀本』（昭和三十四年一月号『婦人公論』別冊付録）に以下の一節がある。

例へば小説のなかで、私は映畫俳優の名前を出すことを好みません。なぜなら今日のマリリン・モンローは、十年後には誰かわからなくなつてしまふからであります。私の文章が來年亡びるとしても、少くとも十年先を考へなければ文章を書く樂しみがありません。そこで、もし「マリリン・モンローのやうな女」といふことを小説に書けば、十年後、その女の概念は讀者にはなにもつかめなくなつてしまふでありませう。

十年後どころか、六十年後の現在でも、マリリン・モンローは知る人ぞ知る伝説の女優であるが、舟橋聖一は自作に黴が生えることをおそれず、注文に応じて娯楽小説を量産した。『文章讀本』が発表された四年後、「モンローのような女」という長篇を『週刊文春』に連載している。『白い魔魚』と『モンローのような女』は、出版とほぼ同時に映画化されたが、三島の存命中、『幸福號出帆』は映画化されなかった。

それはさておき、『幸福號出帆』はフランス文学伝来の手法「グランド・ホテル形式」を用いた意欲作であり、当時としては非常に珍しい音楽小説である。ストーリーを「密輸」が動かすため、主要舞台は月島や晴海あたりに設定されている。月島にアリア「ある晴れた日に」が流れることで、長屋と露地の月島は異空間となり、ユートピア小説の趣も呈している。

三津子には父親がイタリア人の異父兄敏夫がいる。屈折した兄妹愛が、この小説の主眼である。実は三津子と敏夫にはまったく血のつながりはない。このことを知らぬ二人の、永久に兄妹の愛を超えられない危険で甘美な愛……。いかにも三島好みの主題であり、「自分ではどうしても悪い作品とは思へない」のはもっともである。

早世した妹美津子との名前の類似も暗示的である。三島のシスター・コンプレックスはさまざまな作品に投影されているが、兄妹の愛の一線を超えてしまう作品が、昭和三十五年一月に初演された戯曲「熱帯樹」である。文学座公演のプログラムに三島はこう書いている。

肉慾にまで高まつた兄妹愛といふものに、私は昔から、もつとも甘美なものを感じ続けてきた。これはおそらく、子供のころ読んだ千夜一夜譚の、第十一夜と第十二夜において語られる、あの墓穴の中で快樂を全うした兄と妹の戀人同士の話から受けた感動が、今日なほ私の心の中に消えずにゐるからにちがひない。

さて、『幸福號出帆』に出てくるのはオペラだけではない。

かれらはいきなりナイトクラブへ行つて、そこで夕食をしたのだつた。それは有名な舞踏家が自分の名をつけて経営しているクラブで、入口にはいかめしく、「ノー・ネクタイの方はご入場をお断わり申し上げます」と書いてあつた。三人は壁ぎわのテーブルに坐つた。時刻が早いので、客はまばらである。バンドの切れ目を、ピアノ・ソロがつないでゐる。

三人はシャトオブリアンをとり、舌平目のピラフや、レタス・サラダをとつた。食後の酒を呑みながら、房子はバンドの演奏する「セレソ・ローサ」をしみじみと聴いた。

（略）

プリテンドの曲がはじまつた。房子が黙つて立上がつたので、敏夫も立上がつて、踊りの人数が五六組にふえたフロアーへ辷り出た。

豊田貞子の回想によれば、「当時のナイトクラブと云うのは、現在の銀座のクラブのように殿方だけで遊びに行くのとは趣が異なり、夫人同伴か、あるいは恋人を連れて、お料理を取り、お酒を楽しみ、専属のバンドが奏でる曲に乗ってダンスを楽しむというような、豪奢な夜の社交場」であった。三島は貞子とナイトクラブに頻繁に出かけ、その体験を小説に活かしているのである。

なお、「セレソ・ローサ」はキューバ出身のペレス・プラードが作曲したマンボ・スタイルの楽曲で、ペレス・プラード楽団が吹き込んだEP盤が大ヒットした。「プリテンド」は、米国のジャズピアニストで歌手のナット・キング・コールの歌唱でヒットしたバラードである。もっとも、右の文中の「セレソ・ローサ」と「プリテンド」は入れ替えるべきである。「セレソ・ローサ」は誰の耳にも陽気で喧騒な曲で、「しみじみと聴」けるのは「プリテンド」だからである。

豊田貞子によれば、三島はハワイアン・ポップス「珊瑚礁の彼方に」が好きで、二人がナイトクラブ銀馬車にあらわれると、楽団はあざやかに曲を転じて「珊瑚礁の彼方に」で迎えたという。後年、三島は川端康成との会話で、「(谷崎潤一郎の)『細雪』はどう訳すのでしょうね。やはり、ダストという言葉を使うのでしょうかね」と川端に訊かれ、「ええ、スターダストという曲もありますからね」と答えている。「スターダスト」は有名なジャズのスタンダードナンバーで、ナット・キング・コールの名唱がある。三島はこういった曲も好んでいたようである。

七月十五日(金)
快晴。酷暑。月例の鉢の木会の日で、鎌倉の神西氏に招かれてゐる。その前に、川端康成氏と林房雄氏の御宅へ立寄る。今月の会には、北海道講演旅行中の福田恆存氏が欠席である。その代り、ゲストに芥川比呂志氏が招かれ、のちに林房雄夫妻も加はつた。十一時半に辞去して、吉田健一氏、芥川氏と三人で、東京までタクシーで帰る。帰宅は十二時半になつた。

断片的ではあるが、鉢の木会のようすが窺われる。三島は鉢の木会についてほとんど文章を書いていないので、貴重な記述である。

七月二十日(水)

快晴。午後逗子へゆき、渚ホテルを根拠地にして、海水浴をする。

渚ホテルとは大正十五年創業の「逗子なぎさホテル」で、砂浜に面した瀟洒なホテルである。皇室、文化人、芸能人がしばしば利用し、海水浴を楽しんだ。三島は渚ホテルに豊田貞子を同伴していた。豊田貞子によれば、渚ホテルには日帰りで何度か訪ねたが、海水浴をしたというのは嘘で、海が好きな三島は泳げなかった。カーテンを閉め切って、寄せては返す波の音を聴きながら、濃密な時間を過ごしたという。

七月二十五日(月)

快晴。風は強いが、むしあつい。午後三時より『夏の嵐』試写会。

暑い試写室で、イタリア風の油っこい恋愛心理劇を見せられて、暑苦しい。

ルキノ・ヴィスコンティの「夏の嵐」の試写会を、三島は貞子と二人で観ている。二人は封切の洋画を観ることが多かったが、三島が好んだのはMGMのミュージカル映画、ディズニーの漫画映画やドキュメンタリー映画などで、二人で文芸作品を観ることはなかったという。なお、三島は貞子と観たであろうディズニー映画「砂漠は生きている」の短い評（昭和二十九年十二月号『スクリーン』）を書いている。

二人で歌舞伎や能を観ることもあったが、能に貞子は退屈し、三島も居眠りすることがあった。余談ながら、著者は平成二十八年十月、国立能楽堂で宇和島藩伊達家と能楽の関係について講演し、勧められて「野宮《ののみや》」を鑑賞した。居眠りこそしなかったが、後日、人間国宝の五十六世梅若六郎氏に「死ぬほど退屈でした」と言うと、「能を観るのは、退屈を買うことです」と呵々大笑された。

♪

昭和三十一年は、「書けて、書けて、しかたがない」三島が、「金閣寺」を『新潮』に、「永すぎた春」を『婦人倶楽部』（講談社）に連載し、『近代能楽集』を出版し、ウェザビー訳の『潮騒』がアメリカのクノップ社から刊行され、文学座によって「鹿鳴館」が初演された年である。

十一月二十七日、第一生命ホールの「鹿鳴館」の初日を三島は貞子とともに観る。終演後、銀馬車で食事中、「広島弁の新橋芸者は……」と貞子は言う。杉村春子のわずかな広島訛りを、生粋の江戸っ子の貞子は聞き逃がさなかったのである。

この戯曲のラストは舞踏会の始まりで、ワルツが踊られる。曲についての指定はないから、初演の際は石桁真礼生が作曲し、後年の劇団四季の公演では林光が作曲している。

音楽に関しては、「盛りあがりのすばらしさ」（昭和三十一年十二月号『音楽芸術』）という文章がある。イタリア歌劇団の「アイーダ」と「トスカ」の観劇記である。この年からＮＨＫの招聘によるイタリア歌劇団の画期的な日本公演が始まった。イタリアを代表する名歌手と指揮者を招き、オーケストラはＮＨＫ交響楽団、主役級以外は日本人歌手、合唱は日本の団体でまかなわれた。

九月二十九日、名匠ヴィットリオ・グイ指揮の「アイーダ」をもって東宝劇場で華々しく開幕した。三島は豊田貞子と一緒に鑑賞しただろうか。岩下著には記述がないが、三島と貞子は毎日のように会っていたので、イタリア歌劇団を一緒に観たのではあるまいか。

三島はプッチーニの「トスカ」にただならぬ興味を寄せているが、これには理由がある。三島は「トスカ」という芝居をことのほか好んだのである。「トスカ」はフランスの名女優サラ・ベルナールのためにヴィクトリアン・サルドゥが書いた戯曲で、この芝居をミラノで観劇したプッチーニがオペ

サラ・ベルナールが描かれた「トスカ」のポスター（アルフォンス・ミュシャ/1899年）

ラ化した。主役三人がすべて死ぬのが三島の嗜好にピッタリであり、三島が好んだ拷問シーンもある。トスカが城壁から身を投げる急転直下の幕切れも、いかにも三島好みである。
この年、講談社から刊行した『永すぎた春』はベストセラーとなり、新潮社から刊行した『金閣寺』もよく売れた。連載中から『金閣寺』の評判はよく、圧倒的な好評を得て、三島は名実ともに日本を代表する作家となった。

♪

昭和三十二年二月、三島歌舞伎「鰯賣戀曳網《いわしうりこいのひきあみ》」が明治座で初演された。梨園に親戚がある豊田貞子は歌舞伎通で、三島歌舞伎をまったく評価していないが、「鰯賣戀曳網」は現在も再演を続けている。四月から六月まで『群像』に連載された「美徳のよろめき」には豊田貞子との体験が投影され、このほか、「橋づくし」、「施餓鬼舟」「魔法瓶」などの短篇も、貞子の存在なしには書かれなかった作品である。
五月十五日、三島は新橋演舞場で新派の「金閣寺」を貞子と観劇する。これが三年に及ぶ二人の永すぎた春の最後となった。三年間、毎日のように逢う恋人同士は世間にそうそういるものではない。三島が貞子のために惜しみなく費った金は、不定期に入ってくる印税や原稿料ではまかなえず、毎週、湯浅あつ子から七万円を借用した。その総額は現在の二億円ではくだらない。それに価するだけの、三島にとって貞子は女性であった。

五月二十八日、映画『永すぎた春』（主演若尾文子）が公開され、以後、「永すぎた春」は長い婚前期間の代名詞となる。六月には『美徳のよろめき』が講談社から刊行され、ベストセラーとなり、不倫を意味する「よろめき」が流行語となった。作家として、まさに向かうところ敵なしである。

七月九日、三島はアメリカへ出発する。ニューヨークのクノップ社が出版する『近代能楽集』のプロモーションのためである。三島はアメリカでは無名であり、プロモーションは上首尾とはいかなかった。再会したドナルド・キーンに、どうすれば有名になれるのかと訊ねると、ニューヨークではヘミングウェイとフォークナーが手をつないで歩いていても誰も見向きもしない、とたしなめられた。

三島はボディビルのジム通いも怠らなかったが、興味はもっぱら芝居とミュージカルに向けられた。七月二十六日、ミュージカル「マイ・フェア・レディ」を観劇する。タイムズスクエア近くのレストランで、「驚くほどのっぽの美しい姿を黒い服に包んで」通り過ぎるジュリー・アンドリュースを一瞥したことを、随筆「ディーンとブロードウェイ」（昭和三十三年五月号『映画の友』）に書いている。「マイ・フェア・レディ」のイライザ役で人気を集めていたジュリー・アンドリュースは、身長一七三センチだからさほど長身ではないが、ハイヒールを履いていれば、身長一六三センチの三島には驚くほど高身長に見えたのであろう。

おりから、「近代能楽集」をブロードウェイで舞台化したいという企画が持ち上がった。ニューヨークでは掃いて捨てるほどある話で、実際に上演にいたるのはきわめて稀である。キーンは日本へ発ち、三島は八月二十八日からプエルト・リコ、ドミニカ、ハイチ、キューバ、メキシコなどを巡った。十月初旬に日本に帰国する予定だったが、舞台化の話が遅延したため、ずるずるとニューヨーク滞在を続ける。

メトロポリタン歌劇場で歌劇「アイーダ」、英国ロイヤルバレエ団の引っ越し公演「眠れる森の美女」、ブロードウェイで「ウエストサイド物語」の初演を観るが、十一月になっても「近代能楽集」上演の話はいっこうに進捗しない。十二月二日、路銀が心細くなり、ホテルから安宿に移った。

孤独で心細い耐乏生活の中、国連勤務の夫平泉渉（のち政治家）に随ってニューヨークに来ていた鹿島（旧姓）三枝子の高級マンションを訪問した。

キーンが日本から帰ってくると、馴れない地下鉄を乗り継ぎ、予告なくキーンのアパートを訪ねた。キーンは外出するところだったが、もう少しここにいさせてほしいと三島は懇願した。

十二月十四日、三島はジャパンソサエティ主催のパーティに招かれた。参加する日本人の間では三島由紀夫は有名人である。芝居はいつ上演されるのかと口々に訊かれた。あろうことか、会場に永井邦子がいた。しかも、夫と一緒に。夫の赴任にともない、邦子は二人の子供を連れて前年の夏からニューヨークに住んでいた。この再会がどのようであったかは想像するほかない。

十二月十六日、三島は上演の望みが完全に絶たれたことを知る。プロデューサーのキース・ポッツフォードとは喧嘩になったが、キーンの仲介で和解した。十九日、ロイヤルプレイハウスでヴィクトル・ユゴーの芝居「リュイ・ブラス」を観る。大晦日の夜、三島はニューヨークを発ってスペインに向かう。翌年一月八日にローマを発ち、十日に帰国した。


♪

日記形式の「裸體と衣裳」は、昭和三十三年四月から翌三十四年九月まで『新潮』に連載された。書下ろし長篇『鏡子の家』の起稿から擱筆にいたる一年三ヵ月の身辺雑記で、執筆状況の報告も兼ねている。

この間、湯浅あつ子の紹介で日本画家杉山寧の長女瑤子を妻に迎えた。恋愛なき結婚である。また、馬込の高台に白亜の新居を建て、妻が出産するなど、私生活でも三島は多忙・充実をきわめた。七月八日（火）は文学座による「薔薇と海賊」の公演初日。「それにしても私は心から芝居を愛する。それにもまして劇場を愛する」と三島は書いているが、演劇だけでなく、映画もよく観ている。八月十二日（火）の午後、三島は妻と一緒に大映本社で「炎上」（原作『金閣寺』）の試写を観る。主人公を演じる市川雷蔵に三島は満足した。のちに市川雷蔵は、中篇「剣」の映画化を三島に申し出て、主人公を好演する。

湘南電車で大磯に移動し、夫婦で「鉢の木会」の例会（福田恆存邸か）に出席した。三島夫妻は大磯プリンスホテルに投宿し、翌日は大磯ロングビーチで海水浴を楽しんだ。福田逸『父・福田恆存』（平成二十九年　文藝春秋）によると、福田の次男で小学四年生の逸は、水着姿の三島夫婦に遭遇し、瑤子のトランジスタグラマーぶりに目を奪われたという。

六時に東京に帰り、父母・弟と合流、神宮外苑の国立競技場で野外劇「アイーダ」を観る。

私は歌舞伎座で藤原歌劇団のやつたアイーダを皮切りに、二度目は巴里オペラ座、三度目は日本へ来演した伊太利歌劇団の東宝劇場における所演《ママ》、四度目は紐育のメトロポリタン・オペラ、そしてこの武智鉄二演出の野外劇と都合五回見ている。もつとも感激の深かつたのは歌舞伎座で初見の折であり、もつともつまらなかつたのは巴里のオペラ座であつた。さうだ、それにシネラマで、スカラ座のアイーダの凱旋の場も見てゐる。

外国のオペラ劇場のやうなタッパの高い、奥行の深い舞台は、意外に大勢の登場人物の量感が出ないもので、階段状に重なつて立ち並ぶ群集はあたかも押絵のやうに見へる。日本の花道や横長の舞台が、行列といふものを圧倒的に見せるのは、誇るべき特色である。

今夜の野外劇のアイーダでは、中央の白い舞台の側面に踊り子が貼りついて埃及模様を見せる美しさと、第三幕ナイル河岸の場の幕切れで、アイーダが父と共に追はれて逃げるところで、広漠たる夜の沙漠の感じを出したのと、観客みんながそれをお目あてに来た凱旋の場と、この三点だけを特記しておけばよかろう。

三島が最初に観た歌舞伎座での藤原歌劇団公演「アイーダ」は、昭和二十六年五月三十一日から六月六日におこなわれた。この文章においても三島は、もっぱら視覚的な効果について語っている。シネラマとは超ワイドスクリーンの映画で、スカラ座は日比谷にあった映画館である。

九月十日（水）、三島はアメリカから来たロカビリー歌手のコンサートに出かける。

夜、家族連れで張り出し舞台のかぶりつきの席に陣取り、ポール・アンカ・ショウを見る。国際劇場である。こんな近くで見るポール・アンカは、むっちりと肥えた小柄な体に、まるで兎そっくりな顔を載せた少年で、その体をよくリズムが貫いて流れる。愛嬌を絵に描いたやうな少年だ。

ポール・アンカは十七歳の人気歌手で、浅草の国際劇場での一週間の連続公演は若い女性や少女で埋め尽くされた。オペラ愛好家がポール・アンカを聴くということはまずあり得ない。しかし、これが三島なのである。

十二月九日（火）、大手町の産経ホールで日本初演の珍しいオペラを鑑賞する。ドビュッシーの「ペレアスとメリザンド」で、七回連続公演の最終日である。フランスの指揮者ジャン・フルネとペレアス役に定評のあるジャック・ジャンセン（演出も兼ねる）による画期的な公演である。

「風変わりなオペラで、全編レシタティーフといふ点では「サロメ」と同様だが、ドラマチックで、圧倒的で、神経症的で、狂熱的な「サロメ」に比して、終始囁きと感情の抑制に主眼が置かれ、いずれも今世紀初頭に共通の不安に根ざしてゐる点では同じ、しかし「トリスタン」にはとても及ばない気がする、わが能楽のはうが遥かに完璧である」と三島は評している。また、古沢淑子のメリザンド、妹尾河童の舞台装置、石井尚郎の照明を褒めている。

昭和三十四年二月十三日（金）、東宝劇場で第二次イタリア歌劇団の「オテロ」を観る。

剣道のあと、ぎりぎりに伊太利オペラの「オテロ」の開幕に間に合った。「オテロ」の最終日で、すでにゴッビは帰国し、あれほど好評を得たイヤゴーは見られない。私はこの人の「リゴレット」

をローマで見て、忘れられない感銘を受けてゐる。

しかし、気まぐれなデル・モナコが無事に主役をつとめてゐるので安心した。

（略）

私が伊太利オペラが好きなのは、どんな人間的苦悩をも明るい旋律で表現する点だ。「伽羅千代萩」の政岡のクドキで、華麗な太棹の伴奏をきくときと同様、私は歌舞伎や文楽に耳目を奪われて、心も浮き立つばかりな悲劇の陽気さをいつも味はいたい。もつとも喜悦に似た悲嘆に接してゐたい。その点では「オテロ」は半ばイタリー的であり、半ばはややワグネル的ドイツ的である。


イタリアオペラが「どんな人間的苦悩をも明るい旋律で表現」しているわけではないが、「心も浮き立つばかりな悲劇の陽気さ」「もっとも喜悦に似た悲嘆」というのはわからないでもない。歌舞伎であれオペラであれ、すぐれた舞台作品は、目の前でおこなわれる自殺、復讐なども、観客をしてわくわくさせるからである。「オテロ」が「半ばイタリー的、半ばはややワグネル的ドイツ的」というのは、的を射た指摘である。

ドイツの指揮者ウィルヘルム・フルトヴェングラーは、「ドイツ文学の神髄を表すゲーテのように、ドイツ音楽の神髄を表す指揮者」（坂本龍一）であったから、イタリアオペラは主要なレパートリーではなかった。そんなフルトヴェングラーが晩年になって、例外的にザルツブルク音楽祭で「オテロ」を指揮した。まさに三島がいうように、「オテロ」が「半ばイタリー的、半ばはややワグネル的ドイツ的」であったからである。

第二幕のはじめでイヤゴーの歌う「信条の歌」は、耶蘇教の経文のもじりだそうだが、その夜の潮のやうにあふれる悪魔的な暗い感情の表白は、いかにも明るい光明的な音の奔騰に乗せられて、私にイタリーの空、その情念の強さ、その悪の輝かしさを感じさせた。又、オペラ特有の技巧であるが、第三幕でカッシオの登場の時、オテロは上手へ、イヤゴーは下手へ身を隠す。そのわずかな掃舞台の間を、明るい嵐のやうに吹き抜ける大幅な音の奔流は、ただそれが舞台の隙間ふさげの目的であり、大した劇的必然性がないとしても、なお私をオペラのオペラらしい魅力に酔はせた。

第二幕の「思ひ出は遠いかなたに」のオテロの独唱のデル・モナコは絶品である。全篇を通じて、烈しい嫉妬の感情が、刺すやうな管楽器の輝かしさと、実によく適合してゐるのが感じられる。それがオテロなのだ。絃楽器による嫉妬の表現は、これに比べればはるかに女性的である。観衆の熱狂は甚だしく、カーテン・コールは十回に及んだ。

——帰宅してのち、仕事がよく捗つて、あくる朝の五時に、五百九十四枚を以て、「鏡子の家」は第六章を終つた。

三島はこのオテロを楽しみにしていた。一月九日付ニューヨークのドナルド・キーン宛て書簡に、次のように記している。

東京にはモスクワ藝術座が来て、「櫻の園」や「三人姉妹」をやり、みんながあんまりはめて感

しみです。激するので、僕は行きませんでした。むしろ二月にDel MonakoがOtelloをやるのがたの

一月三十日付キーン宛て書簡には、こうある。

デル・モナコは今、日本に来てをり、僕は二月十三日に彼のオテロを見ます。ニューヨークで貴兄の見られたものが、すぐ日本で見られるとは地球もせまくなつたものです。

この第二次イタリア歌劇団公演の「オテロ」は、二月四日公演の映像が残っている。黄金のトランペットと謳われたデル・モナコの声、ティート・ゴッビの凄絶な歌役者ぶりも驚嘆に価するが、三島が聴いたのはゴッビの出ない公演であるから、拍手の中に三島の手は入っていない。

二月十七日（火）、三島は東宝劇場で「椿姫」を観る。

トゥッチのヴィオレッタはこの間のデスデモナよりずっと佳い。序幕の「ああそはかの人か」、第二幕のジェルモンとの件りもすばらしく、第三幕のをはりの優婉な悲嘆も美しい。リリコ・ソプラノの本当の佳さに触れた感じがする。これに反してヤイヤのアルフレードは、大事な「乾杯の歌」で耀くやうな魅惑を示さず、その物足りない印象があとまでも尾を引いた。このオペラでは私は第二幕が一等好きだが、装置も第二幕は出色だった。

二月十八日（水）、この日は鉢の木会の例会。

六時から吉田健一邸で鉢の木会。吉田夫人が、今になつて昔話を打明けたが、私が初めて吉田邸を訪問したとき、ボストン・バッグを下げて入つて來たのを見て、当時小学校二年生のお嬢さんが、

「お母様、とても若い闇屋さんが來たわ」

と言つた由。

戦中戦後、物資は国によって管理統制され、配給される食料品では生活できないので、焼け跡に闇市が立ち、食料品や日用品を売り歩く闇屋が横行した。ボストン・バッグをさげていたので、三島は闇屋と間違われたのである。また、この記述からも、鉢の木会が家族ぐるみの交遊であったことが知れる。

三月十一日（水）、妻と床屋で待ち合わせた三島は、花束を持ってタクシーに乗り、日比谷公会堂のバレリーナ小川亜矢子の楽屋を訪ねる。小川の紹介でマーゴ・フォンテインと握手し、「眠れる森の美女」を鑑賞する。小牧バレエ団がフォンテインを招いて二月二十四日から三月三十一日まで、「白鳥の湖」と「眠れる森の美女」を上演した。三月十一日の「眠れる森の美女」を三島は観たのである。

三島は廊下で病み上がりの川端康成とその令嬢に会う。令嬢というのは川端康成の養女政子で、茶道、ピアノ、日本舞踊をたしなみ、三島より七歳年下。三島はかつて政子の家庭教師のようなことをし、

政子の歓心を買うべく、手土産にお菓子や可愛いい小物を持参した。三島は昭和二十七年六月、林房雄夫人繁子の通夜の席で、二十歳の政子を妻に迎えたいと川端夫人秀子に申し出た。しかし、秀子にその場でさりげなく、しかしきっぱりと断られた。林夫人の死因は自殺である。三島の神経が疑われる。

それはともかく、「裸體と衣裳」は公開日記だから、「氏が退院して元気になられた姿を見るのは喜ばしい。今夜のバレエは、名作「花のワルツ」以來、氏とは因縁浅からぬ出し物である」と三島は書き添えている。

川端康成はバレエを好んだ。『山の音』（昭和二十九年　筑摩書房）にはバレエ音楽「レ・シルフィード」のSP盤が鳴っている場面がある。川端はクラシック音楽の熱心な愛好家ではないが、昭和三十年十二月二十二日付三島宛て書簡には「今夜はウヰンの少年団の歌聞いて帰りましたところです」とあり、ウィーン少年合唱団の初来日公演にでかけている。また、時期不明であるが、パリのオペラ座でドビュッシーの「聖セバスチャンの殉教」を観ている。

三月十七日付キーン宛て書簡には次の一文がある。

マーゴット・フォンテインのSleeping Beautyも実によかつた。東京は今ずいぶんいいものが見られます。

四月一日（水）、三島は夜、O・A・G（オスト・アジアティッシュ・ゲゼルシャフト）の在日英国人の素人芝居「近代能楽集」（「綾の鼓」「班女」「葵上」）を観る。「舞台裏では黛敏郎がテープレコーダーを操作している」とある。黛が効果音楽を制作したのである。

数日前私は三百人のコーラスと大オーケストラで演奏された氏の「涅槃」を聴きに行つて感動した。これは稀な傑作で、はじめて全アジアが近代音楽の裡に声を得て、全アジアが呻吟や歓喜の複雑に入りまじつた唸り声を発して響き渡るのを聴くやうな気がした。それは同時に、氏がモダニズムを脱却して、森厳な悲劇的量感にまで達したのを示しており、どちらかといふとワグネリアンである私をも喜ばせる要素を持つてゐた。日本の本当の意味での作曲家が、この青年作家の出現からはじまることはもはや疑ひを容れない。しかし、現在、むしろ青年がここまで深くアジアの魂をつかんでゐるのに、アジア的日本的教養を一かけらも持ち合わさない四十歳以上のハイカラ中年作家たちが、根無し草の低迷を脱し得ないのは、痛快な皮肉である。

三島が黛を賛美するのは当然としても、大作「涅槃《ねはん》交響曲」については抽象的・観念的にしか語っていない。これもいかにも三島らしい。

四月十日（金）、三島は庭で木刀の素振りをしてから、皇太子御成婚の馬車行列のテレビ中継を視る。皇居前広場で一人の若者が走り出て、石を投げ、馬車にのしかかる。三島は驚愕・昂奮し、その感想を縷々《るる》述べている。

この日は多忙で、夕刻六時に芥川比呂志とともに英国大使館に赴き、劇作家テレンス・ラティガンの歓迎レセプションに出席、七時半には黛作曲・三島作詞の「御成婚祝典カンタータ」を聴く。演奏はウィルヘルム・シュヒター指揮のＮＨＫ交響楽団・東京混声合唱団・二期会合唱団、電気楽器オンド・マルトノを黛が演奏した。

帰途、黛夫妻に誘われ、マルタで食事し、十時過ぎに帰宅する。演奏会や曲に関する感想はない。帰宅後は「久々に仕事が捗つた」とある。仕事とは「鏡子の家」の執筆である。音楽を聴いた（見た）日には必ずといってよいほど、仕事が捗ったと書いている。

五月十日に馬込の白亜の自邸に転居。

五月十六日、産経ホールでフランス政府派遣のジャニーヌ・シャラ・バレエ団による「フランチェスカ・ダ・リミニ」「白の組曲」などを観る。五月十八日、剣道ののち、産経ホールでジャニーヌ・シャラ・バレエ団の「ロメオとジュリエット」「高電圧」「パリの外国人」などを観る。

六月二日、第一子紀子を得た。

六月二十九日、十五カ月を要した「鏡子の家」九四七枚を完成し、身辺雑記「裸體と衣裳」をめでたく擱筆する。

長い小説だけに、「鏡子の家」には音楽関連の記述が散見される。主要人物の一人である美貌の無名俳優舟木収は、本郷真砂町に下宿している。部屋の窓をあけると、見えるのは隣の商家の屋根と屋根に載せた看板の裏側。

夏の夜などには、看板の外れの細長い空を、後樂園のナイターの光芒が裾濃に照らしてゐる。喚声がきこへる。又、百万人の音樂などといふ催し物があつて、風の加減で、拡声器をとおしたベートーヴェンの音楽なんぞが、急に耳のはたにきこへることがある。

舟木収は鏡子と一緒にジョセフィン・ベーカーのコンサートに出かける。ジョセフィン・ベーカーは「黒いヴィーナス」と謳われた歌手・ダンサー・女優である。信濃町の鏡子の家では「直輸入盤のエディ・コンドンのディキシーランド・ジャズの騒音」が鳴り響く。エディ・コンドンはシカゴ・ジャズの奏者兼バンドリーダー。

鏡子の家の賑やかな客人たちは「二、三の気取つた連中が、やれバルトークが好きだ、やれセザール・フランクが好きだといふやうな話をしてゐた」りするが、それは「かつて鏡子が蔑んでゐた粋な知的な会話」である。

ベルギーに生まれ、パリで活躍したフランクは大作曲家ではあるが、ドイツ音楽が主流の日本ではややマイナーである。ハンガリーに生まれ、亡命先のアメリカで活動したバルトークは、この頃の日本では演奏機会も少なく、レコードもあまり発売されていなかった。したがって、バルトークが好き、フランクが好きというのは「粋で知的な会話」などではなく、マニアックな会話というべきである。

苦心惨憺した『鏡子の家』は、九月に上下二冊が新潮社から刊行され、傑作・話題作の『金閣寺』に続く長篇だけに、売れ行きは非常に好調だった。刊行直後、奥野健男は『週刊読書人』で「『仮面の告白』以来の最高傑作」と激賞したが、平野謙が毎日新聞の文芸時評で酷評し、以後、好意的な批評は出なかった。

拍手喝采で迎えられるはずの『鏡子の家』は、文壇、批評家からほとんど無視された。戦後文壇の寵児の手痛い蹉跌である。三島は意気銷沈し、思い描いていたいささか現実離れした文豪生活を断念した。それればかりか、『鏡子の家』は読者離れも引き起こした。一例として、吉村昭をあげる。吉村昭は学習院大学時代、文芸部の仲間あるいは単身で、先輩である三島由紀夫を訪問し、歓待された。吉村は『金閣寺』に圧倒され、何度も読み返したが、『鏡子の家』は上巻の途中で投げ出し、以後、三島作品を読むことはなかった。

十一月十四日、三島は帝国ホテルの記者会見に臨んだ。大映が三島を映画俳優として契約した、その披露会見である。「新人の三島由紀夫でございます」と挨拶した。大いに世間の話題になったが、作家としての評価を高めるものではない。

十二月十八日付川端康成宛て書簡に、「足かけ二年がかりの「鏡子の家」が大失敗という世評に決まりましたので、いい加減イヤになりました。」と書いている。末尾には、「今度のスペイン舞踊はたのしみですが、イブ・モンタンのはうは、モスコウ芸術座と同じく、絶対レジスタンスで、聴きに行かぬ心算です」とあるが、スペイン舞踊は翌年の一月六日から二月末まで来演したアレグリアス舞踊団のフラメンコである。モスクワ芸術座はこの年の初めにチェホフなどを公演したが、あまりに周囲が絶賛するので、三島は臍を曲げて観なかった。シャンソン歌手・俳優のイヴ・モンタンもあまりに前評判が高いので、かえって白けてしまったようである。

三島はシャンソンを好み、石井好子や佐藤美子のリサイタルのプログラムに推薦文を寄せている。女優でシャンソン歌手の越路吹雪とは結婚の噂もあった。昭和二十六年二月、帝劇の「モルガンお雪」の越路に三島は感激し、越路のために音楽劇「溶けた天女」、演劇「女は占領されない」を書いている。

丸山明宏（美輪明宏）もご贔屓だった。

♪

昭和三十五年は、一月から「宴のあと」を『中央公論』に十月まで連載し、「お嬢さん」を十二月まで『若い女性』（講談社）に連載した。『宴のあと』は、実際の社会事件に材を取った三島の自家薬籠中の作品である。ドナルド・キーンはこの作品に惚れ込み、キーン訳の「宴のあと」は昭和三十九年、フォルメントール国際文学賞で二位となった。

二月、三島は映画「からっ風野郎」に出演した。相手役は若尾文子。映画俳優としてはまったく才能がなく、三月一日、西銀座のデパートで撮影中、運動音痴から後頭部を強打、十日間入院した。三月二十三日、映画は封切りされ、興行的には成功したが、三島の演技に関する批評のほとんどが酷評だった。

主題歌「からっ風野郎」は三島の作詞、深沢七郎の作曲である。深沢七郎は昭和三十一年、「楢山節考」で第一回中央公論新人賞を受賞した。選考委員は伊藤整、武田泰淳、三島由紀夫で、生原稿を読み始めた三島は途中から慄然とし、読後、傑作（不愉快な傑作）を発見したという感動に搏たれた。

深沢七郎は日劇ミュージックホールに出演していたギター奏者である。「からっ風野郎」の作曲は深沢が三島に申し出たという。キングレコードからＥＰレコードが発売され、前代未聞のことなのでマスコミの話題となった。

石原慎太郎『三島由紀夫の日蝕』（平成三年　新潮社）によれば、ＥＰ盤を贈呈された大岡昇平がステレオ装置で聴いていると、「お嬢さんがやってきて小首を傾げ、「あら、これなあに、お経」、といったそうな。たしかにあの歌は妙に抑揚を欠いていてお経のように気張っていながらフラットだった」。音痴を自認するだけに、三島の歌唱は音程が悪く、リズムに乗れない欠点があるが、苦しげで錆びた声が安っぽい曲調とあいまって、一聴、忘れ難い印象を与える。

深沢は三島から作曲料を取らなかった。そこで三島は深沢を高級中華料理店に招待し、ツバメの巣をふるまった。三島没後、深沢は三島を痛烈に批判している。曰く、糸コンニャクみたいなツバメの巣を食わされたが、むしろ餃子が食べたかった、三島由紀夫という人間は高価なツバメの巣を食わせれば相手が喜ぶと考える浅はかな人間である云々。

四月十九日、三島は銀座のヤマハホールで、東京藝大専攻科に在学中の神西敦子のピアノのデビューリサイタルを聴く。神西敦子は神西清の長女である。『假面の告白』を諸家にさきがけて激賞し、鉢の木会の先輩でもある神西清の娘の晴れ舞台に、多忙な三島は駆けつけたのである。演奏曲は以下の通り。

モーツァルト：ピアノソナタ第一〇番ハ長調　Ｋ．三三〇

ベートーヴェン：ピアノソナタ第三一番変イ長調　作品一一〇

ドビュッシー：ベルガマスク組曲（前奏曲～メヌエット～月の光～パスピエ）

ブラームス：ヘンデルの主題による変奏曲とフーガ　作品二四

意欲的かつ本格的なプログラムである。なお、神西敦子氏に伺ったところ、「鉢の木会でリサイタ

ルを聴きに来たのは三島氏だけだったように思う」との由。
六月十七日付（五月と誤記されている）キーン宛て書簡は、『愛の渇き』をキーンが翻訳することになり（実現しなかった）、その礼状で、次のようにある。

東京では、今おすすめできるやうな面白い芝居が何もありません。ここのところ、ワクワクするやうな面白い芝居といふものが全然ないのです。だから、映画ばかり見てゐます。レニングラード・バレエも「白鳥の湖」だけ見て、ゲンナリしました。

レニングラード・バレエ団総勢一一八名が、ソ連のジェット機で羽田空港に着いたのは五月三十日である。国家の威信をかけて上演した「白鳥の湖」に三島がゲンナリした理由はわからない。ソ連のバレエは優雅さよりも超絶技巧が売りで、それが三島には気に入らなかったのであろうか。
七月に歌手・俳優のハリー・ベラフォンテが来日し、三島は十四日の初日を産経ホールで聴き、翌々日の「毎日新聞」に「偉大な官能の詩　ベラフォンテの初公演」という音楽評を発表している。その末尾を、次のように結んでいる。

私は第一部では「オール・マイ・トライアルス」の美しい哀傷、「ク・ク・ル・ク・ク・パロマ」の逸楽、第二部では「さらばジャマイカ」の哀切な叙情、そして有名な「バナナ・ボート」や、たのしい「ラ・バンバ」をことに愛する。それらは空飛ぶ絨毯に乗せて私を運んで、再び私の目に、西印度諸島の市場と町と港と祭の、騒がしさと悲哀の色彩のはんらんのすべてを鳥瞰させたのである。

このような三島であるから、「神西敦子ピアノリサイタル」には退屈したのではないだろうか。

十月十六日、短篇「憂國」の原稿を、『小説中央公論』の編集者井出孫六が三島邸で受け取った。十年後（わずか十年後！）の市ヶ谷での割腹自決に向けて、運命の歯車が静かに始動した瞬間である。

中井英夫は「ケンタウロスの嘆き」（昭和四十六年二月号『潮』）にこう書いている。

「三島の切腹願望が、昭和三十五年に「憂国」を書くあたりから兆したことは確かだが、この作品に限って二・二六の志士を讃える意図などで書かれたものでないことだけは、当時、本人からつぶさに聞いた。そのころ彼は、至上の愛によって欣然と切腹する青年の情史を、初期の谷崎ふうなおどろおどろしさで書くことを夢想していたのだが、何回目かの渡米直前に中央公論社から短篇を請われ、後に、「何も書くことがないんで、えいやったれと思って、アレを書いちゃった」と語ったような情況で生れた作品なのである」

そういうことではあっても、「憂國」は執筆当時の意図を超え、しだいに作者の思想の象徴・行動の源泉のように変容していった。八年後、昭和四十三年九月十五日に刊行された新潮文庫『花ざかりの森・憂国（自選短篇集）』の三島自身による解説はこうである。

『憂国』は、物語自体は単なる二・二六事件外伝であるが、ここに描かれた愛と死の光景、エロスと大義との完全な融合と相乗作用は、私がこの人生に期待する唯一の至福であると云ってよい。しかし、悲しいことに、このような至福は、ついに書物の紙の上にしか実現されえないのかもしれず、それならそれで、私は小説家として、『憂国』一篇を書きえたことを以て、満足すべきかもしれない。

これからすると、三島は「人生に期待する唯一の至福」を紙の上で実現しただけでは満足できず、自作の映画「憂國」で疑似体験し、実人生で決定的に体験したのが市ヶ谷における割腹自決ということになろうか。

この年、十一月一日から三島は夫人同伴で世界一周旅行に出る。十五日、ニューヨークの小劇場で「班女」「葵上」の試演を観た。大成功で、日本へも報じられた。十二月十五日、パリで舞台稽古中のジャン・コクトー、岸恵子に会う。コメディ・フランセーズの「リュイ・ブラス」に感動した。

昭和三十六年一月一日、三島夫妻は元旦をマドリッドで迎え、イタリアに渡り、一月五日、ミラノのスカラ座でベートーヴェンの歌劇「フィデリオ」を観る。指揮はベルリン・フィルの首席指揮者兼芸術総監督のヘルベルト・フォン・カラヤン。この頃、カラヤンはスカラ座に定期的に客演していた。

カラヤンはオペラにおける女性歌手の容姿を重要視し、「サロメは二十歳にもなっていない。だから、若くて細身の魅力ある歌手がいて初めて成立するオペラなのだ」と語っている。三島と同意見である。カラヤンは昭和三十二年十一月にベルリン・フィルと来日しているが、三島はこのときニューヨークにいた。昭和四十一年、昭和四十五年にも来日しているが、三島は聴かなかった。カラヤンが日本ではオペラを指揮しなかったからであろう。

一月二十日、日本に帰国。まもなく三島は、「嶋中事件（風流夢譚事件）」という予期せぬ凶事に見舞われる。二月一日、深沢七郎が『中央公論』十二月号に発表した短篇「風流夢譚」を不敬であるとする右翼少年が、中央公論社社長の嶋中鵬二宅を襲撃し、夫人を刺し、家政婦を刺殺したのである。三島の推薦で「風流夢譚」が『中央公論』に掲載されたと噂され、脅迫状が舞い込み、三島邸を警察が警備し、三島の外出には警察官が同行した。深沢七郎は東京から姿を晦ました。

禍去ってまた禍、三月十五日、「宴のあと」のモデルの元外務大臣の有田八郎が、個人のプライバシーを侵害するものであるとして、三島と新潮社に対して損害賠償と謝罪広告を求める訴えを起こした。昭和四十一年十一月二十八日に和解が成立するまでの五年間、この問題は三島を悩ませた。

五月二十日、三島はナット・キング・コールを聴く。翌日のドナルド・キーン宛て書簡にはこうある。


きのふなどは、午後全国警察のブラス・バンドのパレードを見にゆき（僕はブラス・バンドが大好き）、それから精進料理の夕食に招かれ、それからNat King Coleをききに行きました。コールの歌う新しい歌よりも、Continentalなどの古い歌の味が実に枯れてゐてよかつた。

三島がブラス・バンドが大好きというのは、行進曲が好きなのか、ブラス・バンドのパレードを見るのが好きなのか、判然としない。七年後、三島は公衆の面前で自ら「軍艦マーチ」を指揮することになる。

この年の前半は長篇「獣の戯れ」の執筆に没頭した。「獣の戯れ」は六月から『週刊新潮』に連載され、連載開始にあたり、お決まりの「作者の言葉」（六月五日号『週刊新潮』）を寄せている。「獣の戯れ」は書下ろし小説として完成させ、それを分載する方法を取り、そのことがかえって読者に新鮮な印象を与えるのではないか、と三島は書いている。この小説は〆切りを気にしながらのやっつけ仕事ではありませんよ、と意欲のほどを語っているのである。

昨夏、西伊豆へ背景の取材に出かけ、プロットが決まらぬまま、十一月に外国に出かけた。キザなようだが本当の話、今年の一月、ミラノのスカラ座で「フィデリオ」を見たとき、カラヤン指揮の第二幕のあの長い間奏曲の、壮大と甘美に深く心を搏たれ、昂奮のさめやらぬまま明かしたその晩に、突然、この作品の構想が、隅々までくっきりと心に浮び上った。あとは、ただ筆をこの一夜の感動に従わせればよかったのである。

これに続けて、挿絵を担当する日本画家東山魁夷への感謝を述べてしめくくっている。

三島が「第二幕のあの長い間奏曲」と書いているのは「レオノーレ序曲第三番」のことである。第二幕第二場の前に慣例として演奏されることがあり、演奏には十五、六分を要するから「長い間奏曲」である。名曲だけに単独で演奏されることもあり、レコードも多い。カラヤンの演奏は壮麗であっただろうが、この曲を「壮大」と形容するのはともかく、「甘美」と表現するのは三島くらいのものである。

作家が音楽に触発されて小説を書いた例は少なくない。堀辰雄は、「美しい村」にバッハの

「遁走曲《フーガ》ト短調」の構成を取り入れたと書いている。五味康祐はドビュッシーの「西風の見たもの」から「喪神」の、山本周五郎はラヴェルの「ダフニスとクロエ」から「よじょう」の、立原正秋はモーツァルトの「ピアノ協奏曲第二〇番ニ短調」から「薪能」の着想を得たと語っている。しかし、著者はそれらの楽曲と小説との類似点をほとんど見い出せない。

能のように緊密で、静謐・高雅だが、いささか痩せすぎの感があり、全体に暗鬱な「獣の戯れ」のどこをどう読んでも、著者は「レオノーレ序曲第三番」の片鱗さえ想起することはできない。ドナルド・キーンもエッセイ「音楽と文学」（昭和五十一年十二月号『レコード藝術』）で、「わたしには、三島氏の小説とベートーヴェンの音楽のあいだに、ほんのわずかの類似点すら認められないが、おそらく隠れた共通点があるのだろう」と述べている。

ところで、キーンは大江健三郎の『万延元年のフットボール』（昭和四十二年）を、「ことにそのりっぱな、音楽的といってもよい構造に感銘を受けた」と賞賛している。キーンは無類のオペラ好きであるが、オペラに関しては三島より大江健三郎のほうが同好の士であった。大江の家に招かれ、ほろ酔い加減でマリア・カラスの歌うドニゼッティの「ルチアア」のレコードをともに聴いたことは忘れられない出来事であり、「時々彼女に合わせて歌いながら、私たち二人は、お酒にも、またカラスの声の信じ難いほどの美と知性にもすっかり酔っ払っていた」という。

音だけのレコードは三島にとってあまり魅力あるものではなく、三島はカラスの「ルチア」のレコードを持っていなかっただろうから、キーンとの至福の交歓はできなかった。とはいえ、三島はキーンと一緒にオペラを観たこともある。昭和三十六年九月六日消印の、東京都渋谷区隠田三ノ一七ノ三五ドナルド・キーン宛て書簡には、次のように記している。

永々御予約申上げた「アンドレア・シェニエ」の切符やっと入手、アメリカからかへって又すぐにご連絡いたしますが、十月五日六時半よりぜひおあけ下さい。――それから御新居の電話番号をおしらせいただければ倖せです。

では一寸亜米利加まで行つてまいります。

九月十五日、三島は米雑誌『ホリデイ』の招きで渡米し、カリフォルニア大学との共催のシンポジウムで講演などをし、二十九日まで滞在した。

ウンベルト・ジョルダーノの「アンドレア・シェニエ」は、いかにも三島が好みそうな歌劇である。詩人アンドレア・シェニエは、フランス革命で断頭台の露と消えた実在の人物。詩人と伯爵令嬢マッダレーナとの悲恋が描かれ、終幕でシェニエとマッダレーナが断頭台へ向かう場面は、さながら歌舞伎の心中の道行である。

この第三次イタリア歌劇団来日公演の「アンドレア・シェニエ」は、デル・モナコとレナータ・テバルディの黄金の顔合わせで、しかも日本初演であったから前評判も高く、切符は入手困難だった。終演後、三島はキーンと熱く感想を語り合ったであろう。

十一月二十九日から翌月十七日まで第一生命ホールで、新作「十日の菊」が文学座によって初演され、名古屋、京都、大阪で十二月二十四日まで巡演した。二・二六事件に材を取っているが、時代を戦後に置き換えた技巧的な悲喜劇である。

十二月になって、三島は中村光夫に鉢の木会の退会を申し出た。吉田健一に我慢がならない、というのがその理由である。

大岡昇平と埴谷雄高の対談集（昭和五十九年『二つの同時代史』岩波書店）で、大岡はこう語っている。「最初は三島由紀夫と吉田健一との仲が悪くなったんだよ。会えば会うほど吉田の奇声にはみんな悩まされた。モーツァルトが聞いたら発狂するだろうという調子っぱずれな声でワアワアやるんだよ」

大岡によると、新築の三島邸での例会では、ヨーロッパから輸入した高級な置物を手に取って「おっ、これは高そうなもんでございますね。エッヘッヘ」、丸の内の東京會舘から料理人を呼んで供した高級料理を「あっ、これはとても普段食えない」と茶化した。

かねて大岡は吉田の耳障りな奇声と笑い声に我慢がならず、ひがみっぽい言動にも腹を立て、「おまえの声にはみんな我慢してるんだ。鉢の木会は我慢会じゃねえぞ、おまえは抜けろ」と言った。

著者が神西敦子氏に「吉田健一さんの笑い声も凄かったそうですね」と電話で訊ねると、「吉田さんの笑い声。ええ、それはもう」と絶句された。吉田健一のノイジーな奇声と笑い声は相当なものであったようである。

とはいえ大岡は、埴谷雄高に「（三島も大岡も）福田（福田恆存）が嫌になったので鉢の木会を抜けた」とも語っている。えてして文士の対談には韜晦・誇張・歪曲がつきもので、あまりあてにはならない。

三島は昭和二十六年九月十日付川端康成宛て書簡に、以下のように記している。

軽井沢へは吉田健一氏などと行きましたが、彼は一日中呑んでをり、軽井沢まで、生ビールを売つてゐない駅へとまるたんびに怒り出し、「生ビールを売つてないなら、何のために停車場があるんだ」と怒鳴つてゐました。むかうへついても朝昼晩呑んでゐるので、朝から浴衣がけでビールを呑んでゐるところなんか、とんと「小原庄助」でした。前の晩二時まで附合つて、やつと寝て、朝七時から隣室のケタ〳〵、といふ面妖な笑ひ声に目をさまされ、行つてみると、ベッドの中でもうウイスキーを呑んでゐました。仕様のない人です。

河上徹太郎は、三日三晩一緒に酒を飲んで初めて相手を知ることができる、という無類の酒好きで、河上徹太郎に師事した吉田健一は師ゆずりの酒好きである。一方、三島は好んで酒を飲むことはなかった。三島の猫好きは有名であるが、吉田は犬好きで、雑種のもらい手のなさそうな、見ばえのしない犬を好んで飼った。吉田健一はエピキュリアンで、三島由紀夫はストイック。両者は親密に交流したが、そもそも相性が悪かったのではないだろうか。

鉢の木会で三島は、「おまえは俗物だ。あまり偉そうな顔をするな」と吉田健一に言われたことがあり、『鏡子の家』出版直後の例会では「こんな作品しか書けないのなら、この会を出ていってもらわなくちゃなあ」と言われたという。いずれも、吉田の酔余の発言である。酔って本音を吐く人もいれば、偽悪的になって心にもない憎まれ口をたたく人もいる。吉田の言動に三島が傷ついたかどうかはわからない。

決定的な理由は、政界にも人脈のある吉田が「宴のあと裁判」で原告側に有利な行動に出たからだという。しかし、真相は判然としない。結局、鉢の木会は消滅し、吉田健一は三島からの献呈本をすべて廃棄した。三島研究者の山中剛史氏によれば、吉田健一宛ての『金閣寺』限定本がボロボロの状態で神保町の古書店に出たことがあり、吉田健一宛ての署名入り「からっ風野郎」のEP盤が珍品として古書目録に出ていたという。想像に過ぎないが、吉田は古書店に一括して売却したのではなく、廃品として処分し、回収業者が転売したのではないだろうか。

著者は吉田健一に悪感情をいだいているわけではない。一九五五年（昭和三十年）、久生十蘭の「母子像」がニューヨーク・ヘラルド・トリビューン紙の国際短篇小説コンクールで第一席となる。石川達三、永井龍男、井上靖の応募作品は選外となった。「母子像」を翻訳したのが吉田健一である。また、「讀賣新聞」に大衆文学時評の連載を始め、山本周五郎を賞賛した。久生十蘭と山本周五郎は著者の好きな小説家である。

さて、十二月十四日、三島は初来日のシャンソン歌手ジュリエット・グレコを新宿の厚生年金会館で夫人と一緒に聴く。昭和三十六年の三島の聴き初めはベートーヴェンの歌劇「フィデリオ」、聴き納めはグレコのシャンソンであった。

♪

昭和三十七年は一月から長篇「美しい星」を十一月まで『新潮』に、長篇「愛の疾走」を十二月まで『婦人倶楽部』に連載した。純文学とエンターテイメントを並行して連載するのがパターン化していた。三月には戯曲「黒蜥蜴」が産経ホールで初演され、大映映画「黒蜥蜴」（二回目の映画化）が封切られた。

三島には音楽より美術に関する文章が多いが、「聖セバスチャン殉教図」はいうまでもなく、ヴァトー、モロー、ビアズリー、エッシャー、俵屋宗達、月岡芳年、竹久夢二、蕗谷虹児、古沢岩美、横尾忠則といった脈絡の無さではある。もっとも、モローとビアズリーはともにすぐれたサロメ像を描いている。

「雅歌」（ギュスターヴ・モロー/1893年）

昭和三十七年四月二十七日刊行の『婦人公論増刊号』に掲載された、モローの「雅歌」についての短文がある。

ギュスターブ・モロオの「雅歌」――わが愛する女性像

浪漫派画家で、男性的で雄渾なドラクロアと、女性的な典雅なモロオとは、共に愛する画家だが、テオフィル・ゴーチェの小説の女主人公や、フローベルの「サランボオ」を思わせる絵すがたは、モロオのもの。この絵でも、近東風の物憂い官能性、典雅な逸楽、肉体の抒情と謂ったもののあふれるばかりの女人像は、そのきらびやかな宝石のきらめきと相俟って、しばし観る者を夢幻の堺に誘う。マスネエの音楽も耳にひびいて来るようで、いわば最も贅沢な「二流芸術」の見本だ。大体、二流のほうが官能的魅力にすぐれていることは、ルネッサンス画家でもギド・レニを見ればわかることで、私の好きなのも正直その点である。

気になるのは、「マスネエの音楽も耳にひびいて来るようで」という、やや唐突な一節である。ジュール・マスネはフランスのオペラ作曲家で、代表作の歌劇「タイス」はアナトール・フランスの長篇小説「舞姫タイス」を原作としている。エジプトの舞姫で娼婦のタイスを改心させようとする修道士がタイスの魅力にとりつかれ、ミイラ取りがミイラになるという皮肉な結末の物語である。

歌劇「タイス」の間奏曲はヴァイオリンが優美な旋律を奏で、単独で演奏されることが多く、一般に「タイスの瞑想曲」の題名で知られている。オーケストラの代わりにピアノが伴奏するヴァイオリンの名曲としてもよく演奏される。三島のいう「マスネエの音楽」とはこれであろう。

三島は『小説家の休暇』に、「某君はレコード狂である。そして私は、レコードの一枚も、蓄音機の一台も持たない」と書いているが、この頃にはステレオ装置を所有し、レコードも購入していたと考えられる。モローの「雅歌」の女性像がまさに娼婦タイスの絵姿のようで、三島は「タイスの瞑想曲」を想起したのであろう。実際に耳に響いてきたのではなく、ペダンティックにそう書いたのかもしれない。

五月二日、長男威一郎が生まれる。この頃、大長篇「豊饒の海」の構想を得た。

十月に『美しい星』が刊行され、文壇には大きな反響があったが、英訳を依頼されたドナルド・キーンは乗り気ではなく、キーン訳は実現しなかった。芥川比呂志が戯曲化を熱望したが、これも実現しなかった。『鏡子の家』以降、三島の小説はあまり売れなくなっており、『美しい星』の売行きも二万部にとどまった。

逆に、海外での三島作品の出版は毎年のように続いており、この年は『近代能楽集』がドイツで、『金閣寺』がイタリアとスウェーデンで刊行されている。三島は作品の評価を国内より海外に求め、ノーベル文学賞を熱望するようになる。

♪

昭和三十八年一月三日付ドナルド・キーン宛て書簡に、次のように記している。

今年は小説を一つ、ノヴェレットを一つ、オペラを一つ、芝居を一つ書く予定ですが、オペラだけは腹案ができてゐます。黛敏郎氏の作曲で、オープニングは来年の四月ごろ、今年の秋にできる日生劇場でやる予定ですが、ずゐぶん先の話ながら、キーンさんにはぜひ初日に来ていただきたいと思つてゐます。

小説は長篇「午後の曳航」、ノヴェレットは中篇「剣」、オペラは「美濃子」、芝居は「喜びの琴」である。三島はこれ以前にも『潮騒』のオペラ化をめざして四幕物の台本の一部を書いているが、今回の「美濃子」は浅利慶太、黛敏郎と図り、日生劇場での上演を前提とした具体的なプランであった。

一月十四日、看板女優杉村春子の専横と左傾化に反撥する芥川比呂志、仲谷昇、岸田今日子ら二九人が文学座を退団し、福田恆存を首魁とする劇団「雲」を結成した。事は水面下で運ばれていたが、この日、「毎日新聞」にスクープ記事が出たのである。文学座分裂事件である。三島は前日、福田から電話で集団脱退について知らされていたが、青天の霹靂であった。

一月十五日、小澤征爾指揮日本フィルハーモニー管弦楽団の「小沢征爾の音楽を聴く会」を聴いた。翌日の「朝日新聞」に「熱狂にこたえる道——小沢征爾の音楽会をきいて」を発表しているが、三島がオーケストラ公演について書いた唯一の文章である。

最近、外来演奏家にもなれっこになり、ぜいたくになった聴衆が、こんなにも熱狂し、こんなにも興奮と感動のあらしをまきおこした音楽会はなかった。正に江戸っ子の判官びいきが、成人の日の日比谷公会堂に結集した感がある。

「最近、外来演奏家にもなれっこになり」、と書き出しているが、三島が外来演奏家のコンサートに足繁く通った事実はない。「正に江戸っ子の判官びいきが、成人の日の日比谷公会堂に結集」というのは、この演奏会には特別の事情があったからである。なお、成人の日は当時、一月十五日であった。

小澤征爾はアメリカから帰国後、二十六歳の若さでＮＨＫ交響楽団の指揮者に迎えられた。しかし、ミスが多い、遅刻が多い、言葉遣いが悪いといった理由でしだいに楽員と軋轢を生じた。あげくはリハーサルをボイコットされ、練習会場に来てみると、誰もいないという椿事が起きた。マスコミの好餌となり、新聞や週刊誌に書き立てられた。小澤の妻はピアニストの江戸京子（のち離婚）で、父の江戸英雄は三井不動産社長であったから、この事件は政財界にも波及し、小澤は日本脱出のやむなきにいたった。

小澤征爾に同情した浅利慶太、石原慎太郎、井上靖、大江健三郎、中島健蔵、團伊久磨、黛敏郎、一柳慧、三島由紀夫らが発起人となって「小沢征爾の音楽を聴く会」が企画された。井上靖は小澤の結婚の媒酌人で、結婚式の演出を浅利慶太、司会を黛敏郎がつとめた。

数日後にはアメリカに出発する小澤の告別演奏会であり、壮行演奏会である。プログラムは、ドビュッシー「牧神の午後への前奏曲」―シューベルト「交響曲未完成」―休憩―チャイコフスキー「交響曲第五番」というもの。

オペラ「美濃子」の指揮者には小澤が予定されていたから、三島が発起人に名を列ねるのも、絶賛の文章を新聞に発表するのも当然である。

演奏に先立ち、発起人代表の井上靖がステージで挨拶すると、「判官びいきの江戸っ子」で満員の会場は割れんばかりの拍手。小澤は涙を浮かべる。三島は小澤に花束を贈呈する。三島は舞台上の小澤夫妻のうるわしい姿を描写し、「友」の演奏会の大盛況がうれしいと書く。しかし、肝心の演奏についての言及はごくわずかである。

こんなに新鮮で、たんねんな「未完成」はきいたことがなく、わけてもチャイコフスキーは圧倒的であった。

音楽が聴衆をとらえて引き回しているのが、ありありと感じられた。

アンコールの物すごさは、おそらく史上に残るものだ。当夜の喝采は、大げさにいうと、国民的喝采であった。

アンコールにこたえて、ドビュッシーの「月の光」と、さらにベルリオーズの「ファウストの劫罰」のラコッツィ行進曲が演奏されたが、交響楽団で二度のアンコールを出すのはめずらしい。それでも拍手はなりやまず（以下、略）

これは演奏会評というより、単なる報告文である。「こんなに新鮮で、たんねんな「未完成」はきいたことがない」と書いているが、八年前に「レコードの一枚も、蓄音機の一台も持たな」かった三島は、その後、レコード愛好家になり、小澤ほど新鮮でなく、丹念でない「未完成」を聴いてきたのだろうか。チャイコフスキーの「交響曲第五番」は、小澤でなくとも劇的・爆発的に盛り上がり、曲自体が圧倒的である。小澤ほどには圧倒的でない「第五」の実演やレコードを三島は聴いていたのだろうか。

アンコールの物すごさ、国民的喝采は想像がつくが、三島はそれまでに「月の光」（原曲はピアノ曲。カプレ編曲、ストコフスキー編曲の管弦楽版がある）や「ラコッツィ行進曲」を聴いたことがあるのだろうか。終演後、誰かにアンコール曲の題名を訊き、メモを取る三島の姿が目に浮かぶ。

一月十六日、文学座は騒動のおわびと再建の決意の声明文を発表したが、三島がすすんで起草した。三島は文学座に残ったが、劇団「雲」の創立には賛意を表明した。

四月になると、三島は「美濃子」の筋書《シノプス》を黛敏郎に見せた。

三島は分裂した文学座の再建を期して、安堂信也訳のヴィクトリアン・サルドゥの戯曲「ラ・トスカ」を自ら潤色し、杉村春子、長岡輝子、川辺久造らの主演で、六月七日から二十五日まで厚生年金会館小劇場で上演した。好評で、名古屋、大阪、神戸にも巡演したが、これが文学座との最後の仕事となった。

八月から翌年の五月にかけて『藝術生活』（芸術生活社）に連載された「藝術断想」には能、歌舞伎、演劇、映画、オペラ、バレエなどの感想が綴られている。「日本語には母音も多いし、イタリア語ほどではなくとも、英語などよりはずっとオペラに適している」などと威勢がよい。

八月末、三島は黛とともに帝国ホテルの一室にこもる。道路を隔てた正面に日生劇場が竣工を迎えていた。三島はペンが及ぶ限りのスピードでリブレットを書き、一枚ずつ黛に手渡す。明け方には第二幕まで書き上げた。二週間後、第三幕を受け取った黛は作曲にとりかかった。「美濃子」のプレミアは翌年四月、演出家浅利慶太は稽古に二カ月を要求していたから、一月末が全曲完成のタイムリミットということになる。

十月四日付の川端康成宛て書簡に「来年五月に、小生台本、黛君作曲のグランド・オペラ「美濃子」を日生でやります」と報告し、「若い男女の主役を募集いたし、オーディションをいたしましたが、顔がよければ歌わるし、歌がよければ顔わるしで、まだ決まりません。つくぐ〵天は二物を与へぬものと感服いたしました」と続けている。

十月二十七日付、ニューヨークのキーン宛て書簡には、次のように書いている。

ベルリン・オペラがいよく日生劇場ではじまり、Dietrich Fischer— Diskauも「フィデリオ」の大詰で歌ひました。すばらしいものでした。オペラ「美濃子」の主役に、いい新人のテノールがみつかりましたが、ソプラノのはうは豚娘ばっかりでダメ。清楚な美しい人は歌が下手だし、全く天は二物を与へぬものです。

これからしても、舞台化はかなりのところまで進んでいる。

ところで、「藝術断想」にはベルリン・ドイツ・オペラ（西ベルリンの歌劇場）の来日公演についての感想がある。音楽評論家吉田秀和が企画提案した日生劇場の柿落《こけら》し公演で、オーケストラも含めて歌劇場がまるごと引っ越してくる画期的な公演であり、好楽家や音楽評論家はもちろんのこと、多くの文化人、芸術家が足を運んだ。

十月二十日から十一月八日まで、「フィデリオ」、モーツァルト「フィガロの結婚」、アルバン・ベルク「ヴォツェック」、ワーグナー「トリスタンとイゾルデ」がそれぞれ四回上演された。「フィデリオ」と「フィガロの結婚」はカール・ベーム、「ヴォツェック」はハインリヒ・ホルライザー、「トリスタンとイゾルデ」はロリン・マゼールが指揮した。

大岡昇平は「フィガロの結婚」のエディット・マティスが演じるケルビーノに魂を奪われた。『文學界』に連載していた「現代小説作法」の五回目を「ケルビーノ礼讃」と題し、若くて可憐なマティスを絶賛している。大岡はグスタフ・ルドルフ・ゼルナーの演出もほめているが、実際、この「フィガロの結婚」はのちのちまで語り草になる名演であった。

三島はこれを聴いたであろうか。聴きには出かけたが、音楽通大岡昇平をさしおいて言及することを憚ったのかもしれない。というより、大岡の後塵を拝するのが嫌で、あえて聴かなかったのではないか。そもそも三島は、若い頃からモーツァルトには心を動かされなかった。

三島はこの公演のプログラムに、「オペラといふ怪物」という短文を寄せている。ひたすらワーグナーを賛美し、「トリスタンとイゾルデ」を肥大化・怪物化したオペラであるとし、このたびのドイッチュ・オパーの公演で日本人の渇が癒やされるであろう、と期待をこめて書いている。

しかし、この公演に三島は落胆し、その不満を「藝術断想」に綴っている。一九五二年（昭和二十七年）にパリで初体験して以来、心を去らなかった「トリスタンとイゾルデ」を三島は楽しみにしていたが、ヴィーラント・ワグナーの「珍演出」によって夢がさめた。曰く、「フィデリオ」のゼルナーの演出にも「牢屋だから暗かろう」という単純な頭に反撥を感じたが、「トリスタン」に比べれば、まだ、よほどましと言うべきで……以下、数頁にわたってヴィーラントの演出への不満・批判がえんえんと書かれている。引用するには長すぎるので、二行だけ紹介しておく。


ワグナーは何という不肖の孫を持ったものだろう。この貧寒な演出家が企てたものは、スノビッシュな観客の支持に訴える「ワグナーの純粋化」だった。

戦後の資金難と物資の不足から舞台美術の簡素化を余儀なくされたのも一因であるが、ヴィーラントは台本のト書きを無視し、写実的な舞台の代わりに照明の効果による演出を試みた。以後、ヴィーラント演出が「新バイロイト様式」として定着した。

ヴィーラントは「トリスタン」でユングの心理学を援用し、第一幕では船の船首を暗示するオブジェを置くだけで、あとは照明で語らせるという方法を取った。美術においても抽象を嫌った三島であるから、気に入るはずがない。

三島の「トリスタン」評は演出の不満ばかりで、五味康祐が「ほとほと愛想を尽かした」という指揮者ロリン・マゼールの演奏については一言半句の言及もない。これも三島らしい。

カール・ベーム指揮・ルドルフ・ゼルナー演出の「フィデリオ」についても三島は辛辣である。

能の舞台の白昼の光りの中で、瞑暗の世界の霊のすがたを見馴れているわれわれには、ここでも闇の強調、闇と光りの強烈な対照などに、浅薄な図式をまず感じてしまう。こういうものに比べれば、イタリア・オペラのあの無邪気な写実主義のほうが、どれだけわれわれの心性に素直に受け容れられることか！

舞台裏の大ゼリから、闇の囚人の群がモクモクとあらわれる効果とか、その囚人たちが、又しばらくは見られない陽光に名残を惜しんで、光りに顔をさらしながら後退りに本舞台に戻る効果とか、そういうものは、もともとこの不出来なオペラを、部分的には救っているが、第一幕前半の退屈さは、上出来の有名な四重唱を除いては、そして幕あきのフランドル派の絵のような簡素な美しさを除いては、やはり人をすぐ惹き入れる力に欠けている。

眼目の間奏曲も、カール・ベームの指揮はすばらしいものであったが、かつてスカラ座できいたカラヤンの、華麗をきわめたこの曲に比べると、私のような俗耳には入りにくい。ただただ驚嘆したのは、大詰の幕あきの、フィッシャー・ディスカウの、威光あたりを払うその役者ぶりと、優雅さと力強さに充ちたその歌であった。

ゼルナーの演出にけちをつける一方、ベームとカラヤンのちがいを聴き分け、カラヤンに軍配をあげている。この公演はライヴ録音され、CD化されている。三島が聴いた初日ではなく、二十九日の公演である。初日にだけ出演して三島を驚嘆させたディートリヒ・フィッシャー＝ディースカウの声も、三島の拍手も収録されていない。

日生劇場の客席で耳にした感動は忘れられない、という音楽評論家宇野功芳の評がある（『宇野功芳のクラシック名曲名盤総集版』平成十三年　講談社ソフィアブックス）。

「ホールは残響が皆無なので、序曲はこちこちに固まった色気のない音で、全盛期のベームの凝縮し切った迫力が強調されて表われる。幕が上ってからも演奏の緊張力は半端ではない。速いテンポの「四人の合唱」など、ときに乱暴、ときに下手くそに思われるほど表情が強調されており、迫真のドラマとはこのことだ。第十四番の「四重唱」ではオケが怒り､凄いスピードで猛烈にたたみこむ。「レオノーレ序曲第三番」もなりふり構わぬ怒濤の迫力で、テンポの動きが激しい。ベームはこの序曲を第二幕のフィナーレの直前に演奏したが、当夜、最初の和音が鳴ったときは本当に鳥肌が立った」

宇野の肌に粟粒を生じさせたベームの「レオノーレ序曲第三番」も、三島の「俗耳」には入りがたく、華麗をきわめたカラヤンには及ばなかった。三島は「俗耳」と謙遜しているが、ベームとカラヤンのちがいを聴き分けている。この種の能力は歌舞伎好きの三島には人並み以上にあったはずだ。同じ役の異なる役者による芸のちがいを楽しむのが歌舞伎の妙味であり、同じ曲をさまざまな演奏で聴き、そのちがいを楽しむのがクラシック音楽鑑賞の醍醐味だからである。

澁澤龍彦は「三島は死ぬまで、見るということに執拗にこだわった形跡がある」と指摘しているが、事実、三島は聴く人ではなく見る人であった。「藝術断想」は昭和四十年八月、『目──ある藝術断想』（集英社）として出版された。あとがきに「私は音楽でさえ聴くことができず、見てしまう人間なのだ」と書いている。三島と音楽の関係がわずか一行で言い尽くされている。

さて、この年の秋、三島の新作戯曲「喜びの琴」が、翌年の文学座正月公演に向けて稽古に入っていたが、俳優が反共的なセリフに反撥し、有力な観客動員組織の労演から文学座への絶縁の申し出があり、NHKも中継放送を拒絶した。最終的には毛沢東支持者の杉村春子の判断により、十一月二十六日、文学座から上演保留の申し出があった。三島は憤然として文学座を脱退した。多くの幹部・中堅俳優も退団した。翌る昭和三十九年一月十日、岩田豊雄（獅子文六）と三島由紀夫を顧問に迎え、NLT（新文学座）が創設された。

このような大騒動の中、一月末になっても「美濃子」の作曲は第二幕の途中までしかできなかった。黛は二月末には曲を仕上げるから、稽古を一カ月でやれないかと浅利に提案したが、オペラの演出を初めて手がける浅利には無理な相談だった。

日生劇場取締役でもある浅利慶太は、「喜びの琴」を「美濃子」のあとに日生劇場で上演する気になっていた。日生劇場としては、警察官ばかり出る「喜びの琴」を一カ月も上演する気はなかったが、浅利はあえて火中の栗を拾うつもりでいた。そこで黛は、「喜びの琴」の上演を繰り上げることで「美濃子」作曲のための時間をほしいと提案した。これも浅利にはできない相談であった。ここにいたって三島はオペラ「美濃子」上演を完全に断念し、黛との十二年に及ぶ交友に終止符を打った。

昭和三十九年三月二十六日付キーン宛て書簡に、三島はこう記している。

五月上演予定のオペラは黛さんの作曲が出来上がらぬため無期延期になりました。去年の八月に台本を書いたのに、あと半年のあひだ、黛氏が何も仕事をしてくれなかったのには、みんなおどろき、怒つてゐますが、怒つても仕方がありません。オペラがダメになつて、「喜びの琴」を25日間日生劇場で五月にやることになり、あんな地味な芝居を大きな小屋で一ヶ月打つことは、まことに心配で、ヒヤ〳〵してゐます。芝居の仕事は、実際心配だらけで、それでもやめられないのが病氣ですね。

猪瀬直樹は『ペルソナ』の執筆にあたり、黛敏郎に「美濃子」が不首尾に終わった事情を訊ねている。「初めてのオペラだったので時間がかかってしまった」と黛は苦笑し、「須佐之男命がオートバイに乗って登場し、恋の相手が巫女なんです。ウエストサイド物語に影響されたのかもしれないが斬新なものだった。いつか三幕目の作曲をして上演したい。あのときは僕なりに必死でしたが約束を守れなかった。自分がいけなかったのです」と回顧している。

なお、村松剛も『三島由紀夫の世界』の執筆に際して、黛に聴き取りをしている。昭和三十年代の前半、松竹の依頼で三島はオペレッタ「堕ちたる天女」に着手し、水谷八重子を想定して筋書きを書いた。音楽担当は黛だったが、この企画も廃案になった。

五月七日は「喜びの琴」の初日で、三島夫妻は午後五時半、日生劇場のエントランスで来場者を出迎えた。幕間にはロビーで作家や政財界の招待者に挨拶、カーテンコールでは舞台に出て主演の園井啓介と握手した。打ち上げの後、深夜に帰宅、初日まで一カ月半に及んだ労苦を夫人とねぎらった。

翌日、午後五時からの銀座凮月堂での「『虚無への供物』出版記念　塔晶夫を励ます会」に出席、祝辞を述べた。三島は会の発起人の一人だった。塔晶夫とは中井英夫である。『虚無への供物』は日本の推理小説史に屹立する異形の大作で、深沈たる結末の読後感は名状し難いものがある。

この小説の冒頭は、竜泉寺のバー「アラビク」の「おキミちゃん」が流しの三味線弾き「お花婆あ」の伴奏で、サロメの「七つのヴェールの踊り」を踊るところから始まる。衣裳を脱ぎ捨てた「おキミちゃん」の胸には乳房がない。……「アラビク」はゲイバーである。なんとも破天荒な書き出しであるが、いかにも三島好みである。読後、中井を出先まで追いかけて、「藤間百合夫（登場人物）は俺だろう、俺が出てこないわけがないと思っていたよ。ガハハ」と哄笑した。

中井英夫は三島以上にシャンソンが好きで、『虚無への供物』には十数曲が登場する。中井はまた、写真・図版を多用した小学館の『ジャポニカ　大日本百科事典』の編集に携わっていたことがあり、「ボディビル」の項目に三島の裸体写真を使用し、三島を大いに喜ばせた。

さて、この年の日生劇場の一周年記念公演は、「ウエストサイド物語」の日本初演であった。前年の春、浅利慶太と石原慎太郎が渡米し、小澤征爾とともに日本での上演に向けて奔走した。小澤は「ウエストサイド物語」の作曲者バーンスタインの愛弟子で、バーンスタインが首席指揮者をつとめるニューヨーク・フィルハーモニックの副指揮者だったこともある。帰国後、大蔵大臣田中角栄の支援を得て日本公演が実現し、上演は五十回に及んだ。

三島は十一月九日の初日の感想を、十一月十一日付の「産經新聞」に書いている。

アメリカのミュージカルも数多く、中には新派悲劇を歌入り紙芝居にしたようなものもあるけれど、「マイ・フェア・レディ」とこの「ウエストサイド物語」とは、文句なしに傑作であって、日生劇場の初日は、興奮の渦に巻き込まれたといっても過言ではない。もともと舞台のものではあるし、乱闘シーンなど映画よりずっと迫力があり、生きのいい魚市場で魚がはねあがっているような趣があって、刺し身好きの日本人には、この生の風味はこたえられないものがあるにちがいない。

私は一九五七年の初演も見ているし、一九六〇年にも見ているし、これで三度目だが、少しも見飽きなかった。のみならず、つぎでどういう曲どういう歌どういうダンスが出てくるかわかっていながら、それがたのしみで道具代わりのたびにワクワクした。これで見てもわかるとおり、なん年にわたるながい続演のシステムでも、好きな人はなん度でも見にくるだろうことが想像される。それに日本の四時間五時間のダラダラ芝居を見るのとはちがって、キュッと引き締まって、遊びにムダがなくて、二時間半ですべてがあがるのがありがたい。物事はなんでもこんな風にテキパキ行きたいものである。

末尾の一行は、オペラ「美濃子」がテキパキと運ばなかったことへの憤懣であろうか。

ベルリン・ドイツ・オペラの総監督ゼルナーは、日本のオペラをベルリンで上演したい、と吉田秀和に提案した。黛敏郎の回想によれば、昭和四十三年頃、吉田秀和からオペラ作曲の話が持ち込まれた。ゼルナーの案は、歌舞伎「寺子屋」もしくは三島の「金閣寺」であったが、黛はどちらも躊躇した。「寺子屋」は歌舞伎の様式を抜きにしては考えらず、「金閣寺」は心理的要素が強すぎる。しかも、三島とは絶交中である。黛は代案を示したが、ゼルナーは気に入らなかった。最終的に「金閣寺」に決定したのは昭和四十五年の夏である。


♪


日本の作家のうち、オペラ化された作品が多いことでは三島は群を抜いている。

昭和二十四年十月、三島が塩谷雄高に宛てた手紙に、「タフツといふアメリカ人作曲家が日本を題材にしたオペラを作りたい由で、私に何かアイデアをと言つてきた。貴下は音樂の知識が豊富でいらつしやるのでご意見を伺ひたい。一緒にタフツ氏の音樂を聴きたいが如何か」とある。

三島は塩谷と二人で米軍将校タフツが弾くピアノを聴く。塩谷は「日本でオペラ台本を求めるに私の隣にいるこの若い作家以上に適任者はいない」と述べ、三島は羞じらいながら微笑した。十二月九日付の「讀賣新聞」に、「日米合作の親善オペラ　――悲恋物語〝軽王子《かるのみこ》と衣通姫《そとおりひめ》〟」という記事が出た。オペラ「軽王子と衣通姫」は、ヘンリー・タフツ大尉が朝鮮戦争の最前線に赴いたため、幻に終わった。

昭和三十一年三月十三日、石桁真礼生作曲の「卒塔婆小町」（『近代能楽集』）が、大阪の産経会館で上演された。演出は武智鉄二。演奏は朝比奈隆の指揮による関西交響楽団と関西歌劇団。二日前から金閣寺取材と称して豊田貞子を伴って京都へ赴いていた三島は、単身、大阪に移動してこの公演を鑑賞した。

このオペラを三島は楽しみにしており、プログラムに文章を寄せている。「前に「修禪寺物語」のオペラを東京で見たとき、全篇レシタティープ一点張といふのが、やはり重苦しすぎた」とあるが、清水脩作曲のオペラ「修禅寺物語」は前年の一月十九日から二十五日まで二期会の公演が東京で開催され、これを三島は観たのである。また、「私のオペラ見物は、歌舞伎座における、藤原義江、由利あけみの「カルメン」にはじまる」とあり、昭和二十一年四月の藤原歌劇団の「カルメン」が、三島のオペラ初体験であることが知れる。

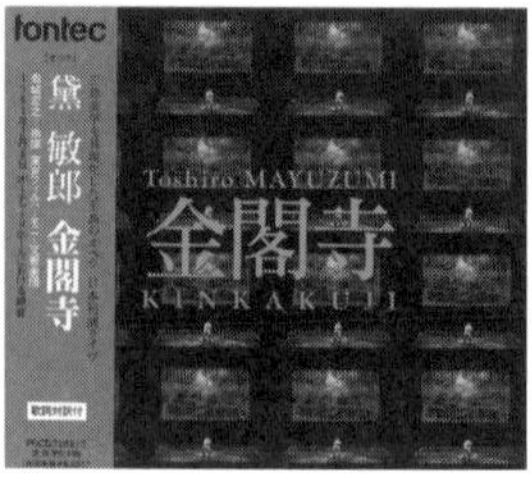

ＣＤ「金閣寺」ジャケット

昭和三十五年十一月二十七日午後三時から、ＣＢＣ中部日本放送がラジオのためのオペラ「あやめ」（原作は戦後最初に発表された短篇「菖蒲前」）を放送。芸術祭参加作品。作曲は牧野由多可。演奏は石丸寛指揮東京室内管弦楽団、池田弘子、友竹正則、島田恒輔、立川澄人、平井澄子ほか。三島は夫人同伴で世界一周旅行に出かけていたので、放送は聴いていない。

昭和三十八年十月三十一日、牧野由多可の企画・制作・作曲・指揮による「班女」（『近代能楽集』）

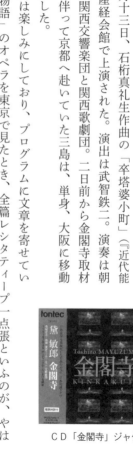

が、千代田区平河町の砂防会館で初演。声楽陣は伊藤京子、栗本尊子、立川澄人ほか。三島はプログラムに寄稿している。

以上、三島の生前に上演されたオペラは三件である。本格的なオペラ化は没後に活発化する。

昭和五十一年四月、ニューヨーク・シティオペラでユーゴ・ウィズケルズ作曲「卒塔婆小町」初演。

同年六月、ベルリン・ドイツ・オペラで黛敏郎作曲「金閣寺」初演。クラウス・H・ヘンネベルク脚本、ゼルナー演出、カスパール・リヒター指揮。

昭和五十九年、青島広志作曲「黒蜥蜴」初演。

平成二年、ベルリン・ドイツ・オペラで『午後の曳航』を原作とするハンス・ヴェルナー・ヘンツェ作曲「裏切られた海」初演。

平成三年三月八日、東急Bunkamuraオーチャードホールで「金閣寺」日本初演。岩城宏之指揮、W・バウエルンファイント（ベルリン・ドイツ・オペラ第一演出家）演出、東京フィルハーモニー交響楽団、東京混声合唱団、勝部太ほかの出演。岩城宏之の熱望の賜で、これを実現するために岩城は一千五百万円の私費を投じたという。ライヴ録音がfontecから二枚組CDで発売された。

平成十六年、エクサン・プロヴァンス音楽祭で細川俊夫作曲「班女」初演。

平成二十二年、池辺晋一郎作曲「鹿鳴館」初演。

平成二十九年、青島広志作曲「サド侯爵夫人」初演。

これらの多くは再演されており、今後も上演され続けるであろう。

〜三島由紀夫と神西敦子

「三島さんは会の中では一番若く、そのせいか口うるさい面々の恰好の揶揄の対象になることも屢々で、その場合三島さんの逃げ道は二つ。まずはあの豪快な笑いで、からみつく蜘蛛の糸を振り払い、次の手はゴロッと横になって高鼾をきめ込む」

神西敦子のエッセイ「三島夫妻と二つの亀」の一節である。

以下、神西敦子氏に手紙と電話でお訊ねしたことも加えて、両者の由縁《えにし》について記す。

「戦後の物資のない時代でしたから、母（神西清夫人）は料理には苦労しました」

ということで、まさに鉢の木会のゆえんである。

「大岡さんなど口が悪いものですから、若い三島さんはやり込められると、横になって寝てしまい、わたしは毛布をかけてさしあげました」

神西敦子は三島由紀夫の一回り年下である。ふて寝する三島に毛布をかけたとき、中学生であろうか。三島は昭和二十七年の最初の外遊の際、八ミリ角のゴールドの亀のペンダントトップを購入し、敦子への土産にした。このとき敦子はフェリス女学院高等学校の一年生である。

神西清は昭和三十二年三月十一日に病没するが、没後、鎌倉二階堂の神西邸で鉢の木会が開かれた。敦子は襖越しに、「病院へ行けと言ったんだ」という三島の嬉しそうな声を聞いた。妻の瑤子が妊

ベルリン留学時代の神西敦子

娠したことを三島は一同に報告したのである。

敦子は一度だけ、三島と銀座を歩いた。敦子の大学卒業祝いに鉢の木会が腕時計を贈ることになり、三島と敦子は銀座四丁目の和光を訪ねたのである。人々の視線が三島に集まり、敦子は気恥ずかしい思いをした。

神西敦子は東京藝大専攻科卒業後、ベルリン芸術大学で研鑽を積む。留学時の写真を見ると、お洒落な服にキッドの手袋、いかにも昭和の令嬢で、映画女優をおもわせる敦子はさだめし三島のお気に入りだったのではあるまいか。

神西敦子は帰国後、演奏家・教育者として活躍し、三島との関係は疎遠になったが、神西家には三島から都度都度、献呈本が贈られ、時節時節には音物も届けられた。

昭和四十五年四月、神西敦子は日本人として初めてバッハの「ゴールトベルク変奏曲」を録音した。この七カ月後に三島事件。馬込の三島邸には神西清夫人が弔問した。

三島没後、ほぼ同年齢の平岡瑤子と神西敦子の交流は続いた。瑤子夫人の急逝は寝耳に水だったが、敦子は通夜にかけつけた。後日、瑤子の遺品の、甲羅が緑色の石、足が紫色の石の、大きな亀のブローチが贈られてきた。

第三章　ワグネリアン伝説

筒井康隆の『ダンヌンツィオに夢中』（平成十年一月号『文學界』）は、なんとも奇抜な三島論である。イタリアの詩人・小説家・劇作家にして愛国者《ファシスト》、勇敢な軍人であるガブリエレ・ダンヌンツィオ（一八六二〜一九三八）に三島が傾倒心酔するあまり、その生涯を逐一模倣した、というのであるが、これは牽強附会であろう。しかし、ダンヌンツィオに着目したのは慧眼かもしれない。ダンヌンツィオの『死の勝利』は、大正時代に石川戯庵や生田長江によって翻訳され、生田長江訳の『死の勝利』は三島の愛読書の一つであった。

主人公ジョルジョは、淫蕩なイッポリタの肉体に耽溺するが、イッポリタの肉体が滅んでしまわなければ完全な所有にはいたらない、恋愛の絶対的な到達には死しかないと考える。ジョルジョは友人に頼んで、「トリスタンとイゾルデ」の楽譜とピアノを岬の林の中の家に届けさせる。

二人は、媚薬によって結ばれた男女の愛と死の物語に熱狂する。「イゾルデのように死にたいとは思わないか」とジョルジョは問い、イッポリタは同意する。しかしイッポリタは、「お互いに愛し合っているのになにも死ぬことはないでしょう」と生に執着する。そこでジョルジョは、この蠱惑《こわく》的な性悪女とともに崖から身を投げる。

昭和二十一年（一九四六年）十一月号の『群像』に発表された短篇「岬にての物語」に「死の勝利」との文体や設定の類似が見られることは、村松剛がつとに指摘するところである。「岬にての物語」では、蒲柳の質の十一歳の少年が、親の配慮によって房総の鄙《ひな》びた漁師町で、水泳の訓練にひと夏を過ごす。

ある日少年は、まだ行ったことのない岬の突端をめざす。途中、廃屋のような洋館からオルガンの音と女性の歌声を耳にする。

夏の名残の薔薇だにも
はつかに秋は生くべきを
けふ知りそめし幸ゆゑに
朽ちなむ身こそはかなけれ

アイルランドの詩人トマス・ムーアの詩に曲がつけられた「夏の名残の薔薇（庭の千草）」である。「庭の千草」は明治時代から唱歌として親しまれていた。母倭文重や妹美津子も愛唱していたと思われ、三島にとって親しい曲であったと考えられる。廃屋のオルガンと声の主はまだ二十歳に満たない、遠い未来に自分の花嫁になるのはこのような人かと思わせる美少女だった。

彼女は岬の突端に連れていってくれると言い、訪ねてきた青年と三人で向かう。美少女はかくれんぼをしようと言い、少年は松の樹の下で鬼になる。「もういいよ」という合図のないまま、少年は鳥のような美しい叫びを聞く。美少女と青年は崖から海に身を投げ、少年は一人、この世に残される。物語「トリスタンとイズー」を愛読した三島少年は、『死の勝利』を読んでワーグナーの「トリスタンとイゾルデ」を聴きたいと願ったであろう。しかし、日本では演奏されることがなく、全曲盤レコードもまだ存在しなかった。

第一幕への前奏曲、イゾルデが終幕で歌う〈愛の死〉を連続演奏する「第一幕への前奏曲とイゾルデの愛の死」がある。この四時間を超えるオペラのいわば超要約版である。通常、イゾルデの独唱は省かれる。戦前からSP盤が何点かあり、わけてもウィルヘルム・フルトヴェングラーがベルリン・フィルを指揮したレコードが名演とされていたが、三島少年が聴いたかどうかは定かではない。

フルトヴェングラーは日本で評価が高く、昭和三年発行のポリドール総目録には、「彼が指揮をすれば聾者も聞こへると云はれて居るウィルヘルム・フルトヴェングラーは一八八六年生れの伯林子《ベルリン》であります」とある。野村光一は『レコード音樂讀本』（昭和九年　中央公論社）で、フルトヴェングラーの「前奏曲と愛の死」（一九三〇年第一回録音）を、「オーケストラのレコードで是程私を感激させるものは無い。是は管絃演奏の極致である」と絶賛している。

昭和十三年、フルトヴェングラー指揮ベルリン・フィルの「運命」の再録音がコロムビアから発売されると、『レコード音樂』四月号（名曲堂出版部）は特集を組み、村田武雄は「今迄の誰のレコードが、これほど人の心を惹き付けることが出来たであらうか」と激賞している。

三島のために惜しまれるのは、フルトヴェングラーの実演に接する機会があったことである。最初の外遊時、三島がリオ・デ・ジャネイロで遊んでいた頃、フルトヴェングラーはウィーン国立歌劇場で「トリスタン」を指揮していた。昭和二十七年一月三十一日のことである。

三月三日、三島はパリに到着、四月十九日まで滞在し、シュトゥットガルト歌劇場のパリ公演「トリスタン」を観る。パリからロンドンに赴き、月末にはローマに戻り、五月八日に帰国の途についた。この間、フルトヴェングラーはベルリンとパリで何度も公演している。三島の最初の欧州訪問は、フルトヴェングラーを聴ける最初で最後の機会だった。

パリ遊学中の遠山一行は、オペラ座でフルトヴェングラーを聴いて驚嘆する。遠山はパリでコルトーの弟子の藤村慶子と知り合い、のちに結婚。夫は優れた音楽評論家として、妻も優れたピアニストとして活躍する。

コルトーはナチスに協力したピアニストということで、戦後は演奏活動を制限され、教育に力を注ぐが、その詩人のように豊富な語彙を駆使する指導は独特であったという。遠山慶子によると、コルトーは演奏会よりも美術展や演劇に出かけることを勧め、ポール・クローデル、ジャン・コクトーなどに引き合わせた。なお、遠山一行はパリで三島と会っており、帰国後、日本でもわずかに親交があった。

戦後二回目の給費留学生として黛敏郎とともにパリ高等音楽院に学んだ矢代秋雄も、フルトヴェングラーを聴いている。文学座の座友として三島と一緒に仕事をしたこともある安堂信也は、矢代秋雄との対談（昭和四十九年三月号『ふらんす』白水社）で、「あの時代のパリでなければ聴けなかったものもあったのではないか」と矢代に質問し、矢代は即座に「フルトヴェングラーの生演奏を何回か聴けたこと」と答えている。安堂信也も三回目の給費留学生としてパリで演劇を研究したが、苦労して手に入れた切符で、一度だけフルトヴェングラーを聴いた。

一九五二年（昭和二十七年）、フルトヴェングラーはパリ公演のあと、五月末から六月にかけてローマとトリノで公演し、ロンドンに渡ってコヴェント・ガーデン歌劇場で「トリスタンとイゾルデ」を指揮する。

この頃、ＳＰ録音に替わって磁気テープによる長時間・高音質のレコーディングが実用化されていた。そこで、キングスウェイ・ホールで六月十日から二十二日まで、充分な時間をかけて「トリスタンとイゾルデ」の史上初の全曲録音がおこなわれた。但し、まだステレオ録音は開発されていなかったので、スピーカー一台で再生するモノラル録音である。

二年後の昭和二十九年五月四日、大岡昇平はパリのオペラ座でフルトヴェングラー指揮ベルリン・フィルのブラームス「ハイドンの主題による変奏曲」、交響曲「未完成」、交響曲「運命」を聴き、「げっ、これは凄い。ボストン・シンフォニーとは大人と子供ぐらいの違いだ」と感嘆した。大岡は前年にロックフェラー財団留学生として渡米し、メトロポリタン歌劇場に通うほか、全米屈指のボストン交響楽団を聴いていた。

夏になると、大岡昇平は憧れのザルツブルク音楽祭に嬉々として赴いた。大岡昇平はスタンダリアンであり、それゆえにモーツァルティアンである。大岡はザルツブルク音楽祭でフルトヴェングラー指揮の「ドン・ジョヴァンニ」、カール・ベーム指揮の「コジ・ファン・トゥッテ」を観るが、いずれも期待はずれだった。「わざわざ聴きにくるほどのものではなかった」と酷評している（昭和三十一年『ザルツブルクの小枝』新潮社）。

中村光夫と福田恆存はワーグナー嫌いの大岡昇平が止めるのもきかず、夏のバイロイト音楽祭に赴いた。ワーグナーの聖地バイロイトの音楽祭に行くことを「バイロイト詣《もうで》」というが、この年のバイロイト音楽祭の演目はフルトヴェングラー指揮ベートーヴェン「第九」、ハンス・クナッパーツブッシュ指揮「パルジファル」、ヨーゼフ・カイルベルト指揮「ニーベルングの指環」、カイルベルト及びオイゲン・ヨッフム指揮「ローエングリン」、カイルベルト及びヨッフム指揮「タンホイザー」であった。

吉田秀和は「第九」を聴いた印象を文章で日本に紹介した。中村と福田は何を聴いたのだろう。十一月三十日、フルトヴェングラーは六十八歳で病没した。

三島は大岡からフルトヴェングラーの話を聞かされたかもしれない。中村と福田からはバイロイト詣の話を聞かされたかもしれない。しかし三島は、持ち前の反撥心もあったのか、バイロイト詣をすることはなかった。

三島のフルトヴェングラーとの出会いは、レコードでも実演でもなく、フルトヴェングラーの著書『音と言葉』である。音楽論や講演録を寄せ集めたもので、芳賀檀の訳によって『藝術新潮』に連載され、三島は熱心に読んでいたようである。

というのも、三島が昭和三十二年一月号の『藝術新潮』に発表した「楽屋で書かれた演劇論」の冒頭に、「フルトヴェングラーの書いた一行にひどく心を搏たれた」と書いているからである。ワーグナーに心酔・傾倒したニーチェがワーグナーと離反するくだりの、「ワーグナーは芸

ウィルヘルム・フルトヴェングラー

術家だったから理想主義者ではなかった。ニーチェは理想主義者だったからワーグナーに失望した」
というフルトヴェングラーの一行に、三島は驚きを禁じ得なかった。
翌る昭和三十三年十二月、フルトヴェングラー指揮の「トリスタンとイゾルデ」全曲盤が東芝EMIから発売された。三島は購入し、愛聴する。『藝術断想』にこうある。

一九五二年にパリで、スツットガルト歌劇場の「トリスタン」を見てから、この音樂は私の心を去らず、フルトヴェングラー指揮のレコードに熱中し、とりわけ第三幕の「トリスタンの憧れ」の後半には、浪漫派の神髄を味はひつゞけてきた。

ということは、この時期、三島はLPレコードを聴くための装置、いわゆるステレオを所有していたことになる。フルトヴェングラー盤の「トリスタンとイゾルデ」の演奏時間は約二五五分、多忙な三島は全曲を通聴することはあまりなく、第三幕以下を繰り返し聴いたのであろう。

♪

口述筆記の『文章讀本』（昭和三十四年一月号『婦人公論』別冊付録）に、こういう一節がある。

リラダンの文學はワグナーの音樂を髣髴させるさうでありますが、私は文章の視覚的な美も大切だが、一種の重厚なリズム感に感動しやすい性質をもつてゐます。しかしワグナー的文體などは、いくら私が試みても模して及ばぬものであることは明白であります。

リラダン伯爵（オーギュスト・ヴィリエ・ド・リラダン）は、「生活？　そんなことは召使にまかせておけ」で知られる赤貧・孤高の文学者である。スイスのルツェルン郊外トリプシェンのワーグナーの隠れ家を、二度も訪問するほどのワグネリアンであった。同じ頃、バイエルン国王ルートヴィヒⅡ世もおしのびでワーグナーを訪ねている。

三島が若年の頃に愛読したリラダンは齋藤磯雄訳であるが、ワーグナーの音楽を髣髴とさせるのか、ワーグナー的文体なのかどうか、著者にはわからない。そもそもワーグナー的文体というのがよくわからないが、三島には一定のイメージがあり、「重厚なリズム感」を持つものであったようである。

三島は『文章讀本』で、小林秀雄の評論「モオツアルト」の一節を例文として引用しているが、小林が愛聴したモーツァルトの交響曲第四〇番ト短調や、弦楽五重奏曲第四番ト短調を聴いただろうか。聴いたとしても、器楽曲を好まない三島の琴線にはふれなかったであろう。

三島はまた『文章讀本』で、バルザックの文体について言及している。長篇「ランジェ公爵夫人」は悠々たる修道院の描写から始まり、それが一転してサンジェルマン街の貴族社会の描写に移り、いつまでたっても小説の核心に運ばれない。しかし、

いつたん彼の文體の波に乗せられると、ベートーヴェンの音樂のやうに、大きな鬱勃たるエネル

ギーがわれわれを運んでゐることを感じさせられます。

ここで言うベートーヴェンの音楽は、とりあえず交響曲とみなしてよいだろう。「大きな鬱勃たるエネルギー」は万人の認めるところであり、三島のいだくベートーヴェンの音楽のイメージは一般的なものと言ってよい。とはいえ、ベートーヴェンの「運命」はトスカニーニのレコードに限る、いやフルトヴェングラーには敵わない、いやカラヤンが最高だ、というような聴き方を三島はしなかった。それこそが、クラシック音楽鑑賞の醍醐味の一つなのであるが……。

昭和四十四年、立原正秋は『小説新潮』編集部から、同誌のグラビア頁に三島と剣道の同好の士として登場してほしいと提案される。「見世物でない三本勝負をするなら」と立原は答えた。三島の答えは「真剣勝負ならしてもいい」で、この企画は実現しなかった。

立原正秋は川端康成と大岡昇平に私淑・傾倒し、三島由紀夫には敵愾心をいだき、三島文学と三島の剣道を虚仮威《こけおど》しとみなしていた。それは三島の死後まもなく書かれた「寒椿」（昭和四十六年一月号『新潮』）という随想にあきらかである。石原慎太郎も『三島由紀夫の日蝕』に「寒椿」を引用するほか、伝聞と実体験によって三島の剣道（と居合道）を児戯に等しいとしている。

三島没後から四年、昭和四十九年十月、新潮社から全十二巻の『立原正秋選集』が刊行された。その宣伝パンフレットに「著者へ二七問」が掲載されている。

人生最大の幸福は？　即ち生の歇むときならんか

人生最大の不幸は？　即ちこの世に生を享けしことならんか
好きな動物は？　どこかの女
好きな画家は？　朝はセザンヌ、昼は鉄斎、夕はゴヤ、夜は大観
好きな音楽家は？　春はバッハ、夏はドビュッシー、秋はモーツァルト、冬はベルリオーズ

立原正秋は小説やエッセイにしばしばクラシック音楽（ピアノ曲が多い）を登場させ、著者は興味深く読んだが、半可通の記述も散見される。ピアノを弾いたというが、剣道と同じくその実力のほどは不明である。ちなみに、大岡昇平は五十三歳にしてピアノと和声学の勉強を始め、めきめきと上達し、中原中也の詩に曲をつけるなどした。

昭和三十八年十二月号の『文藝』に三島への二八問が掲載され、立原への問いと同じものが五問ある。いかにも文士気取りの、虚仮威しの立原の答えとくらべて、なんとも率直明快である。

人生の最上の幸福は？　仕事及び孤独
人生の最大の不幸は？　孤独及び仕事
好きな動物は？　猫
好きな画家は？　ワトオ
好きな音楽家は？　ワグナー

好きな音楽家はワグナー……三島はどの程度のワグネリアンだったのだろうか？

♪

昭和三十八年七月、三島は『月刊読書人』に「拷問と死のよろこび——映画『悪徳の栄え』をみて」という映画評を発表している。

実はこの批評をするに当って、音楽めくらの私が、困っていることがある。それはこの映画のドイツ軍副官の拷問の場、及び、美少女たちがはじめて悪徳の城へ高い石段を昇って追い込まれる場、この二つの場でフルに演奏される音楽が、私の考えでは、どうしてもワグナーでなくてはならないのだが、人にきいても、どうもその点が不確かだからである。この二場面の音楽がワグナー風であることは確かだが、本当にワグナーであるかないかで、私のこの映画に対する評価は変わってくるのである。

この映画のプロダクションが、敢てこれを公表せず、あるいはワグナーをうまくアレンジしてごまかしているとすれば、そこには西ドイツに対する政治的配慮というものが考えられる。ワグナーとナチスの取合わせは、西ドイツにとってもう沢山だろうから。（中略）拷問の場にも、美少女入城の場にも、使われているのは明らかな歓喜と祝福のモチーフで、ドイツ人の形而上学的かつ官能的歓喜の不気味さ（私はベートーヴェンの「第九」にすらそれを感じる）を、これほどみごとにあらわしたものはない。拷問や奴隷化のかなたには、永遠の歓喜と死と美が横たわっている、という哲学を、この映画はぬかりなく表現している。映画でこういうことをやったヴァディム監督は偉い。(以下、略)

一九六三年のフランス映画「悪徳の栄え」(原題「悪徳と美徳」)は、マルキ・ド・サドの「悪徳の栄え」と「美徳の不幸」を自由に翻案し、時代及び舞台設定を第二次大戦末期のナチスの世界に移したものである。監督ロジェ・ヴァディム、出演はアニー・ジラルド、カトリーヌ・ドヌーヴ、ロベール・オッセンほか。音楽を担当したのはフランスの作曲家ミシェル・マーニュで、映画音楽で活躍し、ヴァディム作品の多くを作曲している。

問題の音楽は、ワーグナーの歌劇「タンホイザー」の序曲を連想させる。弦楽器の風雲急を告げるような細かい伴奏音型に乗って、管楽器が劇中の「巡礼の合唱」の主題を荘重に吹鳴する部分――ここを模倣している。しかしすぐに明るい長調に転調し、しかもピアノの助奏が入っている。なんとも安っぽい音楽で、とうてい「ドイツ人の形而上学的かつ官能的歓喜の不気味さ」を聴き取ることはできない。

ヒトラーはワーグナーの音楽をナチスのプロパガンダに使った。ワーグナーの音楽はナチスのいわばCMソングである。ヴァディムは「擬似タンホイザー序曲」を用いることで、ナチスを戯画化したのかもしれない。「ワグナーをうまくアレンジしてごまかしているとすれば、そこには西ドイツに対する政治的配慮というものが考えられる」という三島の指摘は考えすぎであろう。

それよりなにより、これがワーグナーではないことは、ちょっとした好楽家ならすぐにわかるはずである。「タンホイザー序曲」はワーグナーの入門曲だからである。三島はワーグナーの管弦楽名曲集のレコードさえも、まともに聴いていなかったのだろうか。聴いていたとすれば、よほど耳が悪いとしか言いようがない。「人にきいてもその点が不確か」というのも腑に落ちない。いったい、人とは誰だったのか。これでは、「好きな音楽家はワグナー」と公言するのもおこがましい。五味康祐とのワーグナー対談を断って当然、実現すれば大人と子供の対談のようになったことだろう。

ちなみに、ワグネリアンのヒトラーがワーグナー以外の音楽にはまるで無知だった、とフルトヴェングラーは証言している。とはいえ、ヒトラーはレハールの喜歌劇「メリー・ウィドウ」が大のお気に入りで、レハールの妻がユダヤ人であったにもかかわらず、レハールを厚遇したので、戦後、レハールは不遇に甘んじた。

それはともかく、駄作に近い「悪徳の栄え」に三島が強い興味を寄せ、アニー・ジラルドの好演や、カトリーヌ・ドヌーヴの美貌には目もくれず、拷問の場面を作中の白眉と見ていたことは注目に価する。映画評のタイトルが「拷問と死のよろこび」であったことも。

三島が最も感情移入した作中人物の一人に、『奔馬』（昭和四十四年二月）の右翼少年飯沼勲がいる。警察で調書をとられる際、左翼思想犯の拷問の呻吟を聞きつけた勲は、「私を拷問して下さい！」と係官に叫ぶ。澁澤龍彦は書評「輪廻と転生のロマン」（昭和四十四年四月号『波』）において、これは昭和七年の警察の点景の描出ではなく、右翼のエロチシズムが必然的に拷問愛好、苦痛愛好に到達することを暗示している、と指摘している。

昭和三十九年三月に配本された文学全集『日本の文学 38 川端康成』(中央公論社)に三島由紀夫は解説を寄せている。ちなみに、編集委員の一人であった三島が、収録候補の松本清張を「文体がない。文学ではない」として収録を断固拒否した話は有名である。推理小説嫌いのうえに、松本清張の推理小説を「隣近所のリアリズム」と毛嫌いした。それはさて、以下に解説の冒頭部分を引用する。

川端康成氏について、ニイチェの言葉を借りるのは不似合かもしれない。しかしニイチェが「ニイチェ・コントラ・ワグナー」の中で、ワグナーについて言っている次のような言葉は、ふしぎなほど川端文学に当てはまる。

「彼は実に徴小なものの巨匠なのだ」

さらにニイチェは、こう言葉を継ぐ。

「ところが彼(ワグナー)はそうであることを欲しない。

彼の性格はむしろ大きな壁と大胆な壁画を愛する」

この後段は、川端文学と正に反対である。川端氏はワグナーとはちがって、むしろ「そうあることを欲し」、かつ、その性格は、「大きな壁と大胆な壁画」とを愛さない。徒に粗大な構図を愛さない。ニイチェが攻撃しているのは、ワグナーの観念性と虚栄心と「自分自身に対する不忠実」と、その壮大な愚かしさである。それならば川端氏は、ニイチェがかくあれと願ったようなワグナーであり、「明敏なワグナー」、已れを知ったワグナーなのだ。

この比較をあんまり興がってはいけないが、川端文学には他にもワグナーを思わせる特色がいろいろある。死と性愛とのおそろしい合致をえがいた「眠れる美女」などには、ワグナー的あいまいさと、地の底へ引きずり込むような魅力とがあり、しかもそれがワグナー的厖大さの代りに、「微小なものの巨匠」の節度で引き締められているのである。

川端文学を論じるのにニーチェとワーグナーを持ち出すのは、牛刀割鶏とも思われるが、三島は「ニーチェ・コントラ・ワーグナー」を愛読しており、レコードでワーグナーを聴くより、活字でワーグナーに親炙していたことが窺われる。

昭和四十一年一月、中央公論社から全集『世界の名著』の刊行が始まり、第一回配本は第46巻「ニーチェ」であった。月報は訳者手塚富雄と三島由紀夫の対談である。ここでも三島は「ニーチェ・コントラ・ワーグナー」に言及し、ワーグナーが好きだと語っている。

リヒャルト・ワーグナー

フリードリヒ・ニーチェ

♪

江戸川乱歩の『黒蜥蜴』（昭和九年）は、美しい女盗賊と探偵の丁々発止の闘争劇であり、敵対する二人のほのかな恋情をからませた異色作である。その異色の設定ゆえ、三島も戯曲化を思い立ったのであろう。

初演は三十七年三月三日から十六日まで産経ホールでおこなわれ、水谷八重子が黒蜥蜴、芥川比呂志が明智小五郎を演じた。以来、さまざまな役者によって舞台にかけられ、「鹿鳴館」と並ぶ三島戯曲最大のヒット作である。

丸山明宏（美輪明宏）と天知茂による再演は、昭和四十三年四月三日から十六日まで東横劇場の夜の部で開催された。昼の部は石原慎太郎潤色「若きハイデルベルヒ」（原作はマイヤー＝フェスターの戯曲「アルト・ハイデルベルク」）である。「黒蜥蜴」は大人気で、連日、百人を超える客が当日券を買えなかった。そこで、一日だけ歌舞伎座で追加公演をおこなった。八月には名古屋御園座、京都南座でも公演された。なお、東横劇場の千秋楽には三島が生き人形役（日本青年の剝製役）で出演した。

日本テレビが七月二十三日に中継録画を放送し、高校二年生の著者は興味津々で視た。とりわけ第二幕第二場の終わりで、黒蜥蜴と明智がこもごも独白し、

黒蜥蜴　法律が私の戀文になり
明　智　牢屋が私の贈物になる。
黒蜥蜴
明　智 ｝そして最後に勝つのはこつちさ。

という歌舞伎の割台詞を用いたユニゾンは、まったく音楽そのもので、ぞくっとした。八月には大映による映画（二回目）が公開され、黒蜥蜴を丸山明宏が演じた。これも興味津々で観たが、三島は生き人形役で出演して自慢の肉体を披露していた。

三島は『文章讀本』で、「小説の文章を歩行の文章とすれば、戯曲の文章は舞踏する文章なのであります」と書いている。三島戯曲ではそれが見事に実践されている。戯曲は上演されることで、時間芸術となる。音楽はまさに時間芸術である。本人が自覚せずとも、三島には音楽的才能があったといえよう。

さて、「黒蜥蜴」の冒頭にクレジットされる出演者やスタッフの中に、「音楽選曲　矢代秋雄」とあった。矢代秋雄がすぐれた作曲家であることを著者は知っていた。

市販のレコードを使ったと思われるが、はたして随所に鳴った音楽はワーグナーの寄せ集め、ワーグナーの切り貼りであった。「聴くと胸がわるくなる」と大岡昇平が嫌った、おどろおどろしい「さまよえるオランダ人」序曲で始まり、有名な「ワルキューレの騎行」も鳴り、楽劇「パルジファル」の一節も使われ、幕切れでは「ニュルンベルクの名歌手」前奏曲が流れた。

音楽が雄弁すぎて芝居と乖離し、とってつけたような感じを否めなかった。矢代ほどの作曲家がこんなつまらない仕事をしている、これならいっそ三島自身が選曲にあたってもよかったのではないか、三島由紀夫はワグネリアンなのだから……と著者はがっかりした。

矢代秋雄を起用したのが三島の一流好みなのか、友情からなのかは判然としない。それにしても、どのような機縁によって三島は矢代秋雄を知ったのだろう。最初の外遊時、三島はパリで黛敏郎と交遊する。矢代秋雄も黛と同様、フランス政府給費留学生としてパリ高等音楽院に学んでいた。私費で遊学していた遠山一行もそうであるが、三島はパリ在住の日本人と親交を結んだ。矢代との出会いはこのときであろう。

芝居には効果を高めるための音楽は不用、と三島は述べている。「裸體と衣裳」の昭和三十三年四月二十八日（月）に、こう記している。

私は新劇では、実際にセリフに語られる音楽以外の音楽を使ひたくない。つまりセリフで、「隣のギターはやかましい」とか、「あのふしぎな音は？」とか、語られる場合だけしか、音楽を使はれたくない。（但し、拙作の「近代能楽集」は例外。）幕あき幕切れの音楽などといふにいたつては、言語道断である。音楽でむやみとムードを醸成したがるやうになつたのは、ラジオ・ドラマの悪影響である。新劇の台本に、「抒情的な音楽やがて高まつて、……幕」などといふト書を見ると、眉をしかめたくなる。幕切れのトドメのセリフが、セリフ劇の重点であつて、そのセリフの意味だけで、何の補助手段もなく幕を切るべきなのである。幕あきも同然で、無愛想に幕がスーッと上るところに、セリフ劇の始まるといふ快い予感があるので、その前に音楽で気分を作つてもらふのは有難迷惑である。

三島は言語道断といいながら、幕開き、幕間、舞台転換、幕切れなどに音楽を使うことがあり、当代きっての一流作曲家が起用された。矢代秋雄もその一人である。

矢代が三島作品の音楽を担当した最初は、昭和三十五年一月の戯曲「熱帯樹」で、これ以後、翻案・演出を含む三島の舞台作品の音楽を担当する。「黒蜥蜴」の初演と再演、「トスカ」、「双頭の鷲」、「わが友ヒットラー」などである。

このことは、『オルフェオの死』(昭和五十二年　深夜叢書社)という矢代秋雄の遺稿集の、簡略な年譜(三善晃編)によっても知ることができる。この本は三善晃、澁澤龍彦、中井英夫が編纂し、本の帯には遠山一行、三善晃、澁澤龍彦、中井英夫の四人が頌《オマージュ》を寄せている。澁澤龍彦はこう書いている。「私が矢代秋雄氏と知り合ったのは、三島由紀夫の紹介によってである。どこかの劇場の楽屋裏だったと思う。その後、家が近いせいもあって、互いに行き来するようになった。つき合いを深めると、氏が音楽のみならず、あらゆる芸術の領域に通暁した、真の教養人であることが私にもよく分かった。ああ、それにしても矢代さん、あなたはなぜ急いで逝ってしまったのですか。奥さんの若葉さんによると、「本人がいちばん驚いているのではないかしら」ということだが、私たちはみんな、ただただ茫然としているのです」

遠山一行は「氏の音楽作品は、すでに多くの人に親しまれて、我が国の音楽界の大切な財産になっているが、氏が文章の形で残したものも、同じように貴重な遺産としてつたえられるべきだと信じている」と書き、中井英夫は「君が文章というものにどれだけ深い愛着を持ち、またいまの世に美しく紡ぎ出されるそれがいかに尠いかを嘆いていたかは、友人のすべてが知悉していた筈である。なぜならば君自身がこよないその紡ぎ手だったのだから」と書いている。

矢代秋雄はもともと文学に強い関心があり、マゾッホをもじった麻生保の筆名でSM系雑誌『奇譚クラブ』に小説を寄稿していた。作品を三島は読んでいたであろう。また、矢代秋雄の趣味は乗馬で、乗馬を通じても三島と交流があったようである。三島は稀代の運動音痴だったが、乗馬だけはかなり得意だった。乗馬が出てくる小説に短篇「白鳥」、短篇「遠乗会」、長篇「夜会服」があり、戯曲に「大障碍」がある。

矢代は三島作品の劇音楽を喜んで担当したが、三島は矢代秋雄の演奏会（自作初演）を聴きに行かなかった。矢代は完璧主義者で、寡作であったから、演奏会は少ない。律儀な三島が聴かなかったのは、都合がつかなかったからだろうか。聴きに出かけたとしても、矢代秋雄の高踏的な純音楽はちんぷんかんぷんだったであろう。

ともあれ、当代一流の作曲家矢代秋雄は、三島のためにワーグナーの音楽を切り貼りした。「黒蜥蜴」第二幕第一場の令嬢誘拐の場面では、令嬢の弾くピアノの音が聞こえるが、これを矢代自身が弾いた。曲はショパンの「別れのワルツ」だったようである。矢代秋雄はピアノの腕もプロ級であった。

私事で恐縮だが、昭和五十一年四月の矢代秋雄の急逝の少し前のこと、ある音大生が、「わたし、矢代先生とワルツを踊ったことがあります」と著者に語った。ピアノの個人教授を受けたとき、「ワルツのリズムはこうだよ」と手を取られてワルツを踊ったという。……と書いて、念のために現在のご本人に確認すると、「頭ごなしではないレッスン、物腰や言葉遣いの品の良さ、着こなし、お食事中のしぐさや会話、すべてが紳士的で素敵でした」との由。そのような矢代秋雄だから、三島は信頼を寄せ、劇音楽を依頼したのかもしれない。

♪

昭和四十一年六月三十日、三島はビートルズ来日公演を聴いて（見て）いる。三島はドナルド・キーン宛て書簡の末尾にこう書いている。

この三十日はビートルズの初日です。ルビンシュタインが、「ビートルズについてどう思ひますか?」ときかれて、「ビートルズつて何です。何か虫の名前ですか?」ときいたさうですが、その虫がどんな声で鳴くか、しらべに行きます。しかし、鉄兜を用意して行つたほうがいいと注意してくれる友人がゐます。

「むざんやな兜の下のきりぎりす」

六月二十七日
幽鬼亭

鬼韻先生侍史

ルビンシュタインはピアノの巨匠アルトゥール・ルービンシュタインで、昭和十一年と昭和四十一年の二回、来日している。二回目はビートルズ公演と重なり、その感想をマスコミに問われ、「虫の名前ですか」ととぼけた。記者会見では「あれは小さいし、カタカタと乗り心地もよくない。もう長いこと乗っていないが」とフォルクスワーゲンにことよせて皮肉った。

三島はビートルズ武道館公演の印象記を『週刊女性自身』に発表しているが、狂態と言うべきファンの熱狂によって「その虫がどんな声で鳴く」のかさっぱりわからず、演奏時間わずかに三十分、途中、イエスタデイがどうしたといったことしか聞き取れなかった。なにより、若い女性ファンの絶叫し、泣き喚き、髪をかきむしり、身悶える阿鼻叫喚にさしもの三島も辟易した。

ちなみに、初日を聴いた北杜夫は、「ビートルズの姿が現れるや、悲鳴に似た絶叫が館内を満たした。それは鼓膜をつんざくばかりの鋭い騒音で、私はいかなる精神病院でもこのような声を聞いたことがない」と翌日の「東京中日新聞」にコメントした。

入場希望者が二十万人を超え、チケットの入手がきわめて困難であったにもかかわらず、大佛次郎、大岡昇平、遠藤周作、野坂昭如らも聴いて（見て）いる。いかに多くの人がこの公演に関心を寄せたかが窺われる。なお、ルービンシュタインの武道館公演も補助席が出るほどの大盛況だったが、おそらく三島は聴いていない。

三島がビートルズ来日公演にわざわざ足を運んだのは、持ち前の好奇心、流行好きからであろう。三島は芸能界や芸能人にも強い興味を寄せ、テレビは嫌いだと公言していたが、テレビも視ていたようである。

昭和の爆笑王といわれた落語家・タレントの初代林家三平が、あるパーティで、短髪でタキシードを着た男をボーイと思い、ウイスキーを注文した。誰あろう三島由紀夫である。周囲の人々がはらはらする中、三島はにやりと笑って「ボーイではなくて、どうもすいません」と答え、大爆笑となった。「どうもすいません」は一世を風靡した林家三平のギャグである。

三島の剣道の師であった吉川實の〝「剣道五段」三島由紀夫〟（昭和四十七年十二月号『浪曼』久松書店）に、こうある。

「私の家で暑気払いだとか忘年会だとか、昇段祝いだとかいって皆を呼んで酒をのんだ。そんなとき、彼は九時頃になるときまったように廊下へ出てゴロリとひっくりかえって寝てしまう。一時間ほどするとヒョイと起きてきて、また皆と一緒にのんで最後までつき合っていた。まあ、私がよくのむものだから、「三島、もっとのめ」というと、「ハイッ」といって豪傑ぶっていた。

一時、国際劇場などで歌をうたったりしていたが、「女の子がキャーッといってね」なんてうれしがっていた。それで、「三島、おまえはヘタな歌をうたっているようだが、オイ何かやれ」というと、「ハイ」といって気軽にうたった。結構うまい。「よーし、それだけうたえれば八十点だ」というと、「イヤーァ」と笑っていた」

三島が何を歌ったか、記述はない。国際劇場で歌ったという記録は見当たらない。有名なのは、昭和四十一年七月の「丸山明宏リサイタル」（大手町日経ホール）に三日間、マドロス姿でゲスト出演し、自作の「造花に殺された舟乗りの歌」を歌ったことである。語りで始まり、語りで終わる八分ほどの曲で、丸山が曲を付けた。丸山とピアニスト結城久が三島邸で指導するほか、三島は毎晩、結城久がピアノで吹き込んだ録音テープで猛練習し、瑤子夫人は部屋から逃げ出した。

音痴と伝えられる三島だが、歌が好きだったことを物語る逸話にはことかかない。村松英子著『三島由紀夫　追想のうた――女優として育てられて』（平成十九年　阪急コミュニケーションズ）によれば、「美空ひばりの家にひっぱって行かれたら、パーティでね。『何か歌え』って言われて、仕方ないからシャンソン歌ってきた。アッハッハ」と語ったという。

三島は中村メイ子と親しく、昭和三十六年五月二十五日と昭和四十二年七月三日、ＮＥＴテレビの

「メイ子のごめん遊ばせ」にゲストとして出演したことがある。中村メイ子の回想によると、三島は国民的歌手、銀幕の大スター美空ひばりに興味があり、中村メイ子に連れられて美空ひばりを訪ねた。三島が「小説を書いています。三島由紀夫と申します」と挨拶すると、美空ひばりは「ねえねえメイ子、小説家っていうと、川口のパパとどちらが偉いの」と訊く。中村メイ子はあわてたが、三島は威儀を正して、「そりゃもう、川口先生の方がずっと格が上でございます」と答えた。

川口のパパ、川口先生とは川口松太郎である。国民的作家であり、映画・演劇・芸能の世界の重鎮で、文壇の大御所である。

三島由紀夫が書いた川口松太郎評に「『蛇姫様』とその作者」がある。講談社の『川口松太郎全集　一』（昭和四十三年十月）の月報に寄せたもので、三島の文学観・人間観が窺われ、興味深い。川口作品は、「きびきびした抒述、行動につぐ行動、劇的な結構、歯切れのよい会話、色彩ゆたかな背景」（三島）によって、小説を読む根源的な楽しみを与えてくれる。

一方、これは著者だけではないと思うが、三島作品の何を読んでも、「三島由紀夫を読んでいる」という感覚を否めない。しかし、これをもって三島文学の欠点であるというつもりはない。音楽愛好家は、フルトヴェングラーでワーグナーを聴き、コルトーでショパンを聴くとき、往々にしてワーグナーではなくフルトヴェングラーを、ショパンではなくコルトーを聴いている。こういうことは、文学においてもありうることであろう。

自宅のパーティでも、三島は機嫌よく歌った。ジョン・ネイスン著（野口武彦訳）『ある評伝　三島由紀夫』（昭和五十一年　新潮社）によれば、白のタキシードを着込んだ三島がしだいに上機嫌になり、

「いまそこでピアノの側で、英語で「金髪のジェニー」を歌っていたかと思うと、もう背中を丸めて床に這いつくばり、猫を追いかける犬の真似をしたり、大声でテキラとレモンと塩を注文して、自分の翻訳者にどちらがうまく「片目のジャック」のマーロン・ブランドのテキラの飲み方が真似られるかを挑戦しているありさま」であったという。

フォスターの「金髪のジェニー」は、「故郷の人々（スワニー河）」や「夢路より（夢見る人）」よりも音程を取りにくい。音痴の三島はうまく歌えたのだろうか。何事にも刻苦勉励の三島は、事前に猛練習したのかもしれない。「金髪のジェニー」が無伴奏でなければ、伴奏ピアノは誰が弾いたのだろう。

ピアノは篠山紀信の写真集『三島由紀夫の家』（平成七年　美術出版社）に写っている。ヤマハのアップライトピアノで、木目で猫足のインテリア重視の製品である。瑤子夫人にピアノの嗜みがあったのか、長女紀子の練習用なのか、ただのインテリアなのかはわからない。

なお、吉田健一邸には立派なグランドピアノがあり、五味康祐は娘のためにベーゼンドルファーの高価なグランドピアノをウィーンから輸入した。それらと比べると、三島邸のアップライトピアノは貧相であるが、三島にとってピアノはその程度のものに過ぎなかったのであろう。

～フルトヴェングラー

最初の外遊時、幸運に恵まれれば、三島由紀夫はフルトヴェングラーの実演に接することができたが、結果的にはすれちがいに終わった。

フルトヴェングラーは一度も来日しなかったので、実演を聴いた日本人は少ない。音楽家では柳兼子、橋本國彦、山田耕筰、近衛秀麿、諸井三郎、貴志康一、朝比奈隆、大町陽一郎、矢代秋雄。ほかに、ドイツ文学者高橋健二、彫刻家高田博厚。音楽評論家では兼常清佐、吉田秀和、遠山一行。作家では大岡昇平、フランス文学者・翻訳家安堂信也などである。

ドナルド・キーンは一九五〇年のザルツブルク音楽祭でフルトヴェングラー指揮の「フィデリオ」を鑑賞し、貴重な証言を残している。

「私は幸運にもこの公演の現場に居合わせることができたのだったが、そのときのわたしのうちにかきたてられた熱狂ぶりは、いまだに忘れられない。公演が終わってほとんどの客が帰ってしまってずっと長いあいだ、二十人ほどの人々が盛大な拍手喝采と歓声を送り続けていたので、フルトヴェングラーと歌手たちはカーテン・コールに応え続けていた。ついにあやしみだしたフルトヴェングラーが、まばゆいフットライトから目をかばうようにして客席を透かし見たため、かくも大騒ぎしているのが、われわれごく少数の者でしかないことがばれてしまった。それでカーテン・コールは終りとなったが、その晩のことは決して忘れられないだろう。」(「音楽と文学」昭和五十一年十二月号『レコード藝術』)

このときのライヴ録音を聴くことができるが、

スカラ座で三島を魅了したヘルベルト・フォン・カラヤンにはみられない、肺腑を抉るような迫力がある。三島の晩年、指揮者といえば、何度も来日して「帝王」の異名を取ったカラヤンであったが、一九五四年に亡くなったフルトヴェングラーも一部に根強い人気があった。音楽評論家では福永陽一郎、宇野功芳がフルトヴェングラーを絶賛。政治思想史学者丸山眞男も熱烈なファンで、実演を聴けなかったことを「生涯の痛恨事」と語った。

フルトヴェングラーのオフィシャルな録音は多くないが、一九七〇年代になると第二次大戦でソ連が接収（略奪）した多数の録音や、放送局に残された貴重な録音が続々と発掘され、ファンを狂喜させた。一九八九年にカラヤンが没し、二一世紀を迎えると、フルトヴェングラーはカラヤンを圧して史上最高最大の指揮者とされる。

二〇〇四年、著者は宇野功芳氏に「フルトヴェングラー没後五〇年にあたり、記念の本を出してはどうか」と提案した。本は学習研究社から出版されることになり、著者はエッセイを寄稿し、巻末の略年譜を作成した。また、一五名の執筆者に「愛聴盤ベスト3」をあげてもらったが、東条碩夫氏はベストワンに「トリスタンとイゾルデ」をあげている。

このレコードは、昭和二十七年（一九五二年）六月にロンドンで録音されたが、日本で発売されたのは昭和三十三年十二月、函入り六枚組LPレコード（東芝ＥＭＩ）である。録音されてから六年後に日本で発売されたのは、LPレコードを聴く装置（電蓄、ステレオ）が普及するのを待ったからであろう。十二月に発売されているのは、ボーナス月だからで、レコードは非常に高価だった。

東条碩夫氏はこう書いている。

「私にとってのベストは、誰が何と言おうとこのディスクである。かつて紫色の重量感ある布製カートンボックス入りのLP六枚組を小遣いをはたいて買い、繰り返し繰り返し聴いたこの演奏は、る。この作品がエロスの権化であることをかくも文字通り私の心を巻き込み弄び続けた。歌唱スタ明確に示した演奏は、もはや二度と出ないタイプイルこそ一時代前のものといわれるかもしれないのものだろう」

が、フィルハーモニア管弦楽団の艶かしい表情と——エロスの権化、けだし三島由紀夫が愛聴し忘我的な陶酔感は今なお卓越したものを感じさせたゆえんである。

第四章　映画「憂國」、音楽の謎

昭和四十一年（一九六六年）、三島は前年同様、純文学を『春の雪』の連載一本に集中し、『複雑な彼』、『夜会服』、『三島由紀夫レター教室』といった娯楽小説を量産している。四月、カラヤンが再びベルリン・フィルと来日した。全国主要都市で公演し、「帝王カラヤン」とよばれ、空前のカラヤン・ブームを巻き起こしたが、三島はこれを聴いた形跡がない。たとえカラヤンであろうが、三島は交響曲や管弦楽曲には興味がない。なにより、三島にとって非常に重要な出来事があったからだ。映画「憂國」の国内上映である。

四月十二日、アートシアター新宿文化（新宿文化劇場）で封切られ、話題騒然となり、自主制作映画としては前例がないが、全国各地で上映された。著者が住む四国の田舎町でも上映され、中学三年生の著者は、軍帽を目深にかぶった陸軍軍人が切腹する絵看板に強烈な印象を受けた。著者はスペクタクルな戦争映画に目がなかったが、この作品は成人映画に指定され、戦争を描いた作品ではない。著者は三島由紀夫をまだよく知らなかったので、まがまがしい絵看板だけが強烈に記憶に残った。

翌年、高校一年生の著者は図書室に入り浸って日本の現代文学を耽読した。『文學界』、『新潮』、『群像』などの純文学誌はあまり読まなかったが、『新潮』に『春の雪』が連載されていたのを記憶している。一方、『オール讀物』、『小説新潮』、『小説現代』などの中間小説誌を読んだが、『小説現代』昭和四十二年十月号のグラビア企画「水着姿であいましょう」に三島と村松英子が登場していた。

実は今だから打明けるが、映画「憂国」を企画したとき、相手役の中尉夫人に一等最初に浮んだイメージは村松英子であった。しかし、彼女のお兄さんの村松剛氏も親しい仲だし、氏の最愛の妹を口説いてヌードにしたら、あとで兄貴からどんなに文句をつきつけられるかわからない。それを怖れて沙汰止みにしたが、こうして何の縁あってか、肌もあらわな彼女とプールで会うと、新劇界最高のお姫様役者が、夏の烈しい陽光の下で、「リュイ・ブラス」の王妃役の、かがやく白い気品を失わないのに、改めて感心した。

三島の裸は珍しくないが、村松英子は水着姿の初披露であろう。「リュイ・ブラス」は、悪徳高官の策略によって平民の青年と恋に陥る王妃の悲劇を描いたヴィクトル・ユゴーの戯曲である。昭和四十一年十月、池田弘太郎訳・三島由紀夫潤色「リュイ・ブラス」がNLTで上演（紀伊國屋ホール）された。村松英子は〝「リュイ・ブラス」におけるイスパニア王妃役の演技〟によって第一回紀伊國屋演劇賞個人賞を受賞した。

メンデルスゾーンはユゴーの原作を歌劇にしようとして果たせず、序曲のみが後世に残った。NLTの公演では幕開き前に「序曲　リュイ・ブラス」が会場に流され、楽屋の俳優たちは「音楽の熱演が始まったね」「そろそろ舞台袖に行かなくちゃ」と立ち上がった。これは村松英子『三島由紀夫追想のうた』に記されている。

同著によると、村松英子が弾くモーツァルトをE・G・サイデンステッカーが喜んで聴いたという。サイデンステッカーは三島の生前に『眞夏の死』を、没後に『天人五衰』を翻訳しているが、川端康成の諸作品を英訳し、川端のノーベル文学賞受賞に寄与した。三島はお気に入りの女優のピアノ演奏を聴いただろうか。

武田泰淳は三島自決の翌日、「切腹の映画をやったからには切腹するのであるという固定観念が彼の中にあったと思う」と「朝日新聞」にコメントしている。だからというわけでもないが、著者は映画「憂國」を観たい。映画にはワーグナーの「トリスタンとイゾルデ」が音楽として使われているという。それも確かめてみたかった。しかし、再上映される気配はない。ビデオが普及するようになっても、いっこうに商品化されない。平成時代を迎えると、「憂國」は伝説の映画、幻の映画となった。

そこで、映画の封切りと同時に刊行された『憂國　映画版』（新潮社）を読むことにした。スチール写真六九枚が収録されている初出本ではなく、『三島由紀夫全集』に収録されたものを読んでみた。「製作意図及び経過」という三島自身による文章が収録され、制作を思い立ってから完成までの経過、ツール国際短編映画祭への出品前後のことを詳細に綴っている。最初にデータが記されている。

一、一九六五年制作
一、35㎜　黒白スタンダード版
一、約772m　上映時間28分

一、スタッフ　原作・制作・脚色・監督＝三島由紀夫、製作並びにプロダクション・マネージャー＝藤井浩明、演出＝堂本正樹、撮影＝渡辺公夫、メーキャップ・アーティスト＝工藤貞夫

一、配役　武山信二中尉＝三島由紀夫、その妻麗子＝鶴岡淑子

続いて、短篇小説「憂國」についての短い解説と愛着の表明、自作自演への経緯などが述べられている。短篇「憂國」を発表後、二、三社で映画化が企画されたが、ストーリーが単純すぎること、結末が凄惨なことによって実現にいたらなかったという。そこで三島は、昭和四十年一月、自らの手で映画化することを決意する。

経済的制約から八ミリか一六ミリを使い、大掛かりな舞台装置は排し、抽象化された能舞台を用いる、と考えた三島は能研究家・演出家の堂本正樹に参画をよびかけた。

このあたりの事情は、堂本正樹の「回想　回転扉の三島由紀夫」（平成十二年十一月号『文學界』）が詳しい。——昭和四十年一月二日、鎌倉の川端康成と林房雄への年始挨拶を終えた三島は、澁澤龍彦の陋屋（のちに転居）を訪ねた。

澁澤邸では暮れから土方巽、松山俊太郎、種村季弘、高橋睦郎、白石かずこ、池田満寿夫、加納光於、金子國義、四谷シモンなどの「怪人奇人」が集まってドンチャン騒ぎをしていた。ハイヤーで馬込に帰る三島は、帰り際、堂本正樹に「憂國」を映画化したいともちかけた。

三島は一月十三日、旧知の大映プロデューサー藤井浩明、堂本正樹と面談した。藤井は、「一般上映もでき、海外の映画祭にも出品できる三十五ミリフィルムでやるべきだ」と即座に仲間に入った。

映画はセリフを一切使わず、物語の背景は字幕で説明し、「トリスタンとイゾルデ」を全篇に流す、

と三島は決めていた。「異常な昂奮をもって」「近々数日の間」に台本を書き上げ、二十日、三島邸で藤井、堂本と「その台本を古ぼけたワグナーのレコードに合わせて読み合わせる会」を開いた。

私はストップウォッチを買ひ入れて、各カットの何秒かの経過ごとにストップウォッチを動かし、それをワグナーのレコードに合せてみんなに聞かせた。その古レコードは歌のまつたく入らない「トリスタン」の抜萃曲であつたが、両氏とも、あまりにも物語の経過と音の経過がぴつたりするので、驚いてゐた。

この、歌のまったく入らない「トリスタン」の抜萃曲とは何か？

堂本正樹によれば、三島が大急ぎで書いた台本は、いわゆる映画のシナリオではなく、精細な撮影台本で、コピー機で複写され、堂本がそれに絵コンテを書き込んだ。

「三島所蔵のフルトベングラーの「トリスタン――」のレコードを流し、三島個人がストップウォッチで計りながら、読み合わせをした。すると、これが予想外にピッタリと進行に合致することが分かり、その偶然に驚いた。レコードは針の音がするが、それが大正時代の古びになると私が「演出」意図に加えた」

第一幕への前奏曲に続けて、終幕でイゾルデの歌う〈愛の死〉を演奏する「第一幕への前奏曲と〈愛の死〉」がある。通常、イゾルデの独唱は省かれる。「ワーグナー管弦楽名曲集」といったレコードにはたいてい収録されている。戦前から名盤のほまれ高いフルトヴェングラーのSP録音は、昭和三十六年十一月にLP復刻盤が国内発売されている。

堂本は「三島所蔵のフルトベングラー」のレコードだと書いているが、フルトヴェングラー盤の演奏時間は約十八分、映画は約三十分である。台本の読み合わせ時、レコードに合わせて「何秒かの経過ごとにストップウォッチ」を用いたのであるから、三島はその「古レコード」に整合するように台本を書いたのである。したがって、古レコードはフルトヴェングラー盤とは考えられない。

なお、懸念された古レコードのノイズは、堂本の「大正時代の古び」という演出意図で不問にされたが、「憂國」は昭和十一年の二・二六事件余話であるから、大正時代というのは腑に落ちないが、レコードの雑音は懐古的気分を喚起する効果がある。

三月十日、三島は英国文化振興会の招聘でロンドンに出発した。ロンドン滞在中のアイヴァン・モリス（『金閣寺』の翻訳者）とその妻とともに、ロンドン郊外のマーゴ・フォンテインの別荘の午餐に招かれた。

六年ぶりに再会した名バレリーナは、少年のような華奢な全身を焦茶色の鞣革の衣裳で包み、身体不随の夫を甲斐甲斐しく世話していた。三島は、「あなたはまるでフィデリオのようですね」と話しかけた。歌劇「フィデリオ」では、無実の罪で収監されたフロレスタンの妻のレオノーレが、夫を救出するために男装してフィデリオと名乗り、牢獄に潜入する。三島はフォンテインをフィデリオになぞらえたのである。

三月十五日付キーン宛て書簡に、「今週は、ローレンス・オリヴィエの「オセロ」、オペラの「エレクトラ」、フォンティン、ヌレエフのバレエを見る予定。オックスフォードとケンブリッヂへも行きます」と記している。

滞在日記「英国旅行」の三月十六日火曜日に、「七時半コヴェントガーデンのオペラ「エレクトラ」昂奮せり。九時十五分にすみ、すぐに帰宅」とある。リヒャルト・シュトラウスの楽劇「エレクトラ」を観るのは、二十代からの夢であった。三島は指揮者や歌手、演出については書いていないが、「昂奮せり」だから積年の渇は癒やされたのであろう。

滞在中、三島の脳裡を離れないのは映画「憂國」である。三島は、「トリスタンの古レコードの新しい版(盤)」を購入しようとする。銀座の日本楽器にも山野楽器にも在庫がなかったのか、三島はロンドンで探したのである。日記「英国旅行」に以下の記述がある。

三月廿日(土)
雨ふる故、仕方なく三ポンド近い傘を買ひ、チェアーリング・クロスのFoylesへ行くに面白く、思はず時間をすごせど、レコードは見つからず。

トラファルガー広場南隣のチャリング・クロス街のフォイルズは英国最大の書店で、楽譜やレコードも売っている。ここでもレコードは品切れだった。

中尉夫人麗子のコレクションの陶磁器の小動物は、思わしいものが日本では見つからなかったが、「ロンドンの町の暗いショーウインドウからショーウインドウへさがしまはつて」気に入るものを手に入れることができた。

三島は弟平岡千之のいるパリを経由して三月二十八日に帰国すると、ただちに「憂國」の撮影にかかった。
四月二十七日、麻布十番の葵スタジオで、完成したフィルムに音入れがおこなわれた。三島は昂奮した。

ワグナーの古レコードは、そのましっぽから計算して、映画の継続時間の長さに切つただけの分量を録音し、それをただ完成した絵に結びつけただけなのである。私はこの効果について漠然とながら自信があつた。あのワグナーのどこまで続くかわからないやうな不思議な音楽は、どんな一小節にも任意の感情をはめ込むことができると感じられ、ことにトリスタンの「愛《リーベ》の死《トート》」の音楽的効果は、どこをとつてみても、この作品と符合するはずであつた。私は映画製作に当つて、それ以外はすべて計算づくでいきながら、音だけについては自分の計算をまつたくはづしてみたかつた。つまり前衛芸術のハプニングの効果をねらつたのである、したがつてこの音入れの実験はスリルに満ちた実験であつたが、いざ偶然の音を合せてみると、場面場面に異常に符合して、並みゐる人を驚かせた。その偶然の効果は不気味なほどで、たとへば中尉夫人が良人の帰りを待つてゐるときに、トリスタンの牧笛の響きがあたかも連隊のラッパのやうに聞こへてきて、二度目のラッパとともに中尉が姿を現はすのである。また帰つてきた中尉の前で、中尉が沈思黙考してゐるときに、中尉夫人が自分の決意を示さうと形見の畳紙をとりに立ち上がるときに、あたかも中尉夫人の決意を裏づけるやうな強い音の効果が入つてくる。すべてはどんなに注文しても得られないやうな音楽効果で、ただ一つ計算に類するものがあるとすれば、それはラスト・シーンの幻想場面とトリスタン全曲の終りとの当然の符号であつた。私は映画の音の中で、うめき声や、人間の生理的な音を好かない。このベッド・シーンや切腹場面でも、そのやうなものが物語の統一的な純粋な効果をどれだけ妨げるかを私は怖れてゐた。ワグナーの音楽はそれをすべて解決した。そして切腹の苦痛さへ、そこでは不思議な音楽のエロチックな陶酔の中に巻き込まれ、ましてベッド・シーンは音楽のおかげで最高度に浄化された。

堂本正樹はこう書いている。

「渡辺公夫氏の撮影は素晴らしいの一語に尽きたが、それに重ねて行くワグナァの音楽も、さながらこの映画のために作曲されたように、微細な細部に至るまで適合したのには驚いた。三島の最初の発想がこうまでうまく行くとは誰も予期しなかったろう。中尉が夫人の眉を撫で上げるとき、その尺度にピッタリの音楽が弧を描いてこぼれ鳴るのである」

そういうことが本当に起こり得たのだろうか？

三島は映画の公開には慎重で、「作家の道楽とか、片手間仕事として、ふざけ半分に評価される」ことをおそれ、「私という人間自身が、世間の信用のはなはだ稀薄な、愚かしいことをやりかねない人間と思われている」がゆえに、そういう先入主のない外国人にまず見てもらおうと考えた。

昭和四十年九月五日、夫人と世界一周旅行に出発した三島は、アメリカからヨーロッパに渡り、十月、パリのエリゼ宮にあるシネマテーク・フランセーズで「憂國」の試写会に出席した。上映に尽力した川喜多かしこも一緒だった。映画は予想を上回る好評で迎えられた。

意を強くした三島は、「愛と死の儀式」の題名でフランスのツール国際短編映画祭に出品することにした。石原慎太郎は『三島由紀夫の日蝕』で、三島が賞を取るために「七転八倒、東奔西走」し、日仏映画交流に尽力していた在日フランス人マルセル・ジュグラリスが三島の執拗な依頼に腹を立てた、と書いている。

マルグリット・ユルスナールは「作者が凝縮して表現した短篇よりもさらにもっと美しく、さらにもっと衝撃的」と絶賛している、ただし、ユルスナールはワーグナーの使用については何も言及していない。

映画の評判は上々で、国内外に大きな反響を呼んだが、翌年の一月二十二日、惜しくも次点にとどまった。

♪

三島自決の翌年、瑤子夫人は映画「憂国」の上映用プリントの回収および焼却処分を要請した。夫人は、この映画が夫の名誉にならないと考えたのであろう。

平成十七年(二〇〇五年)の夏、「憂国　幻のフィルム発見」の報が新聞紙上を賑わせた。瑤子夫人没後十年、藤井浩明は三島邸でフィルムを発見した。藤井はネガフィルムだけは保存するよう夫人に懇請していたが、はたしてフィルムは茶箱に密封され、保存状態は非常によい。

ＤＶＤ化されることになり、新潮社で刊行中の『決定版　三島由紀夫全集』の別巻として発売されることが決まった。平成十八年四月、全集の別巻発売とほぼ同時に、東宝からＤＶＤが発売された。著者はさっそく購入し、視聴した。

　ワーグナーの音楽は、堂本の言うように「さながらこの映画のために作曲されたように、微細な細部に至るまで適合」している。初めに聴こえてくるのは「死の動機」であり、「運命の動機」である。「マルケ王一行の狩の角笛」が聴こえ、「光りの動機」を経て、陶酔的な「愛の二重唱」で高潮し、「侍女ブランゲーネの警告」が織り込まれ、再び「愛の二重唱」で昂揚の極に達し、「イゾルデの〈愛の死〉」で終わる。

ＤＶＤ「憂國」のジャケット

　たしかにこれは「歌のないトリスタンの抜萃曲」である。しかし、著者が初めて聴くものである。雑音はブチッ、バチッ、ガリッというＬＰ盤特有のスクラッチノイズである。どう考えてもこれは、「トリスタンとイゾルデより抜粋　○○○○編曲　○○○○指揮　○○○○楽団」というＬＰレコードか、もしくはＳＰ盤をＬＰ盤に復刻したものである。寡聞にして著者は、そのようなレコードが存在したことを知らない。

　編曲ものを得意とした指揮者にレオポルド・ストコフスキーがいる。三島少年も観た戦前のユニバーサル映画「オーケストラの少女」に出演し、豊田貞子と一緒に観たかもしれない昭和三十年公開のディズニーのアニメ映画「ファンタジア」の音楽を担当している。「指揮棒を持たぬ指揮者」として日本でも有名であった。

ストコフスキーはバッハの器楽作品をオーケストラ曲に編曲し、ショパンやラフマニノフのピアノ小品にも豪腕をふるい、壮麗な管弦楽曲にした。あらえびす『名曲決定盤』によると、ストコフスキーは戦前、フィラデルフィア管弦楽団の常任指揮者だった頃、ワーグナーを編曲してSP盤に吹き込んでいるという。

「バッハの編曲は特色的であるが、と同時にワーグナーの幾つかも編曲し、ムソルグスキーも編曲して聴かした大胆不敵さがある。それは実に達者なもので驚くのほかないが、何がなし冒瀆的な感じもしないわけではないけれども、それは我々の感じだけで、バッハ以前の非常に古めかしい楽曲が、現代の我々の鑑賞に適当するように編曲することが許されるとしたら、ワーグナーもムソルグスキーも許されていいだろう」

つまり、ストコフスキーの編曲したワーグナーのSP盤が戦前の日本で発売されているのである。歌崎和彦編『証言——日本洋楽《クラシック》レコード史　戦前編』（平成十年　音楽之友社）によると、このSP盤は日本では昭和七年に日本ビクターから発売されている。当時、日本は世界有数のレコード輸入大国だった。昭和七年は一九三二年で、三月にアメリカで録音され、その年のうちに日本で発売された。

調べてみると、ストコフスキーの『ワーグナー管弦楽曲集』という二枚組のCDがANDOROMEDAというマイナーレーベルから出ている。この中に「Tristan und Isolde, Symponic Synthesis by Stokovski Recorded by Victor-March 1932」が収録されている。「トリスタンとイゾルデ交響的接続曲　ストコフスキー編曲　一九三二年三月ビクター録音」である。

さっそく購入した。演奏所要時間は三五分二六秒。「第一幕への前奏曲」から始まる。映画「憂國」

の音楽部分は二六分三〇秒であるから、約九分が経過すると、映画の音楽の冒頭になるはずである。が、九分経たないうちに、映画の冒頭部分になる。このタイムラグはCD化にともなうズレとも考えられるから、一応は無視するとして、初めに聴こえるのは印象的な「死の動機」であり、「運命の動機」である。まさしくこれだ、と思わされる。

しかし、聴き進めるうちに、細部の微妙なちがいに気づかされる。随所にSP独特のノイズがあり、ヴァイオリンのポルタメント奏法がより濃厚で、音色にも古さが感じられる。テンポもやや速い。「憂國」の音楽は「ストコフスキー編曲　トリスタンとイゾルデ交響的接続曲」である。これは間違いない。だが、この一九三二年盤は演奏が異なるようである。

あれこれ調べていると、ストコフスキーは「トリスタンとイゾルデ交響的接続曲」を、一九六〇年に再録音している。一九六〇年は昭和三十五年だから、三島がこのLPレコードを手に入れ、映画に使用した可能性がある。国内盤はCBSソニーから発売されている。

平成十八年九月二十四日、著者は東京文化会館の音楽資料室を訪ね、鑑賞ブースで試聴した。ステレオ録音で音質はすこぶる鮮明、開始後まもなく「牧笛」が朗々と吹鳴される。初めに聴こえるべき「死の動機」と「運命の動機」が聴こえてこない。このレコードではない。

よくよく調べてみると、ストコフスキーが録音した「歌のないトリスタン抜粋盤」は、著者が確認できただけで七種類もある。

レオポルド・ストコフスキー

①「第一幕への前奏曲」「媚薬服毒の音楽」「〈愛の夜〉と〈愛の死〉」の三部構成。一九三二年三月十六日にキャムデンの三位一体教会のスタジオで収録。オーケストラはフィラデルフィア管弦楽団。これをCDに復刻したものが前述したANDOROMEDA盤である。②「第一幕への前奏曲」「媚薬服毒の音楽」「〈愛の夜〉」「〈愛の死〉と終曲」の四部構成。一九三七年四月から一九三九年四月にかけてフィラデルフィアで録音。米RCAから発売。③全米交響楽団を指揮した一九四〇年九月十七日、ニューヨークで録音。米コロムビアから発売。④彼の交響楽団を指揮した一九五〇年録音。米RCAから発売。⑤フィラデルフィア管弦楽団を指揮したライヴ録音。一九六〇年二月二十三日ステレオ録音。⑥フィラデルフィア管弦楽団を指揮した一九六〇年二月二十五日のステレオ録音。前述のCBSソニーのLPレコードがこれである。⑦アメリカ交響楽団を指揮した一九六八年五月五日のライヴ録音。

なお、「全米交響楽団」と「アメリカ交響楽団」はストコフスキーが創設したオーケストラである。「彼の交響楽団」は録音にあたって臨時に編成するオーケストラもしくは契約上の問題から正体を名乗らぬ覆面オーケストラである。

これら七点のうち、⑦は録音年が昭和四十三年であるから、該当しない。①と⑥が該当しないことはこの耳で確認した。⑤は⑥と二日ちがいのライヴ録音であるから該当しない。可能性があるのは②③④である。というわけで、②と③と④をなんとかして入手し、比較試聴すれば、使用レコードは特定できる。しかし、著者は精魂尽き果ててしまった。

♪

映画「憂國」の完成から二カ月後、ストコフスキーが来日した。芸歴の長さからすれば遅すぎる来日であったが、八十三歳の巨匠は矍鑠《かくしゃく》としていた。しかし、演奏会は三回しか催行されなかった。日本フィルハーモニー交響楽団に客演したのだが、同時に読売日本交響楽団とも契約していたため、二重契約が問題となったのである。

七月八日、ストコフスキーは東京文化会館で日本フィルを指揮した。読売日本交響楽団との演奏会は、日本フィル側の黙認によって七月十日に東京文化会館でおこなわれた。七月十三日、日本武道館での盛大な公演後、ストコフスキーは離日した。

三島が「憂國」を完成後、ただちに公開し、日本で話題騒然のハラキリ映画にストコフスキーが興味を持ち、映画館に足を運んでいたら……これはどうなっただろう。

ところで、『三島由紀夫研究②　三島由紀夫と映画』（平成十八年　鼎書房）の巻頭対談「プロデューサー藤井浩明氏を囲んで　―原作から主演・監督まで」では、藤井浩明、松本徹、佐藤秀明、井上隆史、山中剛史の五氏が語っている。

松本「そういえば、音楽はどうしました？　ワグナーの「トリスタンとイゾルデ」でしたね？」

藤井「古いレコードを使ったんです。でも、どのレコードを使ったかもうわからないんですよ」

井上「このあいだ、三島由紀夫がツールの映画祭で配った資料が見つかって、そこに一九三六年の78回転のレコードと書いてありましたね。昭和十一年、二・二六事件のあった年の吹き込みです。でも、それ以上はわからない」

というやりとりがある。

東宝DVDの特典の一つに映画祭の案内状がある。井上隆史氏の言う配布資料とはこれである。便箋の紙質と折り方にまでこだわって再現した復刻版という。封筒は和紙のA6洋型で、表に三島の字で「憂國〝YUKOKU〟」と墨書されている。日本で百セットを作成し、便箋の紙面の左の余白に墨書された「至誠」という文字は、三島が一枚一枚、直筆で書き込んだ。タイプ印刷の案内文はフランス語である。使用した音源は「トリスタンとイゾルデの一九三六年発売の古い78回転のディスクです」と書いてある。

映画制作時点で、一九三六年は約三十年前である。ディスク（レコード）に帰属する権利は消滅している、と通常は考えられる。フランスは日本ほどレコード大国ではないから、うるさ型が出てくる可能性は低い。なにより、世界的な作家が堂々と出品してきた映画である。当然、正当な手続きを経て使用されていると考えるのが常識である。

DVD「憂國」の解説文に、「本篇では台詞が一切なく、ワグナーの楽劇「トリスタンとイゾルデ」の音楽部分のみの箇所が劇中使用されていますが、これは三島由紀夫のこだわりで、二・二六事件の起こった年である一九三六年に発売されたレコードを捜し出して使われています。レコード盤特有のスクラッチノイズが映画の音声版にも多く入っており、これをデジタル処理にて除去することは可能でしたが、公開時にも入っていたこのスクラッチ音は敢えて処理せずそのまま収録しました」とある。しかし、「一九三六年に発売されたレコードを捜し出して使われています」というが、三島は捜し出したのではなく、初めから所有していたのであり、それに合わせて映画を作ったのである。

また、東宝DVD「憂國」は二枚組で、特典映像が収録されているが、「「憂國」支出帳」という大学ノートが映し出される。購入すべき物品が列記され、購入済みのものは縦線で見え消しされている。「⑦トリスタンのレコード購入（歌なし）」とあるが、縦線で消されていない。購入できなかったことがわかる。

なお、三島自筆の撮影台本も映し出されるが、単なるシナリオではない。無類の映画好きで、映画出演経験もある三島ならではの独特なもので、一カットごとに「5秒」とか「2秒」とか「20秒」と秒数が書かれている。これからしても、三島がストコフスキーのレコードを聴きながら台本を書いたことは疑問の余地がない。気の遠くなるような緻密な作業であるが、三島はこれをわずか数日で書き上げた。また、この台本でなければ、わずか二日間での撮影は不可能だったであろう。

三島に誘われて新宿で「憂國」（再上映）を見たザ・タイムズ東京支局長ヘンリー・スコット＝ストークスは、著書『三島由紀夫　死と真実』（昭和六十年　ダイヤモンド社）に「全編これ見るに耐えなかった、と記している。腹を切る場面から目を閉じ、「いったいなぜ、またワーグナーを。きっと音楽著作権料は払ってはいないのだろう」と思う。三島は「古レコード」としか書いていない。レコードの指揮者及び楽団名、発売元はどこにも明記されていない。これは著作権料の発生を回避するためであろうか？

さて、大阪万博があった昭和四十五年八月末、指揮者レナード・バーンスタインがニューヨーク・フィルハーモニックを率いて来日した。帝王カラヤンと人気を二分するバーンスタインは「ウエストサイド物語」の作曲者であり、ピアニストでもある。一日百本の煙草を喫い、一本のウイスキーを空け、バイセクシュアルでもあった。

小澤征爾の回想によれば、小澤が帝国ホテルに恩師バーンスタインを訪ねると、おりしも三島が部屋から出てきた。小澤は気軽に挨拶したが、三島は心ここにあらずといった体で、小澤を一顧だにせず、去っていった。

三島に面会を申し出たのはバーンスタインで、「あなたの映画をぜひみたい」と要望したのであろう。『決定版　三島由紀夫全集』別巻のＤＶＤのブックレットには、藤井浩明の「映画「憂国」の歩んだ道」という文章が収録されている。これによると、三島はバーンスタインの「憂國」鑑賞の案内役を藤井浩明にたのんだ。帝国ホテルで対面した藤井には、バーンスタインが西部劇映画の大スターのように見えた。

藤井は東宝試写室に案内した。上映が終わってバーンスタインはしばし無言だった。「どうしてミシマは、ストーキー（ストコフスキーの愛称）のレコードを使ったのかい？」と訊かれることを、藤井がおそれていたかどうかはわからない。バーンスタインは「なぜ日本の音楽を使わなかったのか？」と訊ねた。「三島さんはワーグナーが大好きなので」と藤井が答えると、バーンスタインは納得したように笑ったという。

それはともかく、「どのレコードを使ったかわからない」という藤井浩明の言葉は釈然としない。堂本正樹が「三島所蔵のフルトベングラーの「トリスタン――」のレコード」と書いているのも釈然としない。しかし、詮索はもう充分であろう。一九三六年発売の78回転のトリスタンのレコードがはなから存在しないことだけを、著者は特筆しておきたい。

♪

探索を一段落し、ほっとしていたら、新たな情報が入ってきた。情報源は三島研究家の井上隆史白百合女子大学教授である。きっかけは、著者が「映画「憂国」音楽の謎　―使用レコードは何か?・」という文章を『音楽現代』(芸術現代社)の平成十九年一月及び二月号に掲載したことによる。

これが井上教授の目にとまり、著者に消息されたのである。井上教授はストコフスキーの復刻盤CDを入手したが、「どうも映画の音源とは異なる」との由。前述した②のSP盤を英国pearlが復刻したCDである。聴いてみたが、異なるアレンジによるものだった。

それにしても、三島がストコフスキー盤を所有していたというのが腑に落ちない。三島はレコードマニアではないからである。

井上教授からの三通目の手紙に同封されていた資料が、謎解きの鍵となった。ドナルド・リチー著『*THE JAPAN JOURNALS 1947―2004*』(二〇〇五年　ストーンブリッジ・プレス刊)の一四七、一四八頁のコピーである。この本の存在を井上教授に教えたのは山中剛史氏である。

リチーは戦後の日本に住み、小津安二郎や黒澤明などの映画や、日本文化を欧米に紹介した。日本を舞台にメガホンを取った実験的映画もあり、「黒いユーモアの極致、無法きわまるファルス」と三島は賞賛した。

昭和三十七年六月二十二日(金)、三島は自邸に知友を招待して上映会を開いている。開始は十八時半、ドナルド・リチー「熱海ブルース」、細江英公「へそと原爆」を上映後、立食パーティー。細江英公は三島をモデルにした写真集『薔薇刑』(昭和四十六年　集英社)で知られるが、寺山修司のよびかけで実験的映画も作った。「へそと原爆」の主演は前衛バレエ「暗黒舞踏」の土方巽で、三島は早くから土方巽を高く評価していた。招待者の中には澁澤龍彦もいて、澁澤龍彦によると「そこには外人も多く」招待され、三島は英語と日本語で挨拶した。三島は「へそと爆弾」と覚えこんでおり、何度も言い間違え、その都度、訂正したという。

三島はリチーの「熱海ブルース」を、短いエッセイ「十六ミリ映画」(昭和三十七年七月三十日号「週刊文春」)で、「アントニオーニを思わせる手法の、見事に単純化された音楽的作品で、ピアノ・ソナタを聴くような感じ」と評している。著者はミケランジェロ・アントニオーニ(イタリアの映画監督)を想起することはできないが、「ピアノ・ソナタを聴くような感じ」というのはわからないでもない。映画の構成に、序奏、主題の提示部、主題の展開部、主題の再現部、結尾部というソナタ形式に通じるものがあるからである。

実はこれよりもっと以前、リチーは三島と会っている。三島の最初の外遊時、リチーは三島のニューヨーク案内をしたのである。この頃ハーバード大学にいたメレディス・ウェザビーは、「假面の告白」の翻訳について三島と相談することにしていた。

そのウェザビーの依頼で、リチーは三島の三つの願いを叶えるために尽力した。その一つは、ある限りの聖セバスチャン画像をメトロポリタン美術館で見ること、楽劇「サロメ」をメトロポリタン歌劇場で観ること、「禁色」の執筆のためにゲイバーを探訪することであった。リチーは三島をグリニッチ・ヴィレッジのゲイバーに案内した（『*THE JAPAN JOURNALS 1947—2004*』四六〜四八頁）。

余談ながら、ウェザビーは一九五〇年代、麻布龍土町に住み、同棲していた矢頭保はのちにメール・ヌードの第一人者になり、三島は写真集に序文を寄せるほか、裸体写真や切腹写真のモデルになった。ウェザビー宅には、リチーも同居していたことがある。

さて、リチー著には意外なことが書かれていた。リチーは、「トリスタンとイゾルデの歌のないレコードで、もっと時間の長いものはないか？」と三島に訊かれた。ということは、三島は「第一幕への前奏曲と愛の死」のレコード（おそらくフルトヴェングラー盤）を所有していたが、映画に使用するには短すぎると考えていたことになる。

リチーは、「ストコフスキーがフィラデルフィア管弦楽団を指揮した「交響的接続曲」があり、その長さは約三十分ほどだ」と教える。三十分はまことにうってつけである。「何に使うのか」とリチーが訊ねると、「いまのところは秘密だが、そのうちに」と三島は答える。これからして三島はリチーからストコフスキー盤を借り、使用後に返却したとも考えられる。

四月十六日、リチーは大蔵映画の撮影スタジオに招かれる。そこには能舞台のようなセットが組まれ、軍服姿の三島が、最後の切腹シーンの最終的な打ち合わせをしていた。四月二十七日、リチーは葵スタジオでのフィルムの音入れに「音楽監督」として立ち合い、三島の隣の座席で映画を観る。ワーグナーの音楽がいかに映画を盛りたてたかを、リチーは昂奮した文章で綴っている。映写室に灯りが戻ると、三島は涙ぐんでいた。三島はリチーに顔を向けると、謙虚かつ誠実な調子で、映画のみごとな完成について感謝の言葉を述べた。

堂本著を読み返すと、「以前三島と二人で見せて貰った、映画評論家のドナルド・リチーが撮った実験映画などが、当時の我々のイメージだった。八ミリである。始めはひそやかなものだ」という一節がある。しかし、これだけである。

ドナルド・リチーの名前は、「製作意図及び経過」のどこにも出てこない。東宝DVDの解説書にも、全集別巻DVDの解説書にも出てこない。その理由を著作権の問題ではないかと著者は想像するが、これは邪推かもしれない。藤井浩明も堂本正樹も、使用レコードについてはさしたる関心がなかったとも考えられるからである。

平成十九年七月二十八日、井上教授の企画によって、著者は白百合女子大学大学院の夏の特別ゼミナールで「三島由紀夫と音楽と」と題する講演をおこなった。動画や画像をスクリーンに映し、音楽を流しながら話を進めた。講演は四時間を超えたが、用意した映像や音楽の半分も披露できなかった。心残りをいだいたまま、学生をまじえた慰労の席に招かれた。井上教授、拙演を聴いて（見て）いただいた松本徹氏、田中美代子氏、山中剛史氏のほか、二、三の三島研究家も同席された。

田中美代子氏によれば、三島は「憂國」の使用レコードを故意に傷つけたという。盤面に針を落として、雑音を増やしたというのである。松本徹氏によれば、上映中に画面が焼けたり、場面が飛んだり、フィルムが切れたりする、昔の映画の古びた感じを出したかったのだという。

しかし三島は雑音のない新品レコードを使いたかったのである。ロンドンで購入しようとしたが、品切れだった。堂本が大正時代の古びになると嗾《けしか》けたため、三島は考えを変えたのである。

大岡昇平が「性交音楽」として嫌い、五味康祐が「性交の喘ぎ」として耽溺した「愛の死」の音楽は、映画では夫婦の性交シーンではなく、切腹シーン以下に流れる。しかしながら、監督三島由紀夫にとって、切腹の前の性交、性交の後の切腹、切腹後の中尉夫人の自刃は等価なもので、何ら問題ではなかったのである。

セバスチャン・コンプレックス

知られるように、グイド・レーニの「聖セバスチャンの殉教図」の、矢で胸と脇腹を箆深《のぶか》く射抜かれた聖セバスチャンは、『假面の告白』の主人公の性的倒錯、同性愛傾向、苦痛嗜好の具体例として登場する。

父平岡梓が昭和十二年三月、欧州視察旅行で買ってきた土産の一つに美術画集があり、レーニの「聖セバスチャンの殉教」が掲載されていた。平岡梓が三島少年に与えた影響の最大のものかもしれない。

後年、三島はボディビルを始めるが、脚は貧弱で、「脚のボディビルはないの?」と湯浅あつ子にからかわれた。だが、痩身短軀に鎧のような筋肉をまとってからは何かと裸になりたがり、写真集や雑誌のグラビアで世間を騒がせたが、とりわけ聖セバスチャンに扮した写真(篠山紀信撮影)は有名である。

パリ滞在中のダンヌンツィオが、ドビュッシーと共作した劇音楽に「聖セバスチャンの殉教」がある。一九〇九年、パリの社交界に登場して寵児となったダンヌンツィオは、パリ巡業中のロシア・バレエ団の名花イダ・ルビンシュタインの楽屋を訪ねる。彼女は前年、サンクトペテルブルクで「サロメ」を独演し、「七つのヴェールの踊り」で衣裳を一枚ずつ脱ぎ捨て、全裸になった（異説あり）という。

中性的な、輝くばかりの美貌のルビンシュタインに心を奪われたダンヌンツィオは、彼女をセバスチャンに見立て、戯曲を書き下ろす。神秘劇「聖セバスチャンの殉教」の初演は一九一一年、パリのシャトレ座、五時間に及ぶ長大な作品であるが、初演はセンセーショナルな成功をおさめた。

澁澤龍彦をして「セバスチャン・コンプレックス」と言わしめた三島の聖セバスチャン偏愛は、この作品にも向けられる。ダンヌンツィオの台本はフランス語なので、三島は多年にわたって英訳本・独訳本を探索したが、入手できなかった。そこで、原書からの邦訳を決意。村松剛の紹介で東大仏文科大学院生の池田弘太郎を共訳の相手とし、週一回の徹夜作業を一年余り続けた。

池田の直訳を三島が意訳したのであろうか、絢爛・瑰麗な文語体の翻訳が完成した。澁澤龍彦の勧めによって、昭和四十一年九月三十日、美術出版社から刊行。かねて収集してきた「聖セバスチャンの殉教図」五〇点を収録し、跋文《ばつぶん》、装幀にいたるまで心血を注いだ。

その後、池田弘太郎は三島によるフランス演劇の上演にあたり、三島のよき協力者になった。三島没後の浪曼劇場の追悼公演「サロメ」で森秋子が全裸の熱演をしたとき、池田は森と婚約していた。三島を失った浪曼劇場に瓦解が始まる中、森

聖セバスチャン殉教図
（グイド・レーニ／1615年頃）

秋子は『週刊平凡パンチ』や『月刊Ｐｏｃｋｅｔパンチ０ｈ！』のヌードグラビアで肉体美を披歴した。森秋子は三島原作の映画「音楽」（昭和四十七年）にも出演している。池田弘太郎は森秋子と結婚後、惜しくも早世した。

三島はドビュッシーの歌劇「ペレアスとメリザンド」の日本初演（昭和三十三年十二月）を聴いているが、このときの指揮者ジャン・フルネが平成十四年十二月、「聖セバスチャンの殉教」をオラトリオ形式（短縮版）で上演した。この公演プログラムの解説文を書いたピアニストで文筆家の青柳いづみこ氏によると、朗読はフルネの娘アンヌで、プログラム別冊の対訳が三島由紀夫訳だったという。

調べてみると、これ以前にもフルネ父子は東京や大阪で公演しているが、三島の没後であるから、三島はこの曲をついに実演で聴くことはなかった。三島の存命中、シャルル・ミュンシュ、エルネスト・アンセルメ、ピエール・モントゥーなど巨匠指揮者の指揮した短縮版のＬＰレコードが出ていたから、三島がレコードで聴いていた可能性はある。

終生、三島は「聖セバスチャン」を偏愛し、耽溺し、呪縛された。村松英子がローマで購入して土産にしたベルリーニの聖セバスチャン殉教像のレプリカに、三島は欣喜雀躍した。

三島の死の年の八月三十一日、澁澤龍彦は夫人同伴で初のヨーロッパ旅行に出かける。三島は楯の會の夏の制服制帽姿で、羽田空港に見送りに来た。楯の會の制服はダブルのド派手なものがよく知られているが、純白の夏服は予科練の桜に錨の七つボタンならぬ兜の紋章の九つボタン、これもなかなか派手である。衆人環視の中、すでにウイスキーで酔っ払っていた澁澤は大いに喜んだ。

澁澤は、ヨーロッパで珍しい聖セバスチャン殉教図を手に入れてほしいと三島に頼まれていた。十一月初旬に帰国したが、めぼしいものが手に入らなかったので、三島を訪ねることもなく、羽田空港の握手が最後の別れとなった。

　西法太郎『死の貌《かたち》——三島由紀夫の真実』（論創社　平成二十九年）によると、三島は死の年の一月末から、アンドレア・マンテーニャの「聖セバスチャン殉教図」と同じポーズの全裸ブロンズ像を作るべく、岳父杉山寧の紹介で、彫刻家分部順治の江古田の家に通った。やがて分部が体調を崩したので、娘婿の吉野毅が制作を引き継いだ。九月初旬から自決の三日前まで、タクシーで日曜日毎にアトリエに通い、午後の二時間ほどポーズをとった。三島の裸体は脚部と上体のバランスが悪く、筋肉に老いのダブつきも見えたが、常人なら三分ともたないポーズを七、八分ほども耐えた。三島は快活で、三日後に死ぬ人とは思えなかったという。

　いかにセバスチャン・コンプレックスとはいえ、肉体自慢の三島とはいえ、著者はただ驚き入るばかりだが、全裸像は一種の遺影である。富士山と海が見える某地に墓所を建て、等身大ブロンズ像を置くよう、と三島は遺言していた。「豊饒の海」全四巻を残しただけで従容と死ぬことは、三島にはできなかった。これもまた、三島由紀夫の真実であろう。三島の死後の名誉を重んじる瑤子夫人は、遺言に従わなかった。

第五章　絹と軍艦

三島由紀夫は『金閣寺』の圧倒的な成功に続き、『鏡子の家』でさらなる成功を企てたが、失敗に終わった。雪辱を期した『宴のあと』は、社会事件に材を取ったという点では『金閣寺』の二番煎じであるが、人物造型にすぐれ、わけてもヒロインの高級料亭の女将の存在感は圧倒的で、文壇でも好意的に受け入れられた。裁判沙汰になったのは想定外だったが、キーン訳の海外での評価も高かった。

その後も三島は、『獣の戯れ』、『美しい星』、『午後の曳航』に精魂を傾けた。いずれも力作・意欲作である。好意的な批評もあったが、三島は不満だった。部数が伸びず、ベストセラーにならないのも、深刻な問題であった。

三島は海外での評価に期待し、ノーベル文学賞をめざす。そのために書かれたのが、近江絹糸紡績の労働争議に材を取った『絹と明察』である。昭和三十八年九月二日付の中村光夫宛ての書簡に、「小生はやっぱりニュース小説家で、かういふ話をネタにする癖が抜けないのです。お憐み下さい」と三島はしたためている。取材のため投宿していた琵琶湖ホテルから投函した手紙である。自虐的な表現のうちに、意欲と自信が窺える。

昭和三十九年五月二十七日付キーン宛て書簡には、キーン訳の『宴のあと』がフォルメントール国際文学賞を逸した（第二位）落胆が書かれている。

もし授賞されたら、ザルツブルグへ飛んで行つて、一緒に呑み歩いたらどんなに愉快だつたことでせう。

「美しい星」は、キーンさんが好かれないことはよく知つてゐますが、もし翻訳して下さる可能性があれば、どんなに嬉しいかと思ひます。僕自身はあの小説がたいへん好きなのです。

三島が「たいへん好き」だという異色作『美しい星』は、文壇の大御所谷崎潤一郎が賞賛し、奥野健男は「世界の現代文学の最前列に位置する傑作」と絶賛した。しかし売れ行きは悪く、キーンは翻訳に気乗りせず、翻訳されなければ、ノーベル文学賞の対象にもならない。

群像の連載小説の「絹と明察」は、一生けんめいに書いてゐます。「宴のあと」の男性版とでもいふ小説でせうが、従って、「宴のあと」より暗い感じの小説ですが、中に出てくる彦根と琵琶湖の風景は、それだけ明るく描かうと思ってゐます。この小説は八月ごろ完成するでせう。

近江絹糸争議は、『潮騒』を刊行した昭和二十九年六月に紛糾し、九月に終息した事件である。近江絹糸紡績の社長夏川嘉久次は物故しており、モデル問題で裁判になる懼れはなかったし、三島が『宴のあと』の二の舞を演じるはずもない。昭和三十九年一月号から十月号まで『群像』に連載され、同年十月に講談社から刊行された。批評のほとんどが賞賛であったが、売れ行きは惨憺たるもので、初版一万五千部に三千部を増刷しただけで、三島文学の最も不人気な小説となった。
音楽の話をしなければならない。『絹と明察』は、四部作「豊饒の海」を別にすれば、三島由紀夫の最後の純文学長篇である。高校生の著者にとって、講談社の単行本は旧仮名・旧漢字にやや抵抗があったが、整然とした章題に目を奪われた。

第一章　駒澤善次郎の風雅
第二章　駒澤善次郎の事業
第三章　駒澤善次郎の賞罰
第四章　駒澤善次郎の家族
第五章　駒澤善次郎の洋行
第六章　駒澤善次郎の胸像
第七章　駒澤善次郎の歸朝
第八章　駒澤善次郎の憤怒
第九章　駒澤善次郎の對話
第十章　駒澤善次郎の偉大

形式感・統一感があるという点では音楽的ともいえる。音楽に「変奏曲」という形式がある。主題の旋律を手をかえ品をかえて変化させてゆく一形式である。バッハ、モーツァルト、ベートーヴェン、ブラームスなどが変奏曲の名曲を書いた。ブラームスの管弦楽曲に「ハイドンの主題による変奏曲」がある。あえて言えば、『絹と明察』は「駒澤善次郎の主題による変奏曲」である。

読みながら、彫琢をきわめた文章と描写の鮮やかさ、構成の妙に、「これが小説だ、小説とはこれだ」とため息をついた。しかし読後の印象は、他の三島のどの作品より混沌としている。きわめて個人的な感想だが、ベートーヴェン晩年の、ピアノの作曲技法の秘術を尽くした「ディアベリの主題による変奏曲」を、辛抱強く、五十分かけて聴き終えたときの、とりとめのない気分に似ている。

♪

昭和四十年は、一月から四月までを映画「憂國」の制作に費やすが、二月初め、『午後の曳航』のジョン・ネイスンの翻訳が上首尾であることを、クノップ社のハロルド・ストラウスから知らされた。三島はさっそく巨漢のアメリカ青年ネイスンと会食し、『絹と明察』を翻訳することで「ノーベル賞を取る手助けをしてほしい」と提案する。ネイスンは天にも昇る心地で、この申し出を引き受けた。

しかし、いざ読んでみると、いかにも地味なこの小説をネイスンは持て余した。ネイスンにとってこの小説は、若い従業員の生活に干渉せざるをえなくなり、ついにストライキによって叛逆されてしまう中年の繊維会社社長の肖像画であり、三島は二児の父親としての感情のすべてを盛り込んだと語ったが、そこには純一な感情が欠けており、それ以上に、その作品は錯雑をきわめ、日本の批評家たちが「三島美学」と呼ぶものの豪華な見本——なのであった。

それを英語に移すことは手に余ると思ったネイスンは、大江健三郎の『個人的な体験』に食指をのばした。ネイスンはしかし、このことを三島に告げなかった。

九月五日、三島は夫人と世界一周旅行に出た。アメリカからヨーロッパに渡り、十月、パリのエリゼ宮にあるシネマテーク・フランセーズで「憂國」の試写会に出席した。上映に尽力した川喜多かしこも一緒だった。映画は予想を上回る好評で迎えられた。

三島は『暁の寺』（豊饒の海第三巻）の取材のため、バンコクやアンコール・トムに向かった。十月十四日、三島由紀夫がノーベル文学賞の有力候補にのぼったことをAP通信が世界に報じたが、受賞したのはソ連のショーロホフだった。三島夫妻は十月三十一日に帰国、十一月には戯曲「サド侯爵夫人」を『文藝』に発表し、『批評』に自己告白・自己分析の評論「太陽と鐵」の連載を始めた。

十一月の半ば、『絹と明察』の翻訳を請け負ってから九カ月後、ネイスンは三島邸を訪問し、「翻訳する気になれない。文章は立派だが、英語になるかどうかわからない」と告げた。「話してくれてありがとう。自信のないことはやらないほうが賢明だ」と三島は応じ、二人は酒を飲んだ。ネイスンは宥恕《ゆうじょ》されたという感慨に浸りつつ、三島邸を辞去した。

三島は『個人的な体験』の書評を書いている。好意的なようでいて、なかなかの酷評である。三島だけでなく、この作品への文壇の評価は低かった。にもかかわらず、『絹と明察』よりも注目され、売れ行きもよかった。三島は大江に読者を奪われていることを銘胆せざるを得なかった。そんな三島がネイスンを宥恕できるはずはない。

♪

昭和四十一年は映画「憂國」のツール国際短編映画祭でのセンセーショナルな成功（次点ではあったが）に始まった。四月からの日本公開もマスコミを騒然とさせ、興行的にも大成功だった。「ノーベル賞候補作家」であり、「映画監督」であり、「世界で最も注目される日本人」であることに三島は満足したであろう。

その後、ネイスンに三島からの音信はなかったが、五月、アメリカに帰国するネイスンの送別会に三島は顔を出した。旅の安全を祈ると告げ、すぐに去った。後日、三島は親しい作家に「左翼（大江健三郎）に誘惑された与太者」とネイスンを評し、これはネイスンの耳にも入った。ネイスンは九月十九日号のグラフ誌『ライフ』に、「ミシマの小説を読むのは、金ぴかの額縁の展覧会に行くようなもの」と辛辣に書いた。

三島はこの年、「憂國」でそれと意識せずに開いた危険な扉を、さらにもう一枚開けてしまう。『文藝』六月号に掲載された異様な短篇「英霊の聲」で、「憂國」「十日の菊」に続く二・二六事件三部作である。

一方、三島は創作で適度な息抜きをすることも忘れなかった。八月十五日付川端康成宛て書簡にはこうある。

> 十一月頃、日生で「アラビアン・ナイト」といふ見世物のお子様向きスペ《マ》クタ《マ》ル芝居をやりますので、阿呆くさいものですが、御案内申上げようかと存じております。

九月三十日付書簡では、「先日、たびたび電話でお騒がせ申上げたアラビアン・ナイトの切符を同封」し、幕間が短いので、終演後「御夕食を差上げ」たく、深更まで予定しておいてほしい、と念を押している。

お子様向きの「アラビアン・ナイト」を構想しながら、三島はゆったりと「シェエラザード」に耳を傾けることがあっただろうか。リムスキー＝コルサコフの交響組曲「シェエラザード」は、音で紡がれた絢爛豪華なアラビアン・ナイトのタペストリーである。意味内容があり、物語が目に見えるように作曲されている。純文学は一日数枚と決めていたが、三島はエンターテイメントや雑文も量産し、執筆以外でも多忙をきわめていた。ひっきりなしの電話と来客。ゆっくりとレコードを聴くことはなかったであろう。

三島は映画「憂國」の公開にあわせて舟橋和郎と対談している。舟橋和郎は脚本家で、映画「剣」のシナリオを書いた。小説家舟橋聖一の弟である。対談は「『憂国』を語る」というタイトルで、『シナリオ』昭和四十一年三月号に掲載された。三島は映画と音楽は非常に似ていると発言したうえで、次のように語っている。

つまり今日あなたがどこかの音楽会へ行かれて、いい指揮者によるいいベートーヴェンを聴くとしますね。それを家へ帰ってレコードで再演してもはじまらないんで、やっぱりもう一度聴くことはできないでしょう。

演奏（実演）の一回性ということに言及しているが、まことに正論である。しかし、レコード愛好家の中には家に帰ってレコードで聴きなおす人もいる。個性的な演奏だったら、あそこは普通あんなに演奏しないはずだが、という確認のため、悪い演奏だったら口直しのため、というぐあいである。そのようなレコードの聴き方を三島は想像できなかったようである。三島はフルトヴェングラーの「トリスタンとイゾルデ」のほかにどのようなレコードを所有していたのだろうか？　生前も没後も、このことに関心を寄せた人はいない。一切不明なのが残念である。

十一月（十二月）二十四日付、ニューヨークのドナルド・キーン宛て書簡がある。

小生作「アラビアン・ナイト」は、レビューまがひの脚本で、うんと甘口に書きましたから、日生劇場は大入満員。重役から、「うんと儲けさせていただきまして」と挨拶をされましたが、劇評はさんざん。その代りに、舞台の裏と表を十分にたのしみ、自分も「金の奴隷」の役で出て、セリフを言つたり、歌をうたつたり、世間に御迷惑をおかけしました。

この手紙の冒頭では「サド侯爵夫人」のキーン訳の完成を喜び、「宴のあと裁判」の和解が成立したことを報告している。このことから、日付の十一月は十二月の誤記ではないかと見られている。諧謔な調子の手紙は以下のように続く。

「春の雪」がすんで次の号からもう第二巻の「奔馬」に入りました。日本の雑誌ジャーナリズムは、決して休ませてくれません。しかし、何が何だかわからず、メチャクチャに二十年間書いてきて、却ってそのはうがよかつたやうな気がします。今の予定では、この四巻が出来上つたら、一年間、文筆業を休業するつもりですが、そんなことができるかな?

この手紙を書いた四年後に三島は死ぬが、このときは死ぬなどとは思っていない。少なくとも、漠然としか自覚していない。十二月十九日、林房雄の紹介状を持って、政論誌『論争ジャーナル』の編集者万代潔が訪ねてきた。万代に『奔馬』の右翼青年の面影を見た三島は、『新潮』の編集者小島千加子に「怖いみたいだよ。小説に書いたことが事実になって現れる。そうかと思うと事実の方が小説に先行することもある」と昂奮して語った。

♪

昭和四十二年一月、『論争ジャーナル』が育誠社から創刊され、二月号の表紙を三島が飾った。前年に続いて左翼学生が荒れ狂っていたが、国民の多くはこれを顰蹙するだけだった。一朝事あれば蹶起して日本の歴史と文化を守ろう、と三島は真剣に考え始めていた。自衛隊への最初の単身での体験入隊、諸国の民兵組織を研究するなど、文学を離れた活動に傾注し、陽明学の「知行合一」や「文武両道」を揚言し、「死」や「美しい死」を賛美するようになる。

四月、大阪のフェスティバルホールで「バイロイト・ワーグナー・フェスティバル」が開催された、バイロイト音楽祭の画期的な引越し公演である。「トリスタンとイゾルデ」が四月七日、十日、十三日、十六日に、「ワルキューレ」が八日、十一日、十四日、十七日に上演された。オーケストラはNHK交響楽団、合唱は日本人による臨時編成の団体であるが、それ以外はバイロイトのスタッフで占められ、当時、望み得る最高の演奏である。

チケットは非常に高価だったが、全国各地から泊りがけで聴きに出かけた人も多い。三島は聴かなかった。四月十一日から五月二十七日まで自衛隊に体験入隊したからである。三島の関心はワーグナーではなく、自衛隊にあった。

五月、LPレコード『ポエムジカ　天と海　《英霊に捧げる七十二章》』が発売された。詩・浅野晃、朗読・三島由紀夫、作曲／指揮・山本直純、演奏・新室内楽協会という内容で、オーディオメーカーであったタクト電機株式会社のレコード部門「タクト・レコード」の制作・発売（のち日本コロムビアが再発売）である。作家の自作朗読は珍しくないし、三島もいくつかの自作朗読を録音しているが、これは珍しい例で、いかに浅野晃の詩に感銘していたかを物語る。音痴の三島の、これはすぐれた朗読で、山本直純は「三島氏の朗読は、それ自体がすでに優れた音楽である。初めて素読を聴いたとき、そこに音楽があるのを感じたのである」とライナーノーツに書いている。

レコード雑誌には一頁を使った大きな広告が出ていた。もっとも、「このレコードは評判が悪いそうだ。三島のイメージにそぐわない甲高い声がその理由らしい」というような酷評も目にしたことがある。マスコミ関係者の中には、三島由紀夫のすることなすことが気に入らない者も少なからずいたのである。

この月、またしても三島はフォルメントール国際文学賞を逸した。英訳本『眞夏の死 その他』が二位となり、同時候補作の『午後の曳航』は、ドナルド・キーンの応援もむなしく、選外となった。

九月二十六日からインド政府の招きによって夫人同伴でインドを訪問、十月四日に瑤子夫人は帰国するが、三島はインドの古都ベナレス、タイ王国の首都バンコクに滞在する。再びノーベル賞候補にあがっていたため、マスコミの取材攻勢を避けるためであり、『暁の寺』（豊饒の海第三巻）の取材調査も兼ねていた。三島にとって異例に閑雅な日々を送る中、毎日新聞特派員の徳岡孝夫と交流する。

徳岡著『五衰の人――三島由紀夫私記』（平成七年十一月号〜平成八年九月号『文學界』）によれば、「こんなに遊んでいて連載は大丈夫なのですか」と徳岡に訊かれた三島は、「ぼくの連載の原稿料いくらだと思いますか？ ……一枚三千円ですよ」と告げる。徳岡は絶句した。「サンデー毎日」は一枚一万円だった。そして三島は、「それに、誰もろくな批評をしてくれない」とつぶやいた。猪瀬直樹は『ペルソナ』に、「豊饒の海」の原稿料は一枚千五百円と記している。猪瀬は『新潮』に確認したのであろう。千五百円が事実なら、三島は徳岡にあえて倍額の三千円と告げたことになる。

純文学誌『新潮』の原稿料の廉さを愚痴ったのは、「豊饒の海」へのよい批評が出ないことへの不満からであろう。「書いても書いても世間はそっぽを向いている。入ってくる金銭的報酬は少ない。それじゃ張り合いがないだろう」と徳岡孝夫は同情した。

徳岡は「世間」がそっぽを向いていると書いているが、これは「文壇」と言い換えるべきである。およそ文士らしからぬ行動で衆目を騒がせてきた三島は、文壇の同業者や論壇の進歩的（左翼系）文化人から冷やかに見られていた。一方、マスコミや世間一般は「三島は次に何をするのだろう」と期待していた。スター三島由紀夫は、そのような期待にも応えなければならなかった。

帰国後、『論争ジャーナル』の万代潔、持丸博と「祖國防衛隊構想」を練った。十二月にはF104戦闘機に試乗して鹿島灘から富士山上空を飛んだ。この体験を連載中の評論「太陽と鐵」の末尾に書いた。暮れには自衛隊将校山本舜勝《きよかつ》と知り合い、意気投合する。この昭和四十二年は、行動(自決)への転機の年であった。

♪

昭和四十三年三月の前半、三島は祖國防衛隊の学生二〇名を引率して、自衛隊富士学校滝ヶ原分屯地に体験入隊した。

三月十八日、三島は「だんいくまポップス・コンサート」(文京公会堂)にゲスト出演する。作曲家團伊玖磨の企画・司会による日本テレビ系の公開録画番組で、昭和四十二年一月に始まり、昭和四十七年九月まで続いた。

類似の先行番組に黛敏郎の企画・司会による「題名のない音楽会」がある。昭和三十九年八月から東京12チャンネルで放送され、現在もテレビ朝日で放送されている。黛敏郎は各分野から多彩なゲストを招いたが、絶縁状態の三島が登場することはなかった。三島の死の一カ月後、黛はテレビ局の反対を押し切って追悼番組を放送した。犯罪者三島由紀夫の名前は出せず、「あるワーグナーを愛した作家の死」と題した。

さて、三島は読売日本交響楽団を指揮した。曲は「軍艦行進曲」（瀬戸口藤吉作曲）である。放送を著者は視ていないが、この模様は早くから三枚の写真で見ることができる。三島ファンにはおなじみの写真である。

一枚はステージ前方を写しており、ステージ最前部は花で装飾され、その手前、一段低いところに張り出し舞台があり、テーブルと椅子、マイクセットがある。談笑する三島由紀夫と團伊玖磨の背後にヴィオラとチェロの奏者六名が写り、三島が何か面白いことを言ったのか、六名も笑っている。

もう一枚は三島が指揮棒をややぎこちなく掲げ、團が手を伸ばし、振り方を指導している図である。

三枚目（写真参照）では、指揮棒を持つ三島の右手は腰のあたりにあり、左手は高めに掲げられ、人差し指が金管楽器の位置するあたりを指している。いかにも指揮者然とした写真である。

指揮する三島由紀夫（『新潮 臨時増刊 三島由紀夫読本』昭和46年 第二號）

ぜひとも演奏を聴きたいが、聴くことはできないだろうと諦めていた。ところが平成十年四月、CD「軍艦マーチのすべて」（キングレコード）が発売され、思いがけないことに三島の演奏が収録されている。

心耳を澄まして傾聴した。速いテンポで、やや前のめりに、きびきびと演奏されている。落ち着きのない演奏と評する人もいるが、そう聞こえないこともなく、威風あたりを払う重厚な演奏ではない。

團伊玖磨は童謡「ぞうさん」、オペラ「夕鶴」で知られる作曲家である。昭和二十八年、新鋭作曲家の芥川也寸志、黛敏郎と「三人の會」を結成し、以後、新作発表の演奏会を開いた。三島は黛とは昵懇の仲である。兄の芥川比呂志は文学座の俳優なので三島は親しかったが、弟の也寸志とは交流がなかった。芥川也寸志は密航したほどのソ連好きで、国家をあげて芸術活動を支援する（と同時に束縛する）ソヴィエト連邦共和国を理想化し、しばしば日本の芸術行政を批判していた。

芥川也寸志とは交流がなかったと書いたが、ソ連のバレエ映画「ロミオとジュリエット物語」の上映に際して、三島はバレリーナの谷桃子、松山樹子、芥川也寸志との四人での座談会に出席している。これは『藝術新潮』の昭和三十一年三月号に掲載されている。プロコフィエフの音楽について、次のようなやりとりがある。

三島　僕、音楽のことは言えないけど、あの音楽はちっともおもしろくないね。あれ、名曲なの？（笑）

芥川　僕もあんまりおもしろいと思わないけど。イギリスの有名な批評家が、あれはプロコフィエフの最大の駄作だと言っていますよ。

この時期にあって、バレエ音楽「ロミオとジュリエット」は現代音楽である。初演からまだ十六年しか経っていない。現在はプロコフィエフの傑作とされている。

團伊玖磨は三人の中では保守的な良識派で、番組制作上の純粋な動機から「ボディビルをやり、映画を作り、剣道をやり、歌をうたう」スーパースター三島をゲストに迎えたのである。指揮をするのは、三島のたっての要望でもあった。

現在、この映像はユーチューブで視ることができる（https://youtu.be/FoDlfj4pbfs　二〇一九年五月一日閲覧、会話は著者の書き起こしによる）。

團「大きな作品を続々と書かれますでしょう。そういう場合、音というのはやっぱり聞こえちゃいけないんでしょうか？」

三島「ええ、音を憎んでいるんです。音がちょっとでも入ってきたら作品書けなくなりますから。……今日は敵の中に入ってきた」

（剣道の賜物か、三島の声は適度に錆びたよい声である）

團「いかがですか、その敵なる音楽をですね、演奏なさいませんか？」

三島「討ち入りですか？（笑）」

團「ええ。（笑）」

團「指揮棒がございます」

三島「はあ」

團「お渡ししますから、どうぞひとつ今日は」

三島「いやぁ、どうも」

（会場拍手）

三島「手がなかなか出ないですよ」

團「三島さんはボディビルもそうでしょう、それから映画もお作りになったし、剣道……それからまだ何でしたっけ？」

三島「（笑いながら）もういいですよ、いいです」
團「あ、それから歌を独唱なさったことも僕よく知ってる」
三島「（哄笑）」
團「丸山さんの会でね」
三島「ええ」
團「ですから、何でもなさることだし、僕も何でもすること好きなんです。是非ひとつ、やってごらんになってください」
三島「じゃ、恥をひとつ」
團から指揮棒を受け取った三島は、観客の大拍手に送られて指揮台に立つ。楽譜が読めない三島の前に譜面台は置かれていない。演奏はオーケストラが主導し、三島はそれにあわせて指揮棒を振っているようにも見える。しかし、三島は照れることもなく、オーケストラに投げかける視線は真剣そのものである。並み居るオーケストラを前に、未経験者が初めて指揮をすれば、なかなかこうはいかない。
指揮を終えた三島に、「いかがでしたか？」と團が訊く。
三島「ええ、皆さんがやってくださったんで。私はただ（笑）」
團「（指揮棒を振りながら）でも、こうなすったのはあなたなんで」
三島の「皆さんがやってくださったんで」は、にわか指揮者三島の実感でもあっただろう。この曲を指揮者なしで演奏することは読売日本交響楽団にとって容易である。しかし團は、「こうなすったのはあなたなんで」と言う。オーケストラは老練な指揮者が指揮台に立てば老練な音になり、新人指揮者が立てばそれなりの音になる。そういうものだ。天下の三島由紀夫を前に、オーケストラは親愛と敬意をもって演奏している。これは誰でもない三島由紀夫の「軍艦行進曲」なのである。

四月三日から二十六日まで、東横劇場で「黒蜥蜴」（丸山明宏、天知茂主演）を上演。連日、超満員の大成功であった。

同月十七日、三島と三島派の団員（南美江、中村伸郎、村松英子ほか）がＮＬＴを脱退、浪曼劇場を創設した。海外の喜劇の上演をめざす賀原夏子らと対立したためである。浪曼劇場は実質的に三島戯曲専用の劇団となる。

同月二十九日、高輪プリンスホテルに村松剛一人を招き、祖國防衛隊約十名が、新調した派手な制服と隊歌を披露した。隊歌「祖國防衛隊の歌」は、三島作の歌詞は残っているが、曲については記録がなく、不明である。

五月上旬から山本舜勝の指導による対ゲリラ戦訓練、諜報訓練を始めた。

五月二十一日、『週刊プレイボーイ』に「命売ります」を連載開始、十月八日完結。祖國防衛隊の維持には多額の経費を要したので、いわば原稿料めあての通俗小説である。国際犯罪組織ＡＣＳなるものが出てくるが、三島はイアン・フレミング原作の「００７シリーズ」のファンだった。国際犯罪組織スペクターと００７ジェームズ・ボンドが対決する第四作「サンダーボール作戦」について、昭和四十年十二月二十日付キーン宛て書簡に、「東京は今、007にみんな夢中で、死に物狂ひで切符を手に入れ、「007　サンダー・ボール作戦」といふ新作を見に行きましたが、日比谷映画は超満員。さすがに面白い映画でした」とある。三島は「命売ります」を苦もなく書いたのであろう。

三島はいわゆるエンタメ小説を書く場合、ホテルに閉じこもって半年分、一年分を一気呵成に書いたという。「命売ります」なのかどうかはわからないが、そのような仕事をしていた三島が、六本木の鮨屋で夜食をとっているところに、たまたま山口瞳が出くわした。山口瞳は戦後まもなく、三島由紀夫と会ったことがあり、編集者時代、三島から原稿をもらったこともある。

山口瞳は酔っていたこともあり、「宴のあと裁判」での三島の無罪判決へのこだわり、「喜びの琴」の上演成功に向けての異常なほどの打ち込みようについて、意図的にからんだ。いい小説なら裁判に敗けてもいいじゃないですか、いい芝居なら客が一人も来なくてもいいじゃないですか、と。

また山口は、三島が金に追われて小説を書いているのが嫌で、民兵組織の維持に「そんなにお金がかかるのですか」と訊ねた。「そりゃ、かかりますとも」と、三島は詳しく経済状態について語った。そういう率直で正直な三島に山口は好感をいだくが、三島がトロしか食べないのを奇異に思う。

この、「鮨屋で三島はトロばかり食べていた」という逸話は有名である。鮨屋はマグロばかり食べられては困る、マグロがなくなると閉店しなければならないからで、そういうことを三島は知らなかった、と山口瞳は指摘する。しかし、これは食通でなければ知らないのではないだろうか。ボディビルで胃弱を克服した三島は、朝から五百グラムのステーキを平らげるようになるが、美食家ではなく、食通でもなく、食通ぶることもなかった。

なお、『命売ります』は平成十年にちくま文庫で復刊され、ベストセラーになった。平成の読者がどのように受け止めたのか、著者にはわからない。

七月二十五日から三十日間、学生三三名を連れて滝ヶ原分屯地で第二回自衛隊体験入隊。十月五日、学生四十数名を虎ノ門の教育会館に集め、祖國防衛隊を継承する「楯の會」を結成した。

川端康成の、昭和四十三年十月十六日付三島由紀夫宛て書簡は、次のような短いものである。

拝啓　春の海《ママ》　奔馬　過日無上の感動にてまことに至福に存じました。
新潮社より百五十字の広告を書けとは無茶な注文　大変な失礼をこの御名作にをかしたやうで御許し下さい
この御作はわれらの時代の幸ひ誇りとも存じました
私のおよろこびだけをとにかくお伝へいたしたく存じます

匆々

十月十六日

川端康成

三島由紀夫様

十月十六日という日付が誤記でないとすれば、この手紙はノーベル文学賞受賞決定の前日に書かれている。気が気ではない中、書かれたことになる。新潮社は三島がノーベル賞を取ることを想定し、受賞に合わせて『春の雪』と『奔馬』を出版しようと考えていた。

十月十七日、三島は毎日新聞社でノーベル文学賞の結果発表を待っていた。新潮社の新田敞、NHK記者伊達宗克も一緒だった。伊達宗克は宇和島八代藩主伊達宗城の孫で、三島の信任の厚いジャーナリストである。伊達は三島没後、『裁判記録「三島由紀夫事件」』（昭和四十七年五月　講談社）を上梓したが、三島について多くは語らなかった。酒豪で、飲み始めると止まらなかったという。

午後七時三十分、「川端が受賞」のテレックスが入ると、三島は直ちに川端に祝いの電話をかけ、毎日新聞のために祝賀文を草した。それから、いったん帰宅し、毎日新聞社の車で鎌倉に向かった。三島夫人、伊達宗克も同乗した。

翌日、受賞を祝うＮＨＫテレビ「特別番組　川端康成氏を囲んで」に出演した。川端邸の庭にテーブルが置かれ、伊藤整も加わった鼎談の形式で収録された。師の前で三島は川端文学を賛美した。ときおりマッチで煙草に火をつけ、煙を吐きながら、朗々と語る。著者には三島が「師を讃える三島由紀夫」を演じているように見えた。「毎日新聞」には受賞を寿ぐ「長寿の芸術の花を　川端氏の受賞に寄せて」が掲載された。

ノーベル賞をめぐっての、川端と三島の七年越しの争奪劇については、あえてここには書かない。ともあれ三島は、日本で最初のノーベル文学賞の受賞者になれなかった。二番目の受賞者になるためにどれほどの時間を待たねばならないか。しかも、どのみち二番目である。

ところで、テレビ嫌いを公言していた三島由紀夫であるが、テレビに出演することはむしろ好むところで、ＮＨＫの「特別番組　川端康成氏を囲んで」はその一例である。この頃になると、高校生の著者はいっぱしの三島文学ファンで、テレビ、新聞、週刊誌などに登場する三島由紀夫に注目していた。三島由紀夫は著者にとって「三島さん」になっており、「将来、自分の書いた小説を芥川賞選考委員の三島さんに読んでもらうのだ」と青臭いことを考えていた。

十月二十一日、国際反戦デーのこの日、新左翼各派や学生が新宿駅を占拠して投石、放火し、国会や防衛庁にも侵入した。騒乱罪が適用され、七百三十四人が逮捕された。三島と楯の會の会員は、山本舜勝の指揮で御茶ノ水から銀座を巡察した。帰宅後の三島は手のつけられないほどの昂奮ぶりで、身ぶり手ぶりで母倭文重に騒動を報告した。

川端本は売れに売れ、朝日新聞の一コマ漫画に、サラリーマン風の男が「伊豆の売れっ子ください」と書店に駆け込むものがあった。これを三島は座視するしかなかったが、新たな戯曲に意欲を燃やした。

十月二十六日から十一月七日にかけて、三島のバレエ「ミランダ」二幕が全国で上演された。作曲は戸田邦雄、演出は橘秋子、牧阿佐美と谷桃子が振り付けし、自らミランダを踊った。指揮は渡辺暁雄、オーケストラは東京フィル。日生劇場、東京文化会館のほか山梨県民会館、奈良県文化会館、和歌山県立体育館、京都会館、八幡市民会館、鹿児島県文化センターでも上演された。

主催は文化庁で、明治百年記念と銘打たれている。文化庁は単に芸術的判断によって、日本の代表的な作家三島由紀夫に台本を委嘱したのであろう。チラシには「三島由紀夫が初めて挑む壮麗な創作バレエ大作」と惹句がある。

この年の三月十五日付ドナルド・キーン宛て書簡の末尾にはこうある。

十月に明治維新百年記念で日生劇場でやるバレエを書きました。「ミランダ」という題で、明治十九年に日本へ来たイタリーのチャリネの曲馬の綱渡りの少女ミランダと、魚河岸の兄哥清吉の恋物語です。ネチリ鉢巻の若者とイタリー少女のグラン・パ・ド・ドゥというのは傑作でせう？

チャリネの曲馬といえば、「鹿鳴館」の冒頭で影山伯爵夫人朝子と大徳寺侯爵令嬢顕子との会話の中に出てくる。

顕子　あの、……夏のをはりでございますわ。まだコレラがはやつてゐて、父は外出をゆるしませんでしたけれど、母と二人でこつそり抜け出して、チャリネを見にまいりましたの。

明治十九年九月に来朝したチャリネ曲馬団は横浜、東京、名古屋、大阪、神戸などで興行し、大人気を博し、新聞各紙は連日のように興行のようすを報じた。「鹿鳴館」は「明治十九年の天長節（十一月三日）」と設定されている。執筆にあたって三島は当時の新聞を閲覧し、チャリネ曲馬団に興味を寄せたのである。

したがって、バレエ「ミランダ」は「鹿鳴館」の副産物ともいえる。また、三島はサーカスが好きで、入隊検査で即日帰郷となった直後に書かれた短篇「サーカス」に強い愛着を持っていた。昭和四十年五月、ＮＨＫ‐ＦＭ放送で自作を朗読し、翌年には凝りに凝った豪華限定本を製作した。若年からのバレエ観劇体験を活かした三島唯一のバレエ「ミランダ」は、その後、再演されていない。

ノーベル賞を取るためには決して発表してはならない作品があった。戯曲「わが友ヒットラー」である。川端康成の受賞からわずか二カ月後、三島は「わが友ヒットラー」を『文學界』十二月号に発表し、十二月十日に新潮社から刊行した。九月下旬には第一幕を書き上げていたが、ノーベル賞を取り損ねた三島が、憤懣をエネルギーにして一気呵成に書いたとも思われる。

♪

昭和四十四年一月五日、『春の雪』が新潮社から刊行された。川端康成の推薦文は、「大変な失礼をこの御名作にをかしたやう」などというものではなく、「源氏物語以来の日本の小説の名作かと思ったのである」という大讃辞で、いくらなんでも過褒ではないかと著者は思った。

一月十八日、東大安田講堂を占拠していた学生が機動隊によって排除され、三島は生命を賭ける学生が一人もいなかったことに失望する。この日は、浪曼劇場による「わが友ヒットラー」の紀伊國屋ホールでの初日である。

この芝居では、ヒトラーが心ならずも粛清した突撃隊隊長エルンスト・レームのことを、「あいつの耳と來たら軍樂隊の吹奏樂しかわからなかつたが、私のやうにもつとワグナーを聴くべきだつた」と語る。軍楽隊好きの三島こそもっとワーグナーを聴くべきではなかったか、と著者は微苦笑を禁じ得ない。

幕開きはヒトラーの大演説で始まる。いきなりの長台詞である。演説の途中、鉄鋼王グスタフ・クルップが登場し、レームがクルップに語りかける。

エルンスト・レーム　又アドルフの演説の邪魔をしに見えたんですか。

グスタフ・クルップ　あの人の演説は、表て側から聴くよりも、裏側から聴くはうが味がある。よいプリマ・ドンナの歌は裏側へまでひびくんだよ。私はむかしから花束を胸に抱へて、幕溜まりで待つてゐる役目なのさ。

歌劇「オテロ」の初演でオテロを歌った伝説の歌手フランチェスコ・タマーニョは、その声がスカラ座の外まで聴こえたという。事実、「よいプリマ・ドンナの歌は裏側へまでひびく」のである。公演プログラムに三島はこう書いている。

男ばかりで色氣がないから、四人の男に、それぞれカンどころで、長ゼリフのアリアを歌わせた。この長ゼリフの意味なんかどうでもよいが、俳優諸氏がかふいうところでお客を酔はせてくれることを作者は期待する。

傑作「サド侯爵夫人」もそうであるが、長いアリアで観客を酔わせる「わが友ヒットラー」は、三島の書いた音のない、読むオペラである。

矢代秋雄の音楽はどのようなものであったのだろう。「黒蜥蜴」のような、ワーグナーの切り貼りだったとすれば、まったく不要である。

楽日（千秋楽）のカーテンコールでは、楯の會の制服を着た三島が舞台上手から出てきて、ヒトラー式敬礼で拍手に応えた。そればかりか、楯の會の趣旨について語り、気の利いたジョークで観客を爆笑させた。打ち上げで、村松剛が褒めると、「うまかったろう」と三島は相好を崩した。そばにいたクルップ役の中村伸郎は、「カーテンコールに役者をさしおいて作者が出るとはなにごとか」と呟いた。

なお、この公演に石原慎太郎が寄せた文章が興味深い。

「わが友三島由紀夫は、「わが友ヒットラー」のアドルフの如くに、今、変貌しようとしている。少なくとも今、三島さんの内には、変貌の苗が植えられている」と書き出され、「一九六〇年代の後半、「わが友三島由紀夫」は変貌しつつある。今までの三島文学ファンの延長で、三島由紀夫に熱をあげている読者たちは、その内に、レームやシュトラッサーたちのように寝首をかかれるだろう。それは、三島さんが今まだお尻にくっつけている、かつての三島由紀夫の殻を捨て切った時だろう。私はクルップのようにそれを今言っておく」と結ばれる。石原の予言通り、三島由紀夫に熱をあげていた著者も寝首をかかれた一人である。しかしそれが、まさか翌年十一月二十五日の割腹死であるとは、石原はもちろんのこと、誰も想像もできなかった。

二月二日付キーン宛て書簡には、こうある。

　文士の道のはうは目下好調で、「春の雪」はトップセラーになり評判もすこぶるよく、ホッとしました。

この時代には珍しくなった旧仮名・旧漢字でありながら、『春の雪』はよく売れた。「ホッとしました」は三島の実感であろう。増刷に次ぐ増刷で、半年後には二十数刷を数えた。二月二十五日に刊行された『奔馬』も、売れ行きは好調だった。しかし、三島を満足させるような書評は出なかった。

三月、楯の會の学生二七名と滝ヶ原分屯地に一カ月の体験入隊、ヘンリー・スコット＝ストークスも誘われて雪中行軍に参加した。

四月、『文化防衛論』を新潮社より刊行。五月十三日、東大全共闘の学生と討論。

六月、大映映画「人斬り」に出演、殺陣を力演し、切腹場面では竹光で腹を裂傷するほどの熱演だった。三島は東京と大映京都撮影所を忙しく往復していたが、共演者の仲代達矢と大阪行きの飛行機で一緒になり、「作家なのにどうしてボディビルをしているのですか」と仲代が訊ねると、「僕は死ぬとき切腹するんだ。切腹して脂身が出ると嫌だろう」と答えた。

勝新太郎、仲代達矢、石原裕次郎、三島由紀夫の主演、とりわけ三島の出演ということでマスコミに注目され、撮影中、スポーツ紙や週刊誌が取材した。三島さん——あえてここでは三島さんと書くが、映画の宣伝のためのテレビ番組に出演したのを著者は視たことがある。「人斬り」の制作はフジテレビジョンと勝プロダクションだから、フジテレビであろう。撮影所の中庭のようなところだったが、据物斬り（試し斬り）の場所がしつらえてあり、三島さんがこれを斬ろうというのである。

テレビ局の女性が、「やはり相当な腕前でないとうまく切れないのでしょうね」と質問すると、三島さんは自信満々に何か語った。三島さんは白い剣道着を着ていたような記憶がある。一般的には、巻き藁か畳表をぐるぐる巻きにしたものを立て、直径二〇センチに満たないものを袈裟がけに斬る。記憶ちがいかもしれないが、ものすごく太い巻き藁が横に置かれてあり、これを三島さんは大上段から真っ向斬りしようというのである。三島さんはあざやかに一刀両断した。

単純に面白がって著者は視たが、何か違和感も残った。『金閣寺』を書いた三島さんと、据物斬りをする三島さんが、どこか結びつかないのである。七生報国の鉢巻きを〆め、褌一つの裸で日本刀を振りかざす三島さんを週刊誌などで見るようになるが、これにも違和感があった。さらにいえば、楯の會の制服姿の三島さんにも。

記憶が曖昧だが、六月ではなかったかと思う。「朝日新聞」に三島さんの顔写真が出た。三島さんが激賞し、序文を書いた『戦塵録』という太平洋戦争の実録戦記本が真っ赤な偽り、作者のフィクションとの疑惑が浮上し、大きく報道されたのである。三島さんは、「お恥ずかしい。穴があったら入りたい。まんまとだまされた」とコメントしていた。クラスメートは「三島由紀夫、かっこ悪いな」と言い、著者も「三島さん、かっこ悪い」と応じたが、戦争（戦場）体験のない三島さんであれば無理もない話だと思ったし、ころりと人に騙される三島さんにも、率直に過ちを認める三島さんにも好感をいだいた。

七月、最後の戯曲「癩王のテラス」が劇団雲と浪曼劇場の提携により帝国劇場で初演。この月、三島は神津カンナと対談した。『週刊女性自身』（光文社）の連載対談「カンナ知りたいの」の二回目（七月二十六日・八月二日合併号に掲載）である。

神津カンナは三島の長女紀子の一歳年長で、このとき十一歳。母は女優中村メイ子で、父は作曲家神津善行。小学五年生の少女は佐藤栄作、小松左京、司葉子、勝新太郎、秦野章らと堂々と対談した。

三時間に及ぶ対談で、三島は小学生の質問に丁寧に答えた。出版されたばかりの神津カンナの詩集に目をとめた三島は、一篇一篇を丁寧に読み、「これはいい」「これはよくない」と寸評した。「ふんすい」

という詩を凜とした声で朗読し、目に涙をためて詩をほめた。三島流に解説し、何度も朗読した。どんな本を読めばよいかという質問に、「おじさんはもうすぐ死ぬけれど、そんなおじさんが、責任をもってあなたに読むことを勧められるのは、辞書だけです」と語った。……おじさんはもうすぐ死ぬけれど！

八月になると、三島は伊豆下田に家族と滞在する。東急ホテルから出した八月四日付の川端康成宛ての手紙が異様である。非常に長文であるが、手紙の主旨は十一月三日の楯の會の式典への臨席願いである。末尾にはこうある。

ますますバカなことを言ふとお笑ひでせうが、小生が怖れるのは死ではなくて、死後の家族の名誉です。小生にもしものことがあつたら、早速そのことで世間は牙をむき出し、小生のアラをひろひ出し、不名誉でメチャクチャにしてしまふやうに思はれるのです。生きてゐる自分が笑はれるのは平気ですが、死後、子供たちが笑はれるのは耐へられません。それを護つて下さるのは川端さんだけだと、今からひたすら便《ママ》りにさせていただいてをります。

これはあきらかに遺言である。川端がどう反応したか、想像するほかない。のちに非常に後悔することになるが、川端は楯の會式典への臨席を拒絶した。楯の會を三島の道楽とみるむきが多かったが、三島は楯の會のために作家生活を犠牲にし、収入の多くをつぎ込んでいた。憤懣やるかたない三島は、家族、村松剛、伊澤甲子麿にあたりちらした。伊澤甲子麿は二十数年来の親友で、祖父は明治政府の音樂取調掛、日本の音楽教育の祖伊澤修二である。

八月下旬、『論争ジャーナル』の中辻、万代が楯の會を脱退した。実業家、フィクサー、右翼の田中清玄から資金援助を受け、三島由紀夫が激怒したのが原因である。信任厚い持丸博も退会し、三島は失望落胆する。

九月四日から菊田一夫脚色、市川染五郎（現松本白鸚）・佐久間良子主演の「春の雪」が東宝現代劇特別公演として、十二月二十七日まで日比谷芸術座で上演される。

十月二十一日は国際反戦デーで、新宿のデモ隊が機動隊によって鎮圧（新宿騒乱事件）され、三島は自衛隊の治安出動の見込みなしと実感、意気阻喪する。

十一月三日（文化の日、旧天長節、旧明治節）、皇居を臨む国立劇場の屋上で楯の會の式典。来賓には神津カンナ・中村メイ子母子も招かれ、ほかに林房雄、村松剛、虫明亜呂無、高橋睦郎、篠山紀信、堤清二、ストークス、村松英子、倍賞美津子、渥美マリらが臨席した。週刊誌の取材を期待して、三島は多数の芸能人を招待していた。倍賞美津子は映画「人斬り」の共演者である。渥美マリは大映のセクシー女優で、式典に花を添えるため大映から派遣され、厳粛な雰囲気に感動した。

十一月五日、国立劇場で三島歌舞伎「椿説弓張月《ちんせつゆみはりづき》」初演。翌年一月十一日と十八日、NHK教育テレビで中継録画が放送され、これを視たが、グロテスクな場面が多かったように記憶する。血糊を多用した、三島好みの血みどろ芝居である。

十二月二十四日、楯の會約五十名と自衛隊習志野駐屯第一空挺団に一日入隊、落下傘降下の予備訓練を受ける。三島はこの年、自衛隊と楯の會による蹶起を何度も計画立案したが、実現をみなかった。

「わが友ヒットラー」と高校生

昭和四十二年四月、大阪のフェスティバルホールで開催された「バイロイト・ワーグナー・フェスティバル」を、自衛隊に体験入隊した三島は観ていない。横浜伊勢佐木町の十五歳の少年が、「ワルキューレ」と「トリスタンとイゾルデ」を鑑賞した。少年は小学二年生のときからのヒトラーマニアで、ヒトラーが愛したワーグナーの実演に接するため、学校をサボって大阪に赴いた。イゾルデ役のビルギット・ニルソン、トリスタン役のヴォルフガンク・ヴィントガッセンの圧倒的な生の声を聴いて、少年は天にも昇る心地だった。

昭和四十三年暮れの新聞に、翌年一月十八日から紀伊國屋ホールで上演される「わが友ヒットラー」の広告が出た。ヒトラーに扮した村上冬樹、レームの勝部演之の写真入りである。これを見た少年は、アメヤ横丁の中田商店で買ったような米軍の中古の将校服に功二級鉄十字勲章を付けたヒトラーの服装に落胆し、浪曼劇場に電話をかけて、時代考証の協力を申し出た。

アメヤ横丁（アメ横）の中田商店は、かつて三島が映画「憂國」の軍服探しで訪ねた「大きな軍服問屋」で、「剣《ママ》もほろろ」の対応だった。たった一着の軍服の注文と知った店主に「木で鼻をくくつたような挨拶」をされ、「フフンと冷笑」されて終わりだった。

三島はさっそく後藤修一という少年に電話をかけ、御茶ノ水の事務所兼稽古場に招いた。革ジャンパー姿の三島は後藤少年には大道具係のように見えたが、「三島先生」と声をかけると、「先生とよばれるほどの馬鹿でなし、三島さんでいい」と言われた。後藤少年は、制服や勲章の考証、ヒトラーのしぐさなど細かい助言をした。ナチ党全国指導者グレゴール・シュトラッサーが、シュトラーサーになっている誤りを指摘し、作品の内容にもいくつか修正を提言した。

公演初日に後藤少年は招待された。終演後の立食パーティで、三島は紀伊國屋書店社長の田辺茂一に、「こちらが今お世話になっている後藤さんです」と学生服の高校生を紹介した。大学教授だろうが高校生だろうが分け隔てしない三島に、後藤少年は感激した。

後藤修一は、三島の死の翌年に連載された水木しげるの「劇画ヒットラー」の監修もしている。何度も渡独し、バイロイト詣をし、ナチスの生き残りと面会した。ヒトラー・ドイツ軍事史・ドイツ行進曲の研究家として大成。黛敏郎がオペラ「金閣寺」作曲の関係でベルリンを訪ねた際は通訳として同行した。「憂國忌」にも実行委員として協力し、終生、三島由紀夫の顕彰につとめた。

『わが友ヒットラー』初出本

第六章　死と音楽と

昭和四十五年（一九七〇年）一月一日、三島邸の新年会で、三島が作詞した楯の會の隊歌「起て！紅の若き獅子たち」の歌詞が楯の會の会員に配布された。

夏は稲妻　冬は霜　富士山麓に鍛へ来し　若きつはものこれにあり
我らが武器は大和魂《やまとだま》　とぎすましたる刃こそ　晴朗の日の空の色
雄々しく進め　楯の會

生涯最後のこの新年会は、村松英子の回想によると、浪曼劇場のメンバーと楯の會の隊員が一緒になり、例年になく賑やかであった。三島によってテーブルマナーを躾けられた楯の會の学生たちはお行儀がよく、劇団の酔っ払い連中とは好対照だった。

川島勝、横尾忠則も来邸し、遅れてやってきた丸山明宏が、三島に「二・二六事件の軍人（磯部浅一）の霊が憑いている」と霊視し、一同を驚かせた。三島が大ヒット中の「黒猫のタンゴ」（見尾田みずほ作詞、マリオ・パガーノ作曲）を歌ったところ、長男威一郎に下手だと笑われた。

翌日、三島はアイヴァン・モリス夫妻とともに帝国劇場のミュージカル「スカーレット」（菊田一夫脚本、原作「風とともに去りぬ」）を観る。北大路欣也（「アラビアン・ナイト」「癩王のテラス」主演）と田宮二郎（映画「複雑な彼」主演）が出演しているので、初日を観に出かけたのである。

一月十六日、作曲家越部信義が三島邸を訪れ、「起て！　紅の若き獅子たち」を披露した。古めかしい軍歌調ではなく、ハ長調・四分の四拍子で書かれた晴朗快活な行進曲である。音痴の三島でも、体育会系の楯の會の学生でも無理なく歌えるように配慮され、短く簡潔に書かれている。一月二十八日と二月四日、越部は三島と楯の會の隊員に歌唱指導し、二月十一日（紀元節、建国記念の日）、麻布十番の葵スタジオでレコーディングがおこなわれた。録音風景を米国NBCテレビのカメラマン二名、記者二名が取材した。

四月二十九日（昭和天皇誕生日）、EP盤がクラウンから発売された。A面が越部信義作編曲、クラウンオーケストラ、三島と楯の會二七名の斉唱による「起て！　紅の若き獅子たち」で、B面（盤の裏面）は三島が朗読した「英靈の声」である。背景音楽も越部信義が作曲した。演奏はクラウン弦楽四重奏団、龍笛を関河真克が吹いている。三島の最後の短篇「蘭陵王」に登場する、横笛を吹く楯の會の「学生S」が関河真克である。この録音は『決定版　三島由紀夫全集』別巻のCDに収録されている。

越部信義の代表作は「おもちゃのチャチャチャ」で、作詞は野坂昭如である。処女長篇『エロ事師たち』を三島に激賞され、流行作家になった。異色の評伝『赫奕たる逆光　私説・三島由紀夫』（昭和六十二年　文藝春秋）がある。越部はアニメ主題歌、子供のための楽曲、ミュージカル、演劇音楽も手がけている。どのような機縁によって楯の會の隊歌を作曲することになったか、越部信義氏に手紙で訊ねたが、返事を得られないまま故人となられた。

二月十九日、『暁の寺』（豊饒の海第三巻）を書き上げたその日、三島は英国人の日本文学研究家ジョン・ベスターのインタビューを受けた。

ベスターは三島の短篇「海と夕焼」、評論『太陽と鐵』を翻訳したばかりであった。戦後十年目に発表された「海と夕焼」（昭和三十年一月号『群像』）は、奇蹟の渇望と恩寵の沈黙――「戦争でなぜ神風が吹かなかったのか」という、三島にとって切実な主題であった。しかし、理解されることも評価されることもなかった。また、『太陽と鐵』も、三島にとっては重要な作品である。なおベスターは「剣」、「雨のなかの噴水」、「葡萄パン」、短篇集『三熊野詣』などの三島作品のほか、宮沢賢治の諸作品、井伏鱒二『黒い雨』、大江健三郎『万延元年のフットボール』、吉行淳之介『暗室』、阿川弘之『山本五十六』なども翻訳している。

一時間二十分にわたるインタビューは録音された。どこで誰が録音したかは不明で、いかなる経緯か、ダビングされたカセットテープがＴＢＳの倉庫に「放送禁止」として死蔵された。平成二十五年（二〇一三年）秋、ＴＢＳ社員小島英人氏によって発見され、三年後、遺族との交渉の結果、公表されることになった。

平成二十九年一月、新聞、テレビで報道され、自決九カ月前の三島の幻の肉声として話題を呼んだ。同年二月、『群像』三月号に「三島由紀夫　素顔の告白」として掲載され、八月に『告白　三島由紀夫未公開インタビュー』と題し、『太陽と鐵』を併録して講談社から出版された。

三島はホテルの一室でスコッチアンドソーダを傾けながら、ベスターのさまざまな質問に答える。声は明るく、よく笑い、ときに哄笑する。九カ月後に自殺する人間とはとうてい思えない。

おりから三島は、新潮社のPR誌『波』に「小説とは何か」を連載していた。『暁の寺』を脱稿して「実に実に実に不快」だったと述懐し、「脱稿したときの私のいいしれぬ不快」について縷々述べている。著者は連載を楽しみに読んでいたが、三島の述懐が理解できず、「実に実に実に不快」だけが心に残った。したがって、インタビューに答える三島の闊達な語り口に驚いた。午前六時に脱稿して実に実に実に不快だった三島は、午後（夜？）には実に実に実に明朗快活に喋っているのである。

小説の理想とは？　とベスターが質問すると、三島は「僕はやはり建築とか音楽とかいうのが理想で、それに近づけは近づくほどいい小説だという考えが抜けないんです。ですから、大きなカテドラルみたいな小説が書ければうれしい」と答える。「建築」がカテドラル（大聖堂）であるならば、「音楽」は何であろう。メンデルスゾーンの交響曲第五番「宗教改革」、シューマンがケルン大聖堂の威容に感銘して作曲した交響曲第三番「ライン」を著者は想起する。三島が実際に聴いたかどうかは別として、ベートーヴェン以降の交響曲と考えてあながち誤りではないだろう。

ベスターが音楽に興味があるかと訊ねると、「全然ないんです」と三島は笑う。「ご自分でやるんじゃない、聞くほうは」とベスターが重ねて訊くと、「聞くほうもあまりない」と答え、「僕は美術と音楽も生活に別に必要じゃないんです」とそっけない。

とはいえ三島は、カラヤン指揮の「レオノーレ序曲」によって『獣の戯れ』を発想したと語り、『暁の寺』の執筆中、ドビュッシーの「シャンソン・ド・ビリティス」を何度も何度も聴き、イメージが出てきたと語っている。
世紀末パリで活躍した詩人ピエール・ルイスが、レズビエンヌ・ラブを謳歌した古代ギリシャの詩人ビリティスの作という体で発表したのが「シャンソン・ド・ビリティス」である。戦前から翻訳があり、ギリシャに憧れていた三島は愛読したのであろう。
ルイスと親しいドビュッシーが三篇の詩を選んで曲をつけたのが、歌曲集「ビリティスの三つの歌――パンの笛・髪・ナイアードの墓」である。ドビュッシーの歌曲の中では昔からよく知られており、フランスのメゾソプラノ歌手ジャーヌ・バトリ、英国のソプラノ歌手マギー・テートが吹き込んだSP盤があった。しかし、クラシックの有名曲ではない。三島が愛聴していたとは意外であるが、『暁の寺』の第二部には本多繁邦が、転生者月光姫《ジン・ジャン》と久松慶子の性行為を窃視する場面がある。この頃、フランスのソプラノ歌手レジーヌ・クレスパンのステレオ盤（英デッカ原盤）がキングレコードから発売されていた。これを三島は購入したと考えられる。

二月二十七日付ドナルド・キーン宛て書簡にはこうある。

今、キーンさんが日本へ来られたら、きつといつになく元氣のない僕を御覧になるでせう。（略）世の中はすでに一九六〇年の安保のあとのやうに急にシーンと落着いてしまひ、何の危機感もなくなり、……従って僕も元氣がなくなりました。危機感は僕のヴィタミンなのに、ヴィタミンの補給が絶えてしまつたのですからね。

去年までは僕にとって僕自身の小さなGötterdämmerungの希望があったのですが、今ではその希望もなくなりました。皆が、たのしく生きのびること、を選んだのです。

仕方がありませんから、暮から二月まで狂的に仕事に熱中し、「暁の寺」（豊饒の海　第三巻）も完成してしまひました。七月に出版されます。

世の中が平穏になったことに三島は意気銷沈し、「僕自身の小さなGötterdämmerungの希望」がなくなった、と嘆いている。

Götterdämmerungとは何か？　中世ドイツの英雄叙事詩「ニーベルンゲンの歌」をワーグナーが翻案し、楽劇にしたのがオペラ史上空前絶後の大作「ニーベルングの指環」である。序夜「ラインの黄金」第一夜「ワルキューレ」第二夜「ジークフリート」第三夜「神々の黄昏」の四部からなり、上演に四日間を要する。

第四部「神々の黄昏」が、「Götterdämmerung」である。したがって「僕自身の小さなGötterdämmerungの希望」は、「僕自身の小さな終幕（英雄的最期）の希望」と解釈される。

暴徒と化したデモ隊に自衛隊が治安出動し、三島は楯の會の隊員を引き連れて斬り死にする……このような事態を三島は本気で願っていた。仮にそのようなことがあれば、『暁の寺』は未完に終わり、『天人五衰』は書かれなかったことになる。

三島の存命中、「ニーベルングの指環」のレコードは、ゲオルク・ショルティ指揮ウィーン・フィルその他による国内盤（英デッカ原盤）が、キングレコードから発売されていた。示導動機《ライトモチーフ》を集めた付録三枚を含めて全二二枚組。函入りで、重さは約六キログラム。歌詞対訳を読みながら、根をつめて聴いても四日はかかる。ワグネリアンを自称する三島が、ワーグナー畢生の大作「ニーベルングの指環」を知っていたのは疑いを容れないが、レコードを購入し、聴いていたかどうかは不明である。

三月から四月にかけて、ベルリン・ドイツ・オペラが三回目の来日をし、大阪と東京で公演したが、ゼルナーの演出を好まない三島は観ていない。この年は大阪万国博覧会の年であり、ベルリン・ドイツ・オペラのほか、ボリショイ歌劇団、海外のバレエ団、著名オーケストラが来日した。ジョージ・セルがクリーブランド管弦楽団を率いて初来日し、カラヤンがベルリン・フィルを、バーンスタインがニューヨーク・フィルを率いてやってきたが、三島には何の関心もなかった。バーンスタインが映画「憂國」を観たという一事を除いては。

注目すべき映画評がある。『映画芸術』昭和四十五年四月号に発表した「性的変質から政治的変質へ——ヴィスコンティ『地獄に堕ちた勇者ども』をめぐって」である。ルキノ・ヴィスコンティがナチス勃興期を重厚に描いたこの映画を、三島は「荘重にして暗鬱、耽美的にして醜怪、形容を絶する、生涯忘れがたい高度な映画作品」と激賞している。生涯忘れがたい、と書いているが、三島の生涯は八カ月後に終焉する。

ヴィスコンティは「夏の嵐」とほぼ同じ手法で、オペラ的演出の瑰麗を極めたものを示すが、あれがイタリー・オペラなら、これはドイツ・オペラであり、ワグナー的巨大とワグナー的官能性が、圧倒的に表現されている。ワグネリアンは狂喜するに相違ない。

この映画は、「わが友ヒットラー」の粛清事件（ヴィースゼーの夜、長いナイフの夜）をリアルに、血糊たっぷりに描いており、三島はことさら感興をそそられたのであろう。主演のヘルムート・バーガー（画像参照）の酷薄な美貌、その魔性、その頽廃、その女装、その狂気、その近親相姦に三島は心を奪われた。末尾の長いパラグラフは、尋常ならざる熱量をもって書かれている。

ヘルムート・バーガー（DVD「地獄に堕ちた勇者ども」ジャケット）

しかしこの映画はいかにナチスに多くを負っていることであろう。ナチスがあったおかげで、われわれはあらゆる悪をナチスに押しつけ、われわれの描くありとあらゆる破倫・非行・悪徳・罪・暴力の幻をナチスに投影することができるのである。この巨大なスケイプ・ゴートを、現代の映画演出家がほうっておくわけはない。悪を描く免罪符としてのナチスの効用に隠れて、自分の悪の嗜欲をほしいままに追及することができるのだ。果然、「地獄に堕ちた勇者ども」は、そのワグナー趣味において、そのドイツ風グロテスクにおいて、その女装好きにおいて、その神経の狂熱において、その重厚さにおいて、その肉体的加害にまさる心理的加害の交響楽的圧力において、その肉体讃美において、その劇的容赦なさにおいて、その過剰において、そのひとりひとりが悲劇と死を自分の上に招き寄せる執拗さにおいて、そのものものしさにおいて、その肉感性において、その儀式好き式典好きにおいて、その乱酔において、その重苦しい目ざめに見る曇った朝空のような、心をおののかせる暗鬱なリリシズムにおいて、……正にミイラ取りがミイラになるほど、ナチスの時代の「嫌悪に充ちた美」を再現しているのである。

およそこの映画のすべてを言いあてたような文章だが、この映画に「ワグネリアンが狂喜する」とは思えない。作中にワーグナーの音楽は登場しない。いや一カ所だけ、血の粛清の殺戮場面の直前、三島の表現では「快楽と乱酔のしののめ時」に、突撃隊員がヴィース湖畔で〈イゾルデの愛の死〉を、ピアノの伴奏で放歌高吟する場面はある。この場面はしかし、三島が言う「ワグナー趣味」ではあるまい。

映画のラスト、結婚式に続く花嫁花婿の自殺、このヒトラーとエヴァ・ブラウンの死を想起させる場面に「嫌悪に充ちた美」の頂点を三島は見い出し、三島流の「ワグナー趣味」に狂喜したのではないだろうか。美・エロティシズム・死の三位一体である。血の匂いがする三島流「ワグナー趣味」は、しかしワーグナーの一面に過ぎない。だから、ワグネリアンがこぞって狂喜するはずはない。ではあっても、これは三島の最もすぐれた映画評である。

ちなみに、中井英夫はこの映画を「血糊だくさんのヤクザ映画」と酷評した。中井はワーグナー嫌いで、思想的にも三島とは相容れぬものがあり、最晩年の三島とは疎遠になった。しかし、中井英夫ほど三島の死を惜しみ、嘆いた文章を書いた人はそうそうはいない。余談であるが、平成二年六月二十五日、著者は講談社の編集者宇山秀雄氏の案内で中井英夫を訪ねた。宇山氏は『虚無への供物』を文庫化したい、と三井物産を辞めて講談社に入社した人である。江戸川乱歩、久生十蘭、三島由紀夫、澁澤龍彦、赤江瀑などについて話が弾んだが、ウイスキーの酔いがまわった中井英夫が「三島のいない地上なんて……」と独語したのが忘れ難い。

三島没後、ヴィスコンティは続々と名作を発表した。「ヴェニスに死す」、「家族の肖像」、「イノセント」（ダンヌンツィオ原作）、「ルートヴィッヒ――神々の黄昏」である。この四作は「地獄に堕ちた勇者ども」には及ばないとしても、いずれも三島好みの傑作である。三島がもう少し長く生きていれば、『春の雪』の映画化を巨匠ヴィスコンティの手で、と望んだかもしれない。

三島の生前、フランスの映画プロデューサーのダニエル・トスカン・デュ・プランティエが、『宴のあと』をカトリーヌ・ドヌーヴの主演で映画化したいと望んだことがあった。没後六年目の昭和五十一年には日米合作映画「午後の曳航」が制作された。昭和六十年、川端康成の「美しさと哀しみと」がフランスで映画化され、三島が代作したという疑惑のある「眠れる美女」も、フランス、ドイツ、オーストラリアで映画化された。三島のエンタメ小説『肉体の学校』（昭和三十八年一月号～十二月号『マドモアゼル』）も平成十年にフランスで映画化されている。ヴィスコンティの映画『春の雪』は、あながち夢物語ではない。

七月七日、三島は「産經新聞」夕刊に「果たし得ていない約束」という文章を発表した。「私の中の二十五年」という連載企画で、その第一回が三島であった。これは三島が書いた最も有名な文章の一つかもしれない。

私はこれからの日本に大して希望をつなぐことができない。このまま行ったら「日本」はなくなってしまうのではないかという感を日ましに深くする。日本はなくなって、その代わりに、無機的な、からっぽな、ニュートラルな、中間色の、富裕な、抜目がない、或る経済大国が極東の一角に残るのであろう。それでもいいと思っている人たちと、私は口をきく気にもなれなくなっているのである。

戦後二十五年を経た平和日本、昭和元禄の日本、鼓腹撃壌の日本への三島の絶縁状である。七月六日付の川端康成宛て書簡に、こうある。

時間の一滴々々が葡萄酒のやうに尊く感じられ、空間的事物には、ほとんど何の興味もなくなりました。この夏は又、一家揃つて下田へまゐります。美しい夏であればよいがと思ひます。

死を覚悟した三島の手紙として有名である。
この頃、完結を急いでいた『天人五衰』に以下の一節がある。

一分一分、一秒一秒、二度とかへらぬ時を、人々は何といふ稀薄な生の意識ですりぬけるのだらう。老ひてはじめてその一滴々々には濃度があり、酩酊さへ具わつてゐることを學ぶのだ。稀覯の葡萄酒の濃密な一滴々々のやうな、美しい時の滴り。……さうして血が失はれるやうに時が失はれてゆく。

これはもう、三島の末期の眼が見ている世界である。しかし、この最後の下田滞在では、三島の覚悟は誰にも悟られなかった。

三島は昭和三十九年以来、八月前半の二週間余りを伊豆下田の東急観光ホテルに滞在し、家族と過ごすのを習慣にしていた。

横山郁代『三島由紀夫の来た夏』（平成二十二年　扶桑社）によれば、三島は奇抜で大胆な水着姿で海辺に現れ、白ずくめのマドロス風の服装で港を闊歩した。そんな三島を多くの人が注目し、見られることを三島は楽しんだ。地元の人とも親しく交流し、路上で、二葉あき子の「さよならルンバ」（藤浦洸作詞、仁木他喜雄作曲）を顔見知りになった流しのギター伴奏で歌っていたという。

横山郁代は中学三年生のとき、週刊誌で見た切腹シーンとヌードシーンへの興味から、映画「憂國」を見た。「十八歳未満お断り」の成人映画を見る中学生も中学生だが、入場させる映画館も映画館である。下田の開放的な土地柄なのだろうか。

三島は日新堂菓子店のマドレーヌがお気に入りで、高台の東急ホテルから坂道を歩いて下りて買いに来た。三島は「このマドレーヌは日本一ですよ」と居合わせた客に勧め、「この味を永久に守ってください」と店主（横山郁代の母）を励ました。横山郁代は日新堂の娘である。

郁代が高校二年生のとき、店先で三島の声がするので、手に芝居の台本を握りしめて三島に挨拶した。横山郁代は演劇少女で、台本は三島の一幕物戯曲「愛の不安」（昭和二十四年二月号『文藝往來』）である。「愛の不安」は高校演劇にはふさわしくない、いわば不健全な芝居であるが、これも下田という土地柄なのだろうか。

ガリ版刷りの台本に目をとめた三島は、「今日はうれしいなあ。僕の好きなお店のお嬢さんが僕の戯曲を演じてくれるなんて、実にうれしい日だ」と言い、胸ポケットから万年筆を取り出し、よれよれになった台本に演技指導の書き込みをした。そして、「あなたらしくのびのびとおやりなさい。あなたなら大丈夫、かならず成功しますよ」と励ました。

晩年の三島と親しく交友した編集者に椎根和がいる。スーパースター三島の特集記事を『週刊平凡パンチ』に多数掲載した。三島は「一緒に剣道をやらないか」と山口瞳を誘ったが、山口は従わなかった。若い椎根和は三島の弟子として、ともに剣道で汗を流し、一緒に風呂に入り、三島の背中を流した。

椎根著『平凡パンチの三島由紀夫』（平成十九年　新潮社）によれば、家族連れで東急ホテルに宿泊した椎根の上司木滑良久（月刊誌『an·an』編集長）は、子供たちが同じ年頃だったので、平岡紀子、威一郎と一緒にプールで遊ばせた。木滑は芸能誌の記者生活が長かったが、記者の嗅覚も三島の死の影を感知できなかった。

著者の親戚の一家も東急ホテルに投宿し、プールの三島一家を至近距離で目撃した。三島の蟹嫌いは有名であるが、威一郎が蟹の玩具を父親にかざすと、三島はプールサイドを逃げ回った。幸福な家族団欒図である。

招待されて下田にやってきたストークスもキーンも、三島が三カ月後に死ぬことを想像できなかった。八月十一日、三島はキーンに『天人五衰』の結末部分を書いたから読まないかと勧めたが、キーンは遠慮して読まなかった。この前の部分をまだかなり書かなければならない、と三島は言った。三島の鬱屈に気づいたキーンは、心配事があるなら話してほしい、と申し出たが、三島は視線をそらした。

横山郁代は三島の『裸體と衣裳』を引き合いに、「下田の三島さんは『裸体は衣裳』そのものの人として人々に記憶されている」と記している。言い得て妙である。

ストークスは、著書にこう書いている。

「白い砂と強い太陽。三島家の人々と、浜辺で楽しく過ごした。主人公は安物の雑誌を読みちらし、寝そべってラジオの流行歌を聞いている。それにしても不思議な水着。小さな黒い木綿のパンツで、腿のところに真鍮のバックルがついている。いつもの悪趣味《キッチュ》だ」

『三島由紀夫の来た夏』(扶桑社)のカバーにその写真がある。三島歌舞伎「椿説弓張月」の上演に尽力した国立劇場の織田紘二が撮影した貴重な写真である。砂浜でくつろぐビキニの水着姿の三島のそばには西瓜があり、ロッドアンテナを高く伸ばしたトランジスタラジオがある。ラジオのチャンネルをAMからFMに切り替えれば、NHKのクラシック番組が流れる。しかし、三島が聴くともなく聴いていたのは流行歌だった。

ストークスは三島に誘われ、小さな、冷房の効きすぎた映画館で三島夫妻とヤクザ映画を観た。ス

『三島由紀夫の来た夏』カバー(部分)

トークスは、映画「憂國」でも「人斬り」でも、切腹場面では目を閉じた。血を好まないストークスは映画のタイトルを書いていない。興味がなかったのだ。

東映任俠映画では、山下耕作監督の「総長賭博」、内田吐夢監督の「飛車角と吉良常」に三島は感動した。『映画芸術』昭和四十四年三月号に「『総長賭博』と『飛車角と吉良常』のなかの鶴田浩二」という長い映画評を発表し、三島は次のように書いている。

思えば私も、我慢を学び、辛抱を学んだ。そう云うと人は笑うだろうが、本当に学んだのである。自分ではまさか自分の我慢を美しいと考えることは困難だから、鶴田のそういう我慢の美しさを見て安心するのである。

かねて三島由紀夫は、民兵による治安維持と祖国防衛計画への協力を、財界人や政治家に申し出た。日経連会長で改憲論者の櫻田武は、「きみ、私兵をつくっちゃいかんよ」と、三百万円（百五十万円とも）を無造作に投げ出した。首相佐藤栄作は毎月百万円の資金援助で済まそうとした。三島は屈辱にまみれ、我慢し、辛抱したのである。そんな自己を投影できたのが、銀幕の鶴田浩二であった。

最後に日新堂に姿を見せた三島は、いつに変わらぬ晴れやかなようすであった。帰り際、「僕はこれからちょっと大きな仕事に取りかかるので、もう来年は来られません」と横山郁代の母に告げた。横山郁代は最後の挨拶に来た三島由紀夫とは会えなかった。

下田滞在の前か後か、不明であるが、黛敏郎が銀座東急ホテルで三島と面談した。「金閣寺」のオペラ化の許諾と台本の執筆依頼のためである。絶交されて六年、どのように黛は久闊を舒したのだろう。三島の答えは、「俺はオペラといえば新派大悲劇調のイタリアオペラが好きで、ゼルナー流の表現主義は性に合わないから、台本は勘弁してくれ。でも、初演は喜んで見に行くよ」というものであった。年内に死ぬことにしている三島は台本執筆どころではないし、初演を観ることもできない。しかし、オペラ化の話は朗報で、旧友と和解できたのも収穫だったであろう。

さて、死の年の三島の耳にクラシック音楽は鳴らなかったのであろうか。ストークスはこう記している。

劇中で三島が最も好きだったのは、きっとロココ調のポーランド宮廷の場ではないだろうか。ボリショイも大道具に力を入れ、他の場面よりずっと悪趣味《キッチュ》に凝っていた。あとで三島をつかまえてそれを言うと、彼は図星だと認め、例によって「オー、イエス、オー、イエス、ワッハッハ」と哄笑した。

「ボリショイ歌劇団の《ボリス・ゴドノフ》を、キーンと聴きに行く。（略）高いが、いい席だった。最初の休憩にロビーに出ると、キーンが急に足早に歩いて行く。向うに三島と瑤子がいた。しばらく立ち話して、藤原義江に紹介された。

三島が再び陽気になってくれたので、ほっとした」

総勢約四百人のボリショイ歌劇場の引越し公演は、八月十六日から二十六日まで大阪フェスティバルホールで九回、八月二十八日から九月六日まで東京文化会館で八回、開催された。ムソルグスキー「ボリス・ゴドゥノフ」、チャイコフスキー「エフゲニー・オネーギン」、同「スペードの女王」、ボロディン「イーゴリ公」と、まさにロシア歌劇の粋を集めたものだった。「ボリス・ゴドゥノフ」は、プーシキンの原作をオペラ化したロシア歌劇の最高傑作の一つである。

ストークスが紹介された藤原義江は、戦前に「吾等のテナー」とよばれて一世を風靡したオペラ歌手。メトロポリタン歌劇場の舞台に立ったこともあり、藤原歌劇団の創始者。日本歌劇界の重鎮である。ロココ調のポーランド宮廷の場とは、第二幕「クレムリン・テレムノイ宮殿の皇帝の間」のことである。

劇中、宮殿の場は最も華やかな場面で、舞台は豪華絢爛であればあるほど効果を増す。ストークスが「悪趣味《キッチュ》に凝っていた」と言うボリショイ歌劇団の舞台美術を、「見る人」三島由紀夫は気に入ったのである。三島由紀夫の生涯最後のオペラ観劇は、愛するワーグナーでもなく、ご贔屓の新派悲劇調のイタリアオペラでもない、ムソルグスキーのロシアオペラであった。

目新しいロシアオペラが三島の機嫌をよくした。「再び陽気になってくれたので、ほっとした」とストークスが書いているのは、この数日前(九月三日)、自宅に招いた三島がひどく陰鬱だったからだ。

三島はスコッチを傾けるが、少しも酔わず、第五代イングランド王エドワード一世の末裔ストークスを相手に、暗い口調で挫折した日本の英雄について語った。肉体は中ががらんどうの花瓶だ、大塩平八郎はその空なるものに触れて死んだ。日本にはいろいろな呪いがあり、近衛家は九代にわたって嗣子が夭折した……云々。

日本人は金に目がくらんだ。精神的伝統は滅び、物質主義がはびこり、醜い日本人になった。日本は緑色の蛇の呪いにかかっている。日本の胸には緑色の蛇が喰いついている。この呪いから逃れる道はない……三島は目を据えて語った。ストークスは後年、緑色の蛇が米ドル紙幣であることに気がつく。

三島が夫人の分を含めボリショイ歌劇団の二枚のチケットの入手を依頼したのは、『サンデー毎日』

編集次長の徳岡孝夫である。ボリショイ・オペラを招聘したのは毎日新聞社だった。徳岡はさっそくよい席を確保し、その連絡を受けた三島は、公演初日の前日か前々日、竹橋の毎日新聞社ビル（パレスサイドビル）にチケットを受け取りに来た。

身辺整理を始め、いよいよ孤影悄然としてきた三島であるが、届けるというのを固辞してわざわざ受け取りに来たのは、年少の友徳岡孝夫に会いたかったからであろう。ビル一階のカーディナルという喫茶店で二人は談笑した。ポロシャツ姿の三島は朗らかな顔で、上機嫌だった。ウェイトレスがさしだす三、四枚の色紙に、丁寧に自署した。

三島は問わず語りに、大江健三郎の『万延元年のフットボール』を話題にし、「あれは良い作品でした。だがあいつは、自分と思想を同じくしない人間には自分の小説はわからないと信じ込んでいましてね。それがヤツのバカなところなんだ」と哄笑した。

この年の春に起きた日航よど号ハイジャック事件の話になり、北朝鮮に向かった赤軍派の乗っ取り犯について、三島は「彼らにも立派な点が一つあります。武器に日本刀を使ったからです」と語った。徳岡は呆れて二の句が継げなかった。あまりにも幼稚で、徳岡ならずともまともに聞ける話ではない。しかし三島は、日本刀をひっさげて蹶起することを、このとき決めていた。三島は大真面目に語ったのである。

九月二十二日の「朝日新聞」の記事で、記者の「ノーベル賞をくれるといったら？」という質問に、三島は「辞退しますね」と答えている。その理由を問われると、「僕にも思うところがありますからね」と突き放す。思うところとは、二カ月後に迫った自決である。

十月三日（九月三日と誤記されている）に書かれた「鬼院先生」宛て「三島幽鬼尾」の書簡がある。七月十日に刊行された『暁の寺』も、三島を満足させる売れ行きだったことが記されている。

「暁の寺」はひどい冷遇ぶりで、ますます日本の文壇に絶望しました。しかし本は呆れるほど賣れます。つまらぬ批評、無知な批評家たち……

三島は文壇や批評家から無視されていることに、憤懣を通り越して絶望している。三島文学の賛美者であり、気のおけない友人であった奥野健男も三島から遠ざけられ、署名入りの新著が送られてくるだけであった。文学だけでなく政治的行動にも理解を寄せた村松剛でさえ、三島から遠ざけられた。二人が「つまらぬ批評を書く、無知な批評家たち」であったかどうかはわからない。

「天人五衰」は今ものすごい勢ひで書き進んでゐます。この全巻を外国の讀者に讀んでもらふとき、はじめて僕は一人の小説家としてみとめられるであらうと、それだけがたのしみです。

これに続けて、「しかし、その時僕は生きていません」とは書いていない。喉まで出かかっているのであろうが、さすがに書いてはいない。

この手紙の続きに、歌舞伎座で「妹背山《いもせやま》　山の段」を見た、とある。近松半二の文学性を褒め、「昔の日本人の持っていた威厳に打たれた」と書き、この一段は「最高の文学的傑作の一つ」だと絶賛する。三島はこの時期になっても歌舞伎見物に出かけている。三島は映画も観ている。

二、三日前、東映映画の「死んで貰ひます」といふヤクザ映画を見て、これも最高の藝術品だと感嘆しました（?）

あとはもっぱら小説と武道にはげんでおります。

三島が「最高の藝術品」だと感嘆する「死んで貰ひます」は、マキノ雅弘監督の「昭和残侠伝　死んで貰います」（高倉健、池部良、藤純子主演）である。市ヶ谷での蹶起を二カ月後に控えて、三島が観た最後の映画とされる。しかし、「最高の藝術品」だといわれても、キーンは返答のしようがなかったであろう。

キーンへの手紙の翌日、十月四日に三島がストークスに宛てた短い手紙がある。ストークス著『三島由紀夫　生と死』の口絵に写真が掲載されている。私製の便箋に英文で書かれ、走り書きのようでもある。以下に訳してみる。

親愛なるヘンリー
私の随筆と短篇を同封しました。あなたが気に入ることを切に願っています。
私はこのところずっと、最終巻の完成をめざして執筆に没頭しています。
この長篇の完結が、私の生涯の終わりであるかのような気さえします。

一九七〇年一〇月四日

いつもながら
三島由紀夫

三島の心境からすれば、三行目は「私の生涯の終わり」と読めるが、ストークスは「世界の終わり」と読んだ。同じことである。ストークスは三島の自殺が近いことを察知し、電話をしてほしいと手紙を出した。

十月七日、村松剛と伊澤甲子麿は、四谷で三島と会食した。村松はかねて三島との面談を望んでいたが、七月以降は絶縁状態になっていたため、伊澤を介して面談を申し込み、それがこの日になったのである。

村松が、「果たし得ていない約束を読んで驚いた。あの文章はただごとではない。心配になったのでこうして時間をつくってもらった」と言うと、「ふーん、きみにも日本語がわかるのか。フランス語しかわからないと思っていた」と答え、伊澤は「何て失礼な」と呟いた。その言葉は撤回してほしいと村松が言うと、「きみは頭の中の攘夷を、まず行なう必要がある」と目を据えて三島は言った。

この席で三島が語ったことは、十一月二十五日の市ヶ谷での檄文の「我々は四年待った。最後の一年は熱烈に待った。もう待てぬ」と同じで、「もう待てない」「いやだ」という言葉を村松は何度も聞かされた。しかし、三島が事を起こすとすれば来年であろう、と村松は考えた。

十一月十二日、ストークスは帝国ホテルのフォンテンブローで三島と会食した。礼儀正しく快活でユーモアたっぷりな三島が、いつになく挑発的だった。幕末の攘夷志士さながらに外国人排斥の言辞を弄し、ストークスを不愉快にさせた。

三島は池袋西口の東武百貨店で開催されている「三島由紀夫展」（十二日から十七日まで）に来るように言い置くと、よほど急ぎの用があったのか、レストランを出てエレベーターに突進した。給仕たちは一斉に、日本で最も有名な作家三島由紀夫に一礼した。三島はエレベーターに飛び込むと、エレベーターボーイに紙幣を握らせた。ストークスが見た、これが最後の三島だった。

十一月十五日、三島は横浜の刺青の彫師に「背中に牡丹と唐獅子の刺青を彫ってほしい」と電話した。一週間やそこらではできないということで、三島は断念した。三島ならではの悪趣味だとしても、にわかには信じがたい話である。もっと早くからこれを実行していたら、三島の死にある種の崇高さを認める人も、口をつぐむしかなかったであろう。

十一月十七日、自決の八日前、帝国ホテルで谷崎潤一郎賞（と吉野作造賞）の授賞式があり、時間厳守の三島が少し遅れて出席した。授賞式後のパーティーで川端康成と一緒に写った写真がある。スーツ姿の二人は非常に立派に見え、よい写真である。このときの三島の印象を、山口瞳が「死の影のようなものは微塵もなかった」と書いている。

「私と同じ列の、すぐそばの左側に三島さんの小説の師であり、三島さん夫妻の仲人でもある川端先生がおられたが、その川端康成をふくめた全文壇人（この日は『中央公論』の千号記念パーティーも併せて行われたので、きわめて盛会であった）、学者、およびジャーナリストが、すべて三島さんに騙されたといえば騙されたのであった」

山口瞳は事件直後、『週刊新潮』に連載中のエッセイ「男性自身」に、「なぜ?」と題して三島由紀夫と三島事件について七回にわたって書き綴った。右にあげたのはその一節であり、前述した六本木の鮨屋での一件もそうである。苦労人で人間通《メンシェンケンナー》の山口瞳だけに、「なぜ?」は一読に価する。

「三島由紀夫は戦争中であったならば、自決あるいは自殺をしなかったはずである。このことは非常に明瞭である。三島由紀夫は、平和だから、昭和元禄だから自決したのである。三島由紀夫を殺したのは「平和」である」

一理も二理もある指摘である。

十一月十八日、三島は自宅で文芸評論家古林尚による「戦後派作家は語る」というインタビューを受けた。この録音テープが、平成元年四月、『新潮カセット対談　三島由紀夫最後の言葉』として発売された。戦争体験、絶対者(天皇)の希求、「豊饒の海」の創作意図、全共闘と革命、憂国の論理などについて三島は饒舌に、意気軒高に、ときに哄笑しながら語っている。

楯の會の活動が、徴兵制や軍国主義の復活に利用されるのではないか、と古林が指摘すると、三島は声高に否定し、「今にわかります」「今に見ていてください。ぼくがどういうことをやるか」と告げる。それが一週間後の割腹自決であることを、古林はもちろん想像できない。ここは聴いていて非常にスリリングである。

最後に古林が次回作について訊ねると、とたんに声が翳り、言葉を濁す。「豊饒の海」で終わりということではないでしょう?　と古林が食い下がると、

三島「まあ、これは終わりかもしれないねえ。これはわからないね……。いまのところ、少なくと

も次のプランって何もないですよ」
古林「そうですか」
三島「何もない……。もうくたびれはてて、もう」
古林「そんなことはないでしょう（哄笑）」
著者はここで、「記憶もなければ何もないところへ、自分は來てしまつたと本多は思つた」という「豊饒の海」の末尾を憶い出し、少し慄然とした。

♪

以下、「豊饒の海」と音楽との関係について検証してみる。まずは『春の雪』である。どういう作品なのか、新潮文庫の裏表紙の紹介文で代用する。
「維新の功臣を祖父にもつ侯爵家の若き嫡子松枝清顕と、伯爵家の美貌の令嬢綾倉聰子のついに結ばれることのない恋。矜り高い青年が、〈禁じられた恋〉に生命を賭して求めたものは何であったか？――大正初期の貴族社会を舞台に、破滅へと運命づけられた悲劇的な愛を優雅絢爛たる筆に描く。現世の営為を越えた混沌に誘われて展開する夢と転生の壮麗な物語『豊饒の海』第一巻。」
大正初期の華族社会を、これ以上の名文（美文）をもって描ける作家はほかにいない。しかし、読み進めるうちに、著者は松枝清顕の思考や行動についてゆけなくなった。この、「夢日記」を書くしか能がなく、汗一滴かかない美貌の侯爵家嫡子に著者は感情移入できない。綾倉聰子という非常に女っぽく、簡単に妊娠してしまう華族令嬢も、初めのうちはともかく、しだいに魅力を失う。

それはともかく、『春の雪』の時代設定は大正元年（一九一二年）から三年にかけてである。フリッツ・クライスラー、ヤッシャ・ハイフェッツなどの外国の超一流ヴァイオリニストが来朝し、レコード産業が隆盛するのは大正七年、第一次大戦の終結以後である。大正の初めは日本における洋楽のまだ揺籃期である。

横浜郊外の崖の上の、海を臨む洞院宮御別邸のお茶に招かれた聰子は、初めて治典王殿下と対面する。下世話にいう、お見合いである。


さて、治典王殿下の御趣味は、洋樂のレコオドの蒐集で、それにつひては一家言がおありの御様子だつたが、母宮が、

「一つ何かお聴かせしたら」

と仰言つたので、若宮は、

「はい」

と仰言つて、室内の蓄音機のはうへ歩いておいでになつた。そのとき聰子は思はずお姿を目で追つてゐたが、廊と部屋との堺を大股にまたいで行かれるとき、その磨き立てた黒革の長靴の胴に、窓の白光がありくくと滑り、窓外の青空までが、ちらと青いなめらかな陶片を宿したやうに思はれた。聰子は軽く目をつぶつて音樂がはじまるのを待つた。すると胸のうちが、待つことの不安で黒々とかきくもり、針が盤面に落ちる刹那のかすかな音までが雷《らい》のやうに耳に轟いた。

それにしても、「磨き立てた黒革の長靴の胴に、窓の白光がありくと滑り、窓外の青空までが、ちらと青いなめらかな陶片を宿したやうに思はれた」とは、なんと繊細緻密な描写であろうか。三島が「見る人」「目の人」であることを銘胆させられる。

ＳＰ盤を鳴らすためには、蓄音機のハンドルを廻してレコードを回転させるゼンマイを巻く必要がある。この動作とその音について三島は書いていない。次の動作、殿下が針を盤面に載せる音を三島は聰子の心理描写にし、さすがである。

聰子に聴かせたレコードが何であるか、三島は書いていない。この時期のＳＰ盤の録音技術は機械式吹き込みで、電気を用いない原始的なものである。したがって、ヴァイオリンや声楽はともかく、ダイナミックレンジの広いピアノ曲や管弦楽曲は手に余り、蚊の鳴くような音でしか捉えられなかった。大正二年にベルリン・フィルの常任指揮者アルトゥール・ニキシュが史上初めて「運命」全曲を録音したが、その音は「運命」という曲の輪郭がわかる程度の、はなはだ貧弱なものである。機械吹き込み式のレコードの九割以上が歌とヴァイオリンであったから、殿下が聰子に聴かせたのは、ミッシャ・エルマンの奏でる甘美なヴァイオリン小品あたりであったと考えるべきである。

洞院宮典王殿下と婚約が整った聰子は、お妃教育を受けるにあたって、「テレフンケンの蓄音機と、手に入るかぎりの洋樂のレコオド」をあてがわれる。

以下、『証言　日本洋楽《クラシック》レコード史（戦前編）』（音楽之友社）を参照する。同著によれば、洋楽の国内プレスが始まるのは昭和二年になってからである。それまでは洋楽のレコードはすべて輸入盤である。舶来品であるだけに非常に高価で、米ビクターの片面収録盤が七円五十銭、高等官（大卒公務員）の初任給の一割にあたる。その最大収録時間はわずかに五分足らずである。したがって、聰子が手に入る限りの洋楽のレコードを聴いたとしても、所詮はしれたものである。

また、この時期、自宅に据え置き型の蓄音機を備え、音楽鑑賞を楽しむのは資産家に限られていた。とはいえ、大正四年には蓄音機の騒音による傷害事件が横浜で発生している。もちろんこの事件は、崖の上の洞院宮御別邸で起きたわけではないが、当時の日本がいかに静かであったかを物語っており、普及という言葉はあてはまらないまでも、蓄音機が都市部を中心に音吐朗々と鳴り響いていたことが窺える。

聰子にあてがわれた「テレフンケンの蓄音機」とはどういうものか？

国産蓄音機は明治四十三年（一九一〇年）に日本蓄音機商会が発売し、大正元年には月産五百台を数えるまでになっていた。ニッポノフォンというこの蓄音機は、定価二十五円から五十円、朝顔とよばれるラッパの付いた卓上型である。

金沢市に、金沢蓄音機館という蓄音機の博物館がある。多数の蓄音機が展示され、保存状態のよいSP盤のデモ演奏を聴くことができる。しかし、テレフンケンの蓄音機は所蔵されていない。無線機の製造で産声をあげたテレフンケンは真空管、アンプ、スピーカー、電気蓄音機を製造するドイツの代表的なオーディオメーカーであり、電気吹き込み式のSPレコードのメーカーでもあったが、ゼンマイ手回し式の蓄音機は製造しなかったようである。

三島の母倭文重は、幼い公威坊やに童謡を聞かせるために蓄音機を購入したが、これもテレフンケン社製ではなく、国産の卓上型蓄音機であっただろう。では三島はなにゆえ、存在しない「テレフンケンの蓄音機」を作中に登場させたのであろうか？　これについては後述する。

第二巻『奔馬』は鮮烈で圧倒的な小説である。新潮文庫の内容紹介によれば、

「今や控訴院判事となった本多繁邦の前に、松枝清顕の生れ変りである飯沼勲があらわれる。「神風連史話」に心酔し、昭和の神風連を志す彼は、腐敗した政治・疲弊した社会を改革せんと蹶起を計画する。しかしその企ては密告によってあえなく消える……。彼が目指し、青春の情熱を滾らせたものは幻に過ぎなかったのか？――若者の純粋な行動を描く『豊饒の海』第二巻。」

まあ、たしかにそういう小説ではある。主人公がわかりやすい単純な憂国少年であるため、熱海伊豆山の稲村断崖で割腹して果てる結末も、若い僧が金閣寺に放火し、走りに走り、煙草に火をつけて「生きよう」と思う、はぐらかされたような結末よりはるかに感動的である。

さて、『奔馬』の時代設定は、昭和七年から八年にかけてである。オーディオは長足の進歩を遂げている。大正十四年、米国ウエスタンエレクトリック社が電気式吹き込みを完成し、交響曲など大音量のレコードが発売されるようになった。これにともない、米ビクターのオルソフォニック、米ブランスウィックのパナトロープなど、大音量再生に適した据え置き型の超高級蓄音機も登場する。一台二千五百円を超え、豪邸一軒が建つ値段だった。

昭和七年にはブライロフスキーやモイセヴィチといったピアニスト、ジンバリスト、シゲティ、シュメーなどのヴァイオリニストが相次いで来朝している。昭和八年には、軽井沢の堀辰雄が、毎日のように河上徹太郎の別荘を訪れ、ラモー、スカルラッティ、ドビュッシーなどの鍵盤曲のレコードを借

りて愛聴した。

この頃、花巻の宮沢賢治は暇さえあればチェロを弾き、レコードを鑑賞していた。新譜が出るたびに購入するので、ポリドールの社長から感謝状を贈られるほどだった。また、レコード針を加工して音質をよくする方法を発案し、米ビクターにその見本及び製法を送っている。宮沢賢治はレコード・マニアであり、オーディオ・マニアの走りである。生涯独身であった宮沢賢治は、レコードの全楽章を辛抱強くかけてくれたりする女性なら結婚してもよい、と友人に語っている。

SP盤は片面に五分程度しか収録できず、本来途切れてはいけないところで中断を余儀なくされる。現在、一枚のCDで通聴できるベートーヴェンの「第九」は、LP盤では一枚に収録できたが、盤を裏返す必要があった。SP盤では八枚もの盤をとっかえひっかえしなければならない。さらに、蓄音機のゼンマイを巻き直す作業、摩滅した針を交換する作業も加わる。現代の感覚からすれば、気が遠くなるほど迂遠である。

音楽は、『奔馬』においてもSP盤として登場する。鬼頭槇子は、清顯にとっての聰子がそうであったように、飯沼勲にとっても不吉な女である。もっとも、三島作品で不吉でない女性は「潮騒」の初江くらいのもので、ほかにはエンターテイメント小説にしか登場しない。

槇子が蓄音機でショパンをかける場面がある。

　部屋の一隅にマホガニー色に塗つた箱形の蓄音機がある。電氣蓄音機がはやつてゐるのに、この家では舶來のゼンマイ式を頑固に使つてゐた。井筒が引き受けてハンドルを一杯に廻した。勲がさうしてもよかつたが、レコオドを選る槇子のそばへ、そんなに近づいてハンドルを廻すのがためらはれたのである。

槇子は十二吋の赤盤を選つて、ショパンのノクターンをコルトオが弾いたのを機械にかけたが、それは少年たちの教養の外にあつたのに、しかも知つたかぶりをするではなく、彼らは与へられた曲に素直に耳を傾けた。すると馴染まぬ音樂の、冷たい水に肌を沈めて泳ぐ快さに似たものが、気持にしみ入つた。


ここは非常に印象的な部分である。こと音楽に関して「十二吋《インチ》の赤盤を選つて、ショパンのノクターンをコルトオが弾いたのを」などと三島が具体的な書き方をしたのは、これが初めてであるからだ。赤盤というのは、レーベル面が赤色のビクターの高価盤のことで、コロムビアの場合は青盤だった。廉価盤として十吋の黒盤というものがあった。

あらえびす『名曲決定盤』によると、コルトーのレコードは非常に多く、ショパンの録音も多数発売されている。しかし、ノクターン（夜想曲）は見当たらず、予約頒布盤の「ビクター洋樂愛好家協會第四輯」に『円舞曲嬰ハ短調／夜想曲変ホ長調』（RL三八）という一枚が含まれているのみである。変ホ長調の夜想曲は第二番と第一六番の二曲あるが、あの有名な、誰でも（三島も）一度は耳にしたことのある「第二番作品九の二」で、一九二九年三月十九日、ロンドンで録音されている。

槇子がかけた盤はこれである、と言いたいが、頒布は昭和十年十月から始まったので、この盤は該当しない。となると、輸入盤ということになる。高価な輸入盤はマニアが購入するもので、鬼頭家がそうであったとは思えない。しかし、レコードは高価なだけに、中古市場もあった。中古盤であれは、鬼頭家のコルトーのSP盤はあり得ない話ではない。飯沼勲が聴いたのはまさにこの盤（HMV　DB一三二一）である。

電気蓄音機が流行っているのに、鬼頭家では舶来のゼンマイ式を頑固に使っていた――というのは、実は正確を欠いている。電気蓄音機が流行るのは、もう少し後になってからである。昭和四年に日本ビクターが輸入販売したラジオ付き電気蓄音機「エレクトラRE―45型」は千円を超え、都心に家一軒を建てられる値段だった。この頃になると、手廻し蓄音機の廉いものは二十円を切るが、一般庶民が電気蓄音機の音を聞くためには、電気店の店頭、カフェーなどしかなかった。

昭和八年、日本ビクターが国産初の電気蓄音機「エレクトラRE―42型」を発売した。売価は五百五十円。同社は普及機として卓上型電蓄「エレクトラJE―15型」を昭和十年に発売するが、これも定価百七十五円ではなかなか手が出ない。翌十一年、創立十周年記念モデルとして「JE―16型」を百二十円で発売し、大好評を博し、ようやく電気蓄音機普及の先鞭をつけた。

繰り返すが、『奔馬』は昭和七年から翌年にかけての物語である。電気蓄音機は一般家庭にはまだ普及していない。したがって、鬼頭家が舶来のゼンマイ式蓄音機を使っていたのは、「頑固」というわけではない。この記述は時代考証上の誤りである。三島は幼時から平岡家にあったゼンマイ式（手廻し式）蓄音機、戦前戦中に三島が歌舞伎の名場面や清元などのレコードを聴いた蓄音機を作品に投影させたのであろう。

もう一つ、『奔馬』には重要な場面がある。『春の雪』で二十五歳であった洞院宮治典王殿下は、いまや四十五歳の帝国陸軍軍人で、忠君愛国の聯隊長である。
右翼急進分子の飯沼勲ら一二名が逮捕され、

首謀者は十九歳の少年
一人一殺で財界潰滅を狙う
「昭和神風連事件」の全貌判明

と、翌日の朝刊には勲の顔写真も出る。かつて堀陸軍中尉に帯同されて一度だけ伺候したことのある飯沼少年に、殿下は熱い忠義を見た。民間一少年との一夜の会話は、殿下にとって忘れ難いものであった。

宮は何とかして我が手で彼らを救ってやる手だてはないものかと、真剣にお考へになりはじめた。考へあぐねて、まとまりにくいときは、お若い頃からの御習慣で、洋樂のレコオドをおききになるのである。

従兵に命じて、ひろい官舎の寒々とした応接間に火を入れさせ、レコオドはおん手ずから選んでおかけになつた。

何か愉しいものをききたいと思し召したので、ポリドオル・レコオドの、リヒアルト・シュトラウス作曲「ティル・オイレンシュピーゲル」、ベルリン・フィルハアモニツク交響管絃團をフルトヴェングラーが指揮したのを、従兵を退らせて、孤りでお聴きになつた。
「ティル・オイレンシュピーゲル」は、十六世紀独乙に生れた民衆的風刺的な物語である。ハウプトマンの書いた芝居と、R・シュトラウスの作つた交響詩が名高い。

（略）

このレコオドは久しく聴かれなかつた。そこで愉しい音樂を聴かうと思はれた宮は、冒頭に弱音のホルンで吹かれるティルの主題を耳にされるや否や、自分はレコオドの選び方をまがへた、今自分が聴きたいと思つた音樂はこれではない、といふ感じを即座に持たれた。それは陽気な悪戯氣たつぷりなティルではなくて、フルトヴェングラーが拵へた、淋しい、孤独な、意識の底まで水晶のやうに透けて見へるティルだつたからである。

しかし宮はそのままにお聴きになり、神経の銀の束をはたきにして、座敷内をたいて廻るやうなティルの狂騒の行末に、つひに死刑の宣告を受けて最期を遂げるところまで聴き終られると、突然立つて、ベルを鳴らして、従兵をお呼びになつた。

ここで宮は、飯沼勲の助命嘆願を決心される。

このレコードは、昭和六年に日本ポリドールから二枚組で発売されている。洞院宮の電気蓄音機は、この最新盤を朗々と奏でたであろう。あらえびすが「いろいろの人が入れているが、フルトヴェングラーに及ぶものはちょっと考えられぬ。極めて雄渾なティルである」と絶賛する名盤である。

宇野功芳『フルトヴェングラーの全名演名盤』（平成十年　講談社α文庫）によれば、フルトヴェングラーの「ティル」には六種の録音があり、この一九三〇年（昭和五年）録音盤が最初の吹き込みである。「細かいところまで繊細に神経を使った演奏」で、「若々しい進行とリズム感」に富み、「冒頭のホルンのテーマを遅く開始し、途中で間をあけるのは後年の表現には見られないもの」と評している。

復刻盤ＣＤを聴くと、意外に鮮明な音質で、たしかにそう聴こえる。「陽気な悪戯氣たっぷりなティルではなくて、フルトヴェングラーが拵へた、淋しい、孤独な、意識の底まで水晶のやうに透けて見へるティル」という三島の表現も、あながち見当はずれではない。けだし、三島の選曲・選盤は見事というほかない。

三島が特定のレコードにここまでストーリーに関わる役割を与えた例はない。そこで憶い出されるのが、三谷信の『級友三島由紀夫』である。「何時かリヒアルト・シュトラウスの交響詩のティル・オイレンシュピーゲルを聴いたらしく、「あれはまるで気違いの音楽だ」と愉快そうに笑いながら何遍も話した」

三島はその後、レコード愛好家にはならなかった。したがって、『春の雪』の蓄音機やＳＰ盤、『奔馬』の蓄音機やコルトー盤とフルトヴェングラー盤に関する記述は、専門書を参照したか、誰かの助言によるものかもしれない。

とはいえ、洞院宮が「ティル」をお聴きになる場面は、三島の純然たる創作である。なぜなら、ティルが死刑宣告を受けて刑場の露と消える結末が、助命嘆願決心の場面にピッタリであり、さらにいえば、この場面を書きたいがために、あらかじめ洞院宮を洋楽の愛好家にしたとさえ考えられるからである。

♪

馬込の三島邸の一室に、三島の霊を祀る神式の祭壇があるのを、写真集『グラフィカ　三島由紀夫』（平成二年　新潮社）で見ることができる。遺影の置かれた祭壇の右に、マホガニー色の、大人の腰を超えそうな重厚な家具のようなものが写っている。よく見ると、「TELEFUNKEN」とロゴマークがある。

著者はこのテレフンケンが気になり、案内書・専門書にあたってみたが、同じものは発見できなかった。カラーコピーを送って宇野功芳に訊ねたところ、「ゼンマイをまわすハンドルが見えないので蓄音機ではないと思う。五味康祐が持っていた何とかというステレオではないか」との返事。だが、五味が昭和三十三年に日本楽器で百二十万円（現在なら、二千万円を超える）の大枚をはたいて購入したテレフンケンS8型は、もっと大掛かりなセパレート型ステレオである。

あらためて写真を子細に見ると、装置の右下に電源コードのようなものが見える。やはり、電気蓄音機であろう。これからして、三島が『春の雪』で、綾倉聰子にあてがわれた蓄音機を「テレフンケン」としているのは、自宅にあるこの装置から、そのように書いたと類推される。

著者は白百合女子大での講演で、このテレフンケンについて、「色々調べたが、よくわからない」と報告した。後日、講演を聴いていただいた犬塚潔氏が、講談社の元編集者川島勝に三島邸のTELEFUNKEN の写真を示し、何かご存じではないかと訊ねてくださった。その結果、以下のようなことがわかった。

川島勝はこのテレフンケンでレコードを聴かせてもらったことがあり、曲名は忘れたが、クラシックで、たいへんよい音だったという。当時、テレフンケンレコードの日本発売元であったキングレコード（講談社系列）が輸入販売していたもので、非常に高価で、馬込に新築後、購入されたものという。しかし、著者はキングレコードの社員であった方から確認したが、キングレコードがテレフンケンのステレオ装置を販売していた事実はない。

また、講演を聴いていただいた山中剛史氏が、『藝術新潮』の昭和三十七年三月号に掲載された大岡昇平の随筆「わがテレフンケン」のコピーを送ってくださった。——小林秀雄が去年からちっともゴルフに出てこないと思ったら、書斎を改造して壁に消音装置をほどこし、テレフンケンを据えているという。大岡昇平は大いに気になるが、小林秀雄のテレフンケンは三十数万円で、おいそれと買えるものではない。

大岡昇平は小説『花影』（昭和三十六年　中央公論社）で新潮社文学賞を受賞し、その賞金（五十万円）で絨毯を敷き、カーテンを厚くし、小林と同じテレフンケンを購入する。小林と大岡のテレフンケンは、五味康祐のS８型ほどではないが、現在の価格で数百万円である。「夜の十一時頃まで、五時間テレフンケンの硬質の音に聞き入つていると、少し気分が悪くなつてくる。吐き気を伴うようなあんばいで、われながら正気の沙汰ではない」と大岡は書いている。

神西敦子のエッセイ「ピアノを始めた頃」（昭和六十二年七月号『あんさんぶる』カワイ音楽教育研究会）にこうある。

「とにかく私がピアノと係わりを持つに至ったきっかけは、実に単純なことであった。今でいうステレオ（当時の電蓄）に凝っていた父は、好きなレコードを集め、新式の機械が出たと言っては取り寄せ、技術屋さんを呼んではいろいろ注文をつけて楽しんでいたらしい。

ある時、レコードに合わせて足を振っていた私をみて、出入りの電蓄屋さんが、「この子は音楽をやらせたらいいかもしれない」と言ったのだそうだ。まあそんなことで、ではピアノでもやらせてみるかということになった」

神西清は昭和三十二年に亡くなる。鉢の木会では神西清がオーディオでは大岡昇平よりずっと先輩だったことになる。

昭和三十六年から三十七年にかけて『婦人画報』に連載された山口瞳のデビュー作『江分利満氏の優雅な生活』は、昭和三十七年下半期の直木賞受賞作品である。芥川賞選考委員の川端康成が、「芥川賞でも大丈夫だったでしょう」と山口瞳に言ったという。戦後のある時期、鎌倉の川端家は山口家の隣家だったから、両家には交流があった。この作品は連作短篇で、終章の「昭和の日本人」を読んだ三島由紀夫が泣いたという。これも有名な話である。

東西電機の宣伝部に勤める江分利満は山口瞳の分身、自画像である。「ステレオがやってきた」という一章がある。この時代、庶民にとってステレオがどういうものであったか、よくわかる一篇である。江分利は俳句・短歌をつくるわけではないが、「捨礼男」と号している。ステレオがほしいからである。同僚の矢島は「十万出せばまああの音が出る」と言う。江分利にはステレオは高根の花である。

江分利は仕事の関係で「五味康祐さん」の家に毎日のように通ったことがある。ハイ・ファイ音（Hi-Fi　高忠実度再生）がどういうものか、音楽を人生の伴侶にするということがどういうことか、多少は知っている。買い換えの時期だったらしく、「この機械、お前さんにやろうか」と言われ、江分利は武者震いをする。「お前さんは博奕打ちだから、音楽は無縁だな」と五味は撤回する。

そんな江分利の家にステレオがやってくる。「36年暮のボーナスを狙って東西電機が売り出した新製品」である。正価二万三千円を江分利は社員割引で購入する。二万三千円のステレオは普及機であるが、それでもサラリーマンには思い切った買物である。風呂付きの社宅に入り、念願のステレオを買った江分利は「ここまできた、やっとここまできた」と感慨にふける。

大岡の随筆「わがテレフンケン」には写真が掲載されている。揺り椅子で煙草を左手に持ち、膝の上にレコードを載せた和服姿の大岡の向こうに堂々たるテレフンケンが写っている。しかしこれは、三島邸の蒼古としたテレフンケンではなく、当時の輸入品の最高級機である。……三島邸のTELEFUNKENは、いまもって謎の装置である。

第三巻『暁の寺』には音楽は登場しない。第四巻『天人五衰』にも音楽は登場しないが、以下の記述がある。

翌年の三月二十日の誕生日がすぎたが、透には何ら死ぬ氣配がなかつた。點字を學んで、本を讀むやうになつた。一人でゐるときは穩やかにレコオドの音樂を聽いた。庭に來る鳥の聲でその種類も當てるやうになつた。

贋の転生者である安永透が聴くレコードの音楽が何であるのか、三島は書いていない。穏やかにレコードの音楽を聴いたのだから、喧騒なものではない。しかし、「穏やかに」というのが、転生者であることを証明しようとして服毒自殺に失敗し、全盲となった透の諦観をいうのであれば、ドビュッシーの華麗な交響詩「海」でもよい。著者としてやはりワーグナーで、鳥の声が聞こえる「ジークフリート牧歌」がふさわしいと思う。演奏はもちろんフルトヴェングラーだ。

矢代秋雄は「音楽的『豊饒の海』論」という文章を、昭和四十七年一月二十日の「讀賣新聞」に発表している。原稿用紙にして九枚ほどの論文である。長いので、以下に一部のみ引用する。

「乱暴な話であるが、試みに晩年の三島が自らライフワークとよんだ『豊饒の海』四部作を、四楽章の交響曲としてアナリーゼしてみよう。第一楽章「春の雪」アレグロ・モデラート。曲想は一応優雅だが、起伏が多く、かつ堂々たる構成の大規模なソナタ形式。第二楽章「奔馬」荒々しいスケルツォ。マーラーの「第九」の第三楽章ロンド・ブルレスケのような。第三楽章「暁の寺」はなやかな、ややエキゾチックな曲趣の間奏曲。思いがけない暗い終結。第四楽章「天人五衰」フィナーレ。気まぐれな気分ではじまるが、だんだんテンポがおそくなり、最後はピアニシモで消えて行く。チャイコフスキーの「第六（悲愴）」や、あの「永遠に……」とつぶやくようなアルトのソロで終わるマーラーの「大地の歌」の終曲のような終止。第一楽章の終わりを回想しつつ去って行くという点ではブラームスの「第三」にも似ている。これらの四楽章は、それぞれ著しい特色を持ちながらも、その主題はごく少数の根本動機から発生しており、ときには明確にききとれるように、ときにはそれとわからないように、たがいに関連し合いながら全体の統一がはかられている。この手法は循環形式とよばれ、ベートーヴェン以降、特に後期ロマン派の多楽章制の楽曲にしばしば用いられたものであり、現代様式の音楽にもうかがわれるものである」

音楽になぞらえるのはこれで充分だと著者は思うが、矢代の筆はとどまることがない。「三つの黒子」の主題、松枝清顕の主題、本多の主題、聡子の主題、その変奏、その再現、と縦横無尽に持論を展開している。率直に言って、こじつけといえば言いすぎかもしれないが、あまり意味があることではない。むしろ、矢代秋雄作曲「交響曲第二番　豊饒の海」を聴きたかったと思う。

矢代は「三島の小説が音楽的構造を持っており、音痴を自認した三島が音楽のかくあるべき姿を小説で具現化している」と結論している。矢代の言う音楽とは、絶対音楽である。

ウォルター・ペーターが「あらゆる芸術は音楽の状態に憧れる」と著書『ルネサンス』で言うところの「音楽」、これも絶対音楽である。絶対音楽とは何か？『大辞林』は簡潔に、「文学・絵画など音楽外的な内容とは一切かかわり合いをもたず、純粋に音の構成面だけを考えて作られた音楽」としている。三島が好んだオペラは絶対音楽とは対極にあり、三島が嫌った「意味内容のないことの不安に耐えられない」音楽が絶対音楽である。しかし三島の小説は、絶対音楽の持つ造型美・構築美に富んでいた。

♪

三島事件直後、当時は非常に多かった週刊誌のほぼすべてが事件を記事にした。三島由紀夫は「芸能人」でもあったから、芸能週刊誌もこぞって記事を組んだ。『週刊平凡』十二月十日号の表紙の左トップに、「新事実！　三島由紀夫、自決の2時間前に村田英雄へ謎の電話」と見出しが躍っている。

村田英雄は「王将」「人生劇場」「無法松の一生」などで知られる国民的歌手。その威圧感のある風貌から東映仁俠映画にも出演していた。自決の四年半ばかり前、「あなたの歌が好きです。お会いしたい」と三島から電話があり、六本木で三十分ばかり話をした。二年後、また連絡があり、赤坂の中華料理店で会食した。

三島が村田に電話をかけたのは、この年の五月、「闘魂」という新曲が発表され、村田がこの曲で紅白歌合戦に出場するので、その祝意を伝えるためではなかったかといわれる。村田は岐阜へ出かけたあとで、岐阜の出先にも電話がかかってきたが、村田はまだ着いていなかった。

徳岡孝夫、伊達宗克に市ヶ谷に来るよう、確認の電話をかけたのが十時五分過ぎで、村田への電話はこのあとと思われる。市ヶ谷に赴く直前、二度会っただけの村田英雄に、二度も電話をかけた三島の心境は謎と言うほかない。

以下は、川内康範作詞・猪俣公章作曲「闘魂」の歌詞の一部である。

いつかは死ぬるこの身だけれど　めったなことでは散らしちゃならぬ
だからといって欲のため　こころを汚してなんになる
やる時ゃやるんだ　ひとりでも　命投げ出す時もある

なお、川内康範は作詞、脚本、映画・テレビ制作、作家、政治評論と多方面に活躍し、三島の死後十六日目に開催された「三島由紀夫氏追悼の夕べ」では司会をつとめた。この会は翌年から「憂國忌」となる。

昭和四十五年十一月二十五日――。三島は、

「豊饒の海」完
昭和四十五年十一月二十五日

と末尾に書き入れた『天人五衰』の原稿を、十時三十分に来邸予定の新潮社の小島千加子に渡す予定だった。十時四十分頃、小島が遅れて三島邸を訪ねると、三島はすでに家を出たあとだった。

この頃、三島と楯の會の隊員四名が乗る四十一年型白色の中古コロナは、神宮外苑前にさしかかっていた。約束の刻限に市ヶ谷駐屯地に着くにはまだ時間が早すぎるので、外苑前をゆっくりと二周した。

「これがヤクザ映画ならここで義理と人情の唐獅子牡丹といった音楽がかかるのだが、俺たちは意外と明るいなあ」

と三島は高笑いし、同曲を口ずさんだ。森田必勝、小賀正義、古賀浩靖、小川正洋も唱和した。

義理と人情を秤にかけりゃ　義理が重たい男の世界
幼なじみの観音様にゃ　俺の心はお見通し
背中《せな》で吠えてる　唐獅子牡丹

この「唐獅子牡丹」（矢野亮・水城一狼作詞、水城一狼作曲）は名曲なのかもしれないし、高倉健の歌は力唱であるが、死地に赴く興奮と緊張を和らげるためであったとしても、著者は興ざめである。なにゆえ、「楯の會の歌　起て！　紅の若き獅子たち」ではなかったのか。三島の胸中に鳴っていたのがこの曲でなければ、やはりワーグナーであってほしい。「タンホイザー序曲」でもいいし、「ワルキューレの騎行」でも、「ジークフリートの葬送行進曲」でもいい。しかし三島が歌ったのは「唐獅子牡丹」であった。

書斎の机には多方面への遺書のほかに、ニューヨークのキーンに宛てた封書が残されていた。「小生たうとう魅死魔幽鬼夫になりました」と始まる有名な手紙である。「ずつと以前から、小生は文士としてではなく、武士として死にたいと思つてゐました」「この夏下田へ來てくださつた時は、実にうれしく思ひました。小生にとつて最後の夏でもあり、心の中でお別れを告げつつ、たのしい時をすごしました」……この手紙は翌日、投函された。三島が投函しなかったのは、蹶起で死なななかった（死ねなかった）ことを想定していたからであろう。

周到緻密な計画どおり、三島は総監室で益田兼利総監を縛りあげて人質にした。自衛隊員が二度にわたって突入してきたのは想定外だったが、三島は日本刀を抜き払った。致命傷にならぬよう手加減し、自衛隊員を斥けた。

正午、自衛隊員約八百名が総監室前の広場に集められた。徳岡孝夫と伊達宗克が、広場からバルコニーの三島を見上げた。三島は蹶起を促す演説を始めた。

三島由紀夫「聴け、聴けい、よく聴けい、静聴せい！　男一匹が命を賭けて諸君に訴えているんだぞ。いいか、俺がだ、いま日本人がだ、ここでもって起ちあがらなければ、自衛隊が起ちあがらなきゃ、憲法改正ってものはないんだよ。諸君は永久にだねぇ、ただアメリカの軍隊になってしまうんだぞ！」

自衛隊員「馬鹿野郎！　やめろ、降りてこい」

三島由紀夫「それでも武士か、それでも武士かぁ」

隊員の野次と怒号はすさまじく、三島は予定していた三十分の演説を七分ほどで切り上げ、「天皇陛下万歳」を三唱した。自衛隊員も徳岡孝夫も伊達宗克も、まさか三島が腹を切るとは思わなかった。

バルコニーで演説する三島由紀夫

十二時十五分、三島は屠腹刎頸によって死んだ。森田もこれに倣った。

益荒男がたばさむ太刀の鞘鳴りに　幾とせ耐へて今日の初霜

散るをいとふ世にも人にもさきがけて　散るこそ花と吹く小夜嵐

この辞世のほかに、机上には「限りある命ならば永遠に生きたい」というメモが残されていた。

その壮絶無比の死にざまによって、三島由紀夫と三島文学は永遠に生きることとなった。

三島由紀夫が聴いたクラシック音楽

作曲者	作品名	鑑賞時の年齢	参考盤（★は該当盤）
ドビュッシー	前奏曲集第1巻より「沈める寺」	不明	ピアノ：ワルター・ギーゼキング（EMI）
ショパン	ワルツ集第6番「小犬」※	一九歳	ピアノ：アルフレッド・コルトー（EMI）
グルック	歌劇「オルフェオとエウリディーチェ」	一九歳	フリッチャイ指揮ディースカウ他（グラモフォン）
R・シュトラウス	交響詩「ティル・オイレンシュピーゲルの愉快な悪戯」	一九歳？	フルトヴェングラー指揮ウィーン・フィル（EMI）
J・S・バッハ	クラブサン（チェンバロ）名曲集※	一八歳	チェンバロ：ワンダ・ランドフスカ（NAXOS）
ベートーヴェン	ピアノ協奏曲第5番変ホ長調「皇帝」	二〇歳	シュナーベル（ピアノ）サージェント指揮ロンドン交響楽団（NAXOS）
メンデルスゾーン	劇音楽「真夏の夜の夢」より序曲※	二〇歳	クレンペラー指揮フィルハーモニア管弦楽団（EMI）
J・S・バッハ	管弦楽組曲第2番※	二〇歳	ミュンヒンガー指揮シュトゥットガルト室内管弦楽団（DECCA）
ベートーヴェン	交響曲第7番イ長調※	二〇歳	フルトヴェングラー指揮ウィーン・フィル（EMI）

ビゼー	歌劇「カルメン」※	二一歳	プレートル指揮パリ歌劇場管弦楽団マリア・カラス他（EMI）
チャイコフスキー	バレエ音楽「白鳥の湖」※	二一歳	ストコフスキー指揮ニュー・フィルハーモニア管弦楽団（DECCA）
アダン	バレエ音楽「ジゼル」※	二一歳	ポニング指揮モンテカルロ国立歌劇場管弦楽団（DECCA）
シューベルト	「さすらい人幻想曲」※	二一歳	ピアノ：リリー・クラウス（Vanguard）
シューベルト	「美しき水車小屋の娘」※	二二歳	バリトン：ゲルハルト・ヒッシュ（NAXOS）
J・S・バッハ	「イタリア協奏曲」※	二二歳	チェンバロ：ワンダ・ランドフスカ（NAXOS）
J・S・バッハ	ブランデンブルク協奏曲第4番※	二二歳	ミュンヒンガー指揮シュトゥットガルト室内管弦楽団（DECCA）
ワーグナー	歌劇「タンホイザー」※	二二歳	コンヴィチュニー指揮ベルリン国立歌劇場管弦楽団他（EMI）
ショパン	24の練習曲集	不明	ピアノ：アルフレッド・コルトー（EMI）
デュパルク	歌曲「旅への誘い」	不明	バリトン：シャルル・パンゼラ（EMI）
タルティーニ	「悪魔のトリル」※	二六歳	ヴァイオリン：ユーディ・メニューイン（RCA）
フランク	ヴァイオリン・ソナタイ長調※	二六歳	ヴァイオリン：ユーディ・メニューイン（NAXOS）

パガニーニ	ヴァイオリン協奏曲第1番※	二六歳	ユーディ・メニューイン　モントゥー指揮パリ交響楽団（NAXOS）
J・S・バッハ	無伴奏ヴァイオリンのためのパルティータより「シャコンヌ」※	二六歳	ヴァイオリン：ユーディ・メニューイン（NAXOS）
R・シュトラウス	楽劇「サロメ」※	二七歳	クレメンス・クラウス指揮ウィーン・フィル他（DECCA）
R・シュトラウス	楽劇「エレクトラ」※	四〇歳	カール・ベーム指揮ドレスデン歌劇場管弦楽団他（グラモフォン）
プッチーニ	歌劇「ジャンニ・スキッキ」※	二七歳	ガルデッリ指揮フィレンツェ五月祭管弦楽団他（DECCA）
R・シュトラウス	交響詩「ドン・ファン」	一九歳？	フルトヴェングラー指揮ウィーン・フィル（EMI）
ワーグナー	楽劇「トリスタンとイゾルデ」※	二七歳	フルトヴェングラー指揮フィルハーモニア管弦楽団他（EMI）★
レハール	喜歌劇「微笑みの国」※	二七歳	アッカーマン指揮フィルハーモニア管弦楽団他（EMI）
ヴェルディ	歌劇「リゴレット」※	二七歳	セラフィン指揮ミラノ・スカラ座管弦楽団他（NAXOS）
ヴェルディ	歌劇「アイーダ」※	二六歳	イタリア歌劇団日本公演DVD（キング）

ベートーヴェン	交響曲第6番ヘ長調「田園」※	二九歳？	ブルーノ・ワルター指揮コロンビア交響楽団（COLUMBIA）
J・シュトラウスⅡ	「皇帝円舞曲」※	二九歳？	フルトヴェングラー指揮ウィーン・フィル（EMI）
J・シュトラウスⅡ	喜歌劇「こうもり」序曲　※	二九歳？	クレメンス・クラウス指揮ウィーン・フィル（DECCA）
清水脩	歌劇「修禅寺物語」※	三〇歳	東京藝術大学音楽学部オペラ研究部DVD
プッチーニ	歌劇「トスカ」※	三一歳	イタリア歌劇団日本公演DVD（キング）
ドビュッシー	歌劇「ペレアスとメリザンド」※	三三歳	ジャン・フルネ指揮コンセール・ラムルー管弦楽団他（PHILIPS）
ヴェルディ	歌劇「オテロ」※	三四歳	イタリア歌劇団日本公演DVD（キング）
ヴェルディ	歌劇「椿姫」※	三四歳	ジュリーニ指揮ミラノ・スカラ座管弦楽団他（EMI）
チャイコフスキー	バレエ音楽「眠れる森の美女」※	三四歳	ストコフスキー指揮ニュー・フィルハーモニア管弦楽団（DECCA）
黛敏郎	「涅槃交響曲」※	三四歳	岩城宏之指揮東京都交響楽団他（日本コロムビア）
モーツァルト	ピアノソナタ第10番K330※	三五歳	ピアノ：リリー・クラウス（EMI）
ベートーヴェン	ピアノソナタ第31番作品110※	三五歳	ピアノ：ウィルヘルム・バックハウス（DECCA）

ドビュッシー	「ベルガマスク組曲」※	三五歳	ピアノ：ワルター・ギーゼキング（EMI）
ブラームス	ヘンデルの主題による変奏曲とフーガ※	三五歳	ピアノ：ウィルヘルム・ケンプ（グラモフォン）
ベートーヴェン	歌劇「フィデリオ」※	三六歳	カラヤン指揮ベルリン・フィル他（EMI）
ジョルダーノ	歌劇「アンドレア・シェニエ」※	三六歳	イタリア歌劇団日本公演DVD（キング）
マスネ	歌劇「タイス」より「タイスの瞑想曲」	不明	カラヤン指揮ベルリン・フィル（EMI）
ドビュッシー	「牧神の午後への前奏曲」※	三八歳	アンセルメ指揮スイス・ロマンド管弦楽団（DECCA）
シューベルト	交響曲第8番ロ短調「未完成」※	三八歳	ブルーノ・ワルター指揮ニューヨーク・フィル（COLUMBIA）
チャイコフスキー	交響曲第5番ホ短調 ※	三八歳	ストコフスキー指揮ニュー・フィルハーモニア管弦楽団（DECCA）
ドビュッシー	管弦楽版「月の光」※	三八歳	アンセルメ指揮スイス・ロマンド管弦楽団（DECCA）
ベルリオーズ	劇音楽「ファウストの劫罰」より「ラコッツィ行進曲」※	三八歳	フルトヴェングラー指揮ウィーン・フィル（EMI）
ワーグナー	管弦楽名曲集	不明	フルトヴェングラー指揮ウィーン・フィル、ベルリン・フィル（EMI）

ベートーヴェン	交響曲第9番ニ短調「合唱」	不明	フルトヴェングラー指揮バイロイト祝祭劇場管弦楽団他（EMI）
メンデルスゾーン	序曲「ルイ・ブラス」	四一歳？	シューリヒト指揮南西ドイツ放送管弦楽団（TOWER RECORDS）
ストコフスキー編	トリスタンとイゾルデ交響的接続曲	四〇歳	国内盤なし　★は特定できず
プロコフィエフ	バレエ音楽「ロミオとジュリエット」	三一歳	アンセルメ指揮スイス・ロマンド管弦楽団（DECCA）
ドビュッシー	歌曲集「ビリティスの歌」	四四歳	ソプラノ：レジーヌ・クレスパン（DECCA）
ムソルグスキー	歌劇「ボリス・ゴドゥノフ」※	四五歳	カラヤン指揮ウィーン・フィル他（DECCA）
ショパン	夜想曲作品9の2	不明	「コルトーのＳＰ録音集第5集　ショパン：バラード&夜想曲集」（NAXOS）★
Ｒ・シュトラウス	交響詩「ティル・オイレンシュピーゲルの愉快な悪戯」	一九歳？	フルトヴェングラー指揮ベルリン・フィル（グラモフォン）★

・順番は小著の記述順による。
・※は三島が実演で聴いたもの。
・参考盤は三島由紀夫存命時に発売されたレコードを選んだ。
・（　）はレーベル名。消滅したレーベルも多いが、ほとんどがＣＤに復刻されている。NAXOSはＣＤ復刻盤。
・掲出した曲は三島の小説・エッセイ・日記・書簡などに登場するもので、三島が生涯に聴いた曲のすべてではない。

主な参考図書・文献

『三島由紀夫全集』新潮社　一九七三〜一九七六年
松本徹編著『年表作家読本　三島由紀夫』河出書房新社　一九九〇年
新潮社編『グラフィカ　三島由紀夫』新潮社　一九九〇年
篠山紀信『三島由紀夫の家』美術出版社　一九九五年
『決定版　三島由紀夫全集』新潮社　二〇〇〇〜二〇〇六年
中井英夫『ケンタウロスの嘆き』潮出版社　一九七六年
徳岡孝夫、ドナルド・キーン『悼友紀行　三島由紀夫の作品風土』中公文庫　一九八一年
山口瞳『男性自身　おかしな話』新潮文庫　一九八五年
澁澤龍彦『三島由紀夫おぼえがき』中公文庫　一九八六年
村松剛『三島由紀夫の世界』新潮社　一九九〇年
奥野健男『三島由紀夫伝説』新潮社　一九九三年
マルグリット・ユルスナール／澁澤龍彦訳『三島由紀夫あるいは空虚のヴィジョン』河出文庫　一九九五年
安藤武『三島由紀夫の生涯』夏目書房　一九九八年
ヘンリー・スコット＝ストークス／徳岡孝夫訳『三島由紀夫　生と死』清流出版　一九九八年
徳岡孝夫『五衰の人　三島由紀夫私記』文春文庫　一九九九年
三谷信『級友三島由紀夫』中公文庫　一九九九年
猪瀬直樹『ペルソナ　三島由紀夫伝』文春文庫　一九九九年
ジョン・ネイスン／野口武彦訳『新版・三島由紀夫――ある評伝』新潮社　二〇〇〇年

『川端康成・三島由紀夫　往復書簡』新潮文庫　二〇〇〇年
『三島由紀夫未発表書簡　ドナルド・キーン氏宛の97通』中公文庫　二〇〇一年
Donald Richie, *THE JAPAN JOURNALS 1947 ~ 2004*,Stone Bridge Press,2005
堂本正樹『回想　回転扉の三島由紀夫』文春新書　二〇〇五年
村松英子『三島由紀夫　追想のうた　女優として育てられて』阪急コミュニケーションズ　二〇〇七年
椎根和『平凡パンチの三島由紀夫』新潮社　二〇〇七年
中川右介『昭和45年11月25日　三島由紀夫自決、日本が受けた衝撃』幻冬舎新書　二〇一〇年
横山郁代『三島由紀夫の来た夏』扶桑社　二〇一〇年
岩下尚史『直面（ヒタメン）三島由紀夫若き日の恋』文春文庫　二〇一六年
西法太郎『死の貌　三島由紀夫の真実』論創社　二〇一七年
ＴＢＳヴィンテージクラシックス編『告白　三島由紀夫未公開インタビュー』講談社文庫　二〇一九年
「漫画の手帖」編『後藤修一遺稿集　我がオタク人生に悔いなし』啓文社書房　二〇一九年
『三島由紀夫映画論集成』ワイズ出版　一九九九年
『三島由紀夫と映画　三島由紀夫研究②』鼎書房　二〇〇六年
没後25年記念特集「三島由紀夫の耽美世界」『芸術新潮12月号』一九九五年
フルトヴェングラー／芳賀檀訳『音と言葉』新潮社　一九五七年
五味康祐『天の聲——西方の音』新潮社　一九七六年
矢代秋雄『オルフェオの死』深夜叢書社　一九七七年
中島健蔵『証言・現代音楽の歩み』講談社文庫　一九七八年
あらえびす『名曲決定盤　上・下』中公文庫　一九八一年

ドナルド・キーン／中矢一義訳『わたしの好きなレコード』中公文庫　一九八七年
歌崎和彦編『証言――日本洋楽レコード史　戦前編』音楽之友社　一九九八年
宇野功芳企画・編集『フルトヴェングラー』学習研究社　二〇〇五年
宇神幸男「三島由紀夫と音楽と」白百合女子大学　言語・文学研究論集第八号　二〇〇八年
神西敦子「三島夫妻と二つの亀」『決定版　三島由紀夫全集第14巻　月報』新潮社　二〇〇二年
機関誌『神奈川近代文学館』第143号～149号　二〇一九～二〇二〇年

・本文中に記載した図書・文献で、ここに掲出していないものがある。
・本文では初出誌・初出本をあげたが、ここには著者が実際に読んだものを掲げた。

図版出典一覧

P.21 http://cartelfr.louvre.fr/cartelfr/visite?srv=car_not_frame&idNotice=8206

P.31 https://artmuseum.princeton.edu/collections/objects/87574

P.44 https://www.louvre.fr/oeuvre-notices/pelerinage-l-ile-de-cythere
Ⓒ 2009 Musée du Louvre / Erich Lessing

P.62 Bibliothèque nationale de France, ENT DN-1 (MUCHA,Alphonse)-FT6

P.90 https://artsandculture.google.com/asset/bAF8_zYTTD_LKQ

P.108 バッハ：ゴルトベルク変奏曲 BMV988　神西敦子（ピアノ）/2015 Pooh's Hoop PCD-7004

P.115 ウィルヘルム・フルトヴェングラー指揮 ベートヴェン交響曲第5番ハ短調「運命」作品67、交響曲第7番イ長調作品92/PALETTE PAL-1024

P.124 Bibliothèque nationale de France, departement Musique, Est. WagnerR.018（ワーグナー）
https://www.mv-naumburg.de/images/stories/FN/friedrich-nietzsche-1872.jpg（ニーチェ）

P.150 Leopold Stokovski conducts Wagner(1926/1940)/ANDRCD 5030

P.161 http://www.museidigenova.it/it/content/san-sebastiano%20

P.176 新潮 第六十八巻 第二號 臨時増刊『三島由紀夫読本』(昭和四十六年、新潮社)

P.238 The Nationaal Archief (NA)

P.253 https://www.artrenewal.org/Artwork/Index/40681

おわりに

昭和四十五年十一月二十五日正午前、十八歳の著者はＮＨＫテレビの「三島由紀夫が自衛隊に乱入」という速報に驚愕した。自衛隊が好きな三島さんがなぜ自衛隊に乱入するのか？　自衛隊で何をしようというのか？　「三島由紀夫が」と呼び捨てにされていることに、強い違和感があった。まさか死ぬとは思わなかったので、続報の「三島由紀夫が割腹」、「介錯により死亡」に呆然自失した。

翌日の新聞に掲載された檄文を読んでも、「命を擲《なげう》つほどのことなのか」と納得できなかった。佐藤栄作首相、中曽根康弘防衛庁長官、参議院議員の石原慎太郎が、事件を「狂気の沙汰」と断じているのには、反撥を禁じ得なかった。新聞の社説が三島事件に否定的なのはわかるが、文化人や有識者のコメントは、ただ困惑して事件の衝撃を語るか、わけ知り顔・得意顔の見当はずれな解釈、あるいは品性を疑うような批判・揶揄ばかりで、共感できるものはほとんどなかった。

そのような中、三島由紀夫を文学上の「最大の敵手」とする高橋和巳の「果敢な敵の死悲し」というコメントの、「もし三島由紀夫の霊にして耳あるなら、聞け。高橋和巳が〈塩《しおから》をくつがえして哭いている〉その声を」という一文は、多少とも琴線に触れるものがあった。

警察官の父は、「三島さんの顔は歪んでいる。ロンブローゾの言う典型的な犯罪者の顔だ」と言った。

犯罪学の始祖ロンブローゾが犯罪者の特徴としてあげる「顔の左右非対称」「苦痛の鈍麻」「刺青嗜好」「強い自己顕示欲」は、いずれも三島にあてはまる。父はまた、「憲法を変えたいのならなぜ国会議員にならなかったのか」とも言った。ある時期、三島は国会議員になることを考えていたが、石原慎太郎に先を越され、断念したという。晩年、政府高官から政界入りを慫慂されたこともあった。

三島とほぼ同年齢の母は、「親もあり、妻子ある人がこういうことをしてはいけない」と呟いた。このあまりにも常識的な言葉は、ともすれば三島の死を賛仰しようとする著者の心に響いた。

三島の死に「なぜ?」という思いが心を去らず、続々と刊行される三島関連図書を読んだが、釈然としないままであった。

三島由紀夫の死を謎とし、その謎を解こうとする本がいまもって刊行されている。言葉は悪いが、まさに三島の思う壺である。その一方、三島事件を実際に経験しなかった世代にとって三島由紀夫は伝説の人物で、概してこの世代は三島の最期の訴えを額面通りに受け止める傾向がある。これもまた、三島の思う壺であろう。

著者が三島由紀夫について最初に書いたものは、「三島由紀夫と音楽と――天才作家にとっての音楽の意味」という論考である。『音楽現代』の平成十一年二月号から四月号に連載した。またこの年、『週刊小説』(実業之日本社)の六月十一日号に、荒唐無稽な短篇「竹籟荘綺譚」を発表し、作中に三島事件を登場させた。題名は三島の短篇「月澹荘綺譚」の半ば盗用である。

八年後、「映画『憂国』、音楽の謎 ――使用レコードは何か?」を『音楽現代』の平成十九年一月号と二月号に発表した。同年七月二十八日、白百合女子大学大学院の夏期特別セミナーで、「三島由紀夫と音楽と」と題する講演をおこなった。四時間を超える講演は幸いにも好評を得た。

そこで、出版のあてもなく原稿に大量に加筆した。書き上げると、三島熱もしだいに冷め、その死の謎についてあれこれ考える時間も少なくなった。考えるのが面倒になって、エーリッヒ・フロムが『悪について』で説いている「退行」「衰退」ではないかと仮定してみたこともある。

オスカー・ワイルドに「芸術が人生を模倣するのではなく、人生が芸術を模倣する」という箴言がある。一面的で皮相な見方ではあるが、

「若年の頃から死や苦痛に魅せられていた三島は、人生の至福としての死・エロス・大義の融合を短篇「憂國」で紙の上に再現した。しかしそれだけでは満足できず、映画「憂國」で疑似体験し、ついには市ヶ谷での割腹自決によって完遂した」

と三島の死を考えてみる。そう考えると、妄説と嗤われるかもしれないが、「三島由紀夫を殺したのは、ワーグナーの「トリスタンとイゾルデ」である。ワーグナーが三島を殺した」と戯言を言ってみたい気もする。

ニーチェは「音楽のない人生は誤謬となるであろう」と語った。三島の人生にも音楽はあった。三島は同時代の作家のなかでは音楽をよく聴いていた。その人生が誤謬であったかどうかはともかく、「音楽をもっと聴いていてくれたら、あんなに死にいそぎはしなかった」という五味康祐の慨嘆は虚しい。創作の限界を超え、自己の人生を作品化した三島の死に対して、五味康祐が言うような意味に

おいては、音楽はまったく無力だった。

三島由紀夫没後五十年を目睫に控えた去年、原稿を見直してみた。八百枚はあまりにも長い。一年がかりで大幅に短縮する一方、改めて図書・文献等を博捜・渉猟して加筆した。その結果、幸いにもここに上梓する運びとなった。最初の執筆から本になるまで、無慮二十余年を閲したわけで、まことに感慨深いものがある。現代書館の菊地泰博社長、編集者の山田亜紀子さんには、心より御礼申し上げる。

生前の三島由紀夫を識る神西敦子先生、三島研究者の山中剛史氏には貴重な情報を賜った。特に記して感謝を捧げる。

令和二年八月佳日

宇神幸男

「トリスタンとイゾルデ」（エドモンド・レイトン／ 1902 年）

宇神幸男（うがみ・ゆきお）

昭和二十七（一九五二）年愛媛県宇和島市生まれ。『神宿る手』『ヴァルハラ城の悪魔』（講談社）、『水のゆくえ』（角川書店）、『髪を截る女』（実業之日本社）などの小説、『シリーズ藩物語　宇和島藩』、『シリーズ藩物語　伊予吉田藩』、『幕末の女医　楠本イネ——シーボルトの娘と家族の肖像』、『宇和島伊達家の女性たち』（現代書館）などの歴史書がある。

三島由紀夫《みしまゆきお》VS音楽《おんがく》

二〇二〇年十月十五日　第一版第一刷発行

著　者　宇神幸男
発行者　菊地泰博
発行所　株式会社現代書館
東京都千代田区飯田橋三－二－五
郵便番号　102－0072
電　話　03（3221）1321
ＦＡＸ　03（3262）5906
振　替　00120－3－83725
組　版　プロ・アート
印刷所　平河工業社（本文）
東光印刷所（カバー）
製本所　鶴亀製本
装　幀　奥冨佳津枝

日本音楽著作権協会（出）許諾第 2007553-001 号
校正協力・高梨恵一
 ISBN978-4-7684-5887-7
定価はカバーに表示してあります。乱丁・落丁本はおとりかえいたします。
http://www.gendaishokan.co.jp/

活字で利用できない方のための
テキストデータ請求券
『三島由紀夫 VS 音楽』